MÉSALLIANCE

DU MÊME AUTEUR

Sofka
La Découverte, 1987

Regardez-moi
La Découverte, 1986
Seuil, « Points », n° P 89

Une amie d'Angleterre
La Découverte, 1988
Seuil, « Points Roman », n° R 372

Hôtel du lac
Belfond, 1988
Seuil, « Points Roman », n° R 541

La Porte de Brandebourg
La Découverte, 1989
Seuil, « Points Roman », n° R 435

La Vie, quelque part
Belfond, 1990
Seuil, « Points Roman », n° R 619

Jacques Louis David
Armand Colin, 1990

Lewis Percy
La Découverte, 1991
Seuil, « Points Roman », n° R 593

Providence
Belfond, 1991
Seuil, « Points Roman », n° R 650

Julia et Moi
La Découverte, 1992
Seuil, « Points », n° P 72

Esquives
La Découverte, 1993

Impostures
La Découverte, 1994

L'Automne de Monsieur Bland
La Découverte, 1995

Anita Brookner

MÉSALLIANCE

ROMAN

*Traduit de l'anglais
par Nicole Tisserand*

Belfond

TEXTE INTÉGRAL

TITRE ORIGINAL
A Misalliance

ÉDITEUR ORIGINAL
Jonathan Cape, Londres

© Selobrook Ltd, 1986

ISBN 2-02-022651-0
(ISBN 2-7144-3046-5, 1re publication)

© Éditions Belfond, 1993, pour la traduction française
© *Le Point*, décembre 1993, pour la présentation

Le Code de la propriété intellectuelle interdit les copies ou reproductions destinées à une utilisation collective. Toute représentation ou reproduction intégrale ou partielle faite par quelque procédé que ce soit, sans le consentement de l'auteur ou de ses ayants cause, est illicite et constitue une contrefaçon sanctionnée par les articles L. 335-2 et suivants du Code de la propriété intellectuelle.

PRÉSENTATION
PAR JACQUES-PIERRE AMETTE

Une fois encore, dans *Mésalliance*, d'Anita Brookner, une femme souffre en silence. La romancière britannique poursuit là une analyse classique digne de Racine.

Ce fut une entrée discrète en littérature. Anita Brookner avait près de 40 ans lorsqu'elle publia son premier roman.

La Vie, quelque part, en 1980, racontait avec une intelligence aiguë les coups de déprime d'une universitaire, spécialiste de Balzac, Ruth Weiss, qui, dès son enfance, avait choisi de s'enfoncer dans les livres plutôt que dans la vie.

Trois ans plus tard, avec *Regardez-moi*, Anita Brookner reprend le même personnage impeccable et frustré ; elle l'amplifie, étend son registre, explore les terres secrètes et pauvres de la tendresse refusée. Le public anglais s'intéresse de près à ce personnage qui ne sait ni comment croiser les jambes en public, ni comment être pétillante et drôle au cours d'une soirée, ni comment sortir d'une peur de la vie déguisée en prudence ou en bonne éducation.

Depuis ce succès, Anita Brookner publie à peu près tous les dix-huit mois un récit élégant, raffiné, qui raconte la vie cloîtrée et dramatique d'une femme seule. Qui écrit ? Qui parle ? Une conscience féminine blessée. Dans *Mésalliance*, elle s'appelle Blanche Vernon. C'est une héroïne racinienne vêtue de tweed. Comme dans la tragédie classique, elle essaie vainement de dominer une passion : être regardée, aimée, enlevée par un Prince charmant.

Abandonnée après vingt ans de mariage, Blanche Vernon s'intéresse à une petite fille rencontrée par hasard dans une fête de charité. Cette tentative de reporter sur un enfant un amour déçu tourne évidemment au massacre. Les parents de l'enfant, eux-mêmes séparés, donnent, en miroir, une image fracturée et insouciante de la propre désolation de Blanche.

Une fois de plus, une femme souffre pendant cent cinquante pages, dans un monologue intérieur caressant, mélodieux, mobile, janséniste, intense, un cœur se déchire en silence…

L'auteur a repris le monologue de Virginia Woolf, mais le pousse vers la discipline classique, l'analyse rigoureuse, la forêt profonde de l'être. Flexible, transparent, mystérieux, il finit par dessiner une cantilène religieuse.

On assiste impuissant, comme dans toute véritable tragédie, à la mise à mort d'une femme hypersensible que son éducation, son passé, son chagrin condamnent à tout comprendre, à tout subir, sans jamais laisser rien paraître. Je ne connais pas d'œuvre contemporaine qui soit aussi classique et souveraine dans le huis clos d'une âme.

Anita Brookner, qui vit à Londres, dans un bel appartement gris et bien rangé, au milieu duquel trône l'œuvre de Marcel Proust, demeure impassible. Elle reçoit les journalistes avec l'éternelle distance de la courtoisie, comme si elle tenait cachées dans un placard bien fermé ses héroïnes douloureuses. Nous ne savions pas que Phèdre, Andromaque, Hermione vivaient du côté de Chelsea ; maintenant, nous le savons, mais c'est encore un mystère de plus.

Anita Brookner est une des plus célèbres romancières anglaises contemporaines. Historienne d'art, ses travaux sur Watteau et David font référence dans le monde entier. Entrée dans le monde des lettres en 1980 avec La Vie, quelque part, *son œuvre littéraire se situe dans la grande tradition du roman psychologique d'outre-Manche. Elle a été lauréate du Booker Prize en 1984 pour* Hôtel du lac.

1

Blanche Vernon trouvait utile, pour passer le temps, de tenir ses sentiments à distance. En cette difficile période de l'année – mois d'avril froid, longues soirées frileuses –, elle mettait un point d'honneur à rester active, à se distraire, jusqu'à la tombée de la nuit qui la libérait de ses obligations. Celles-ci, en tout état de cause, étaient minimes mais, fondées sur l'autodiscipline, encore plus rigoureuses : personne ne l'aidait à les fortifier. Pas tout à fait veuve et, par conséquent, ne bénéficiant d'aucune considération sociale, Blanche Vernon supportait noblement son divorce, non sans en ressentir l'opprobre. Je suis innocente, avait-elle envie de proclamer les jours particulièrement inclémentts, et je l'ai toujours été. Mon mari m'a quittée pour une jeune femme rompue à l'informatique qui, à mon avis, ne possède pas la moindre étincelle d'imagination. Cet événement l'avait laissée perplexe en même temps qu'humiliée. De sorte que, humiliée, perplexe et innocente, elle éprouvait d'autant plus le besoin de porter la tête haute, d'afficher un sourire dénotant un intérêt discret mais amusé envers ce que la vie pouvait désormais lui proposer, et de parfaire son apparence jusqu'à l'ultime touche de vernis à ongles, avant de quitter sa maison chaque matin.

Quitter sa maison – en réalité un grand immeuble en

brique renfermant plusieurs appartements mystérieux et hauts de plafond – constituait l'événement majeur de la journée, qui lui donnait l'impression de respirer plus librement, s'étant de nouveau lancée dans le vaste monde sans rencontrer la moindre résistance. Elle allait d'un pas vif, en dépit du caractère incertain de sa destination. La collection Wallace avait ses faveurs, ainsi que la National Gallery, contrairement au British Museum où elle s'était sentie un jour prise d'un malaise, et au Victoria and Albert Museum où l'avait envahie une inquiétante prémonition d'anéantissement entre deux coffres de verre contenant des reliquaires mosans. Elle était sujette à ces sentiments irrationnels, liés pour la plupart à sa propre fin, et devait s'armer de curiosité et d'endurance pour tenir sa panique en respect. Ses voisins la trouvaient inapprochable et, par conséquent, se gardaient de l'approcher. Elle n'en était pas surprise car, intensément occupée à tenter de résoudre ses contradictions intérieures, elle remarquait rarement les signaux qu'elle émettait. Il lui était souvent arrivé de se souvenir d'un visage puis de sourire – trop tard – et le sourire s'évanouissait lentement, remplacé par une expression douloureuse. Celle-ci aussi s'évanouissait lentement, plus lentement qu'elle ne l'imaginait.

Son mari, Bertie, l'avait quittée après vingt ans de mariage, et ces vingt années n'étaient jamais absentes de sa pensée. Elle avait été très heureuse, mais supposait qu'il n'en avait pas été de même pour lui. Durant cette période, elle avait ressenti une telle énergie qu'elle s'était obligée à modérer sa vitalité, estimant déplacée une telle exubérance chez quelqu'un à qui la certitude de plaire faisait toujours défaut. Elle cultiva par conséquent des goûts qu'elle trouvait instinctivement peu consistants, acérés, fragiles, à l'image du très vieux xérès dont Bertie présumait qu'elle se délectait autant que lui. Elle disposa bientôt, pour les moments où ils dégustaient leur vin vieux, de sujets de conversation brillants, débordant d'anecdotes, car elle avait constaté que les propos plus personnels, plus expansifs, le laissaient mal à l'aise. La recherche d'anecdotes l'avait conduite à multiplier les activités qui lui étaient désormais tellement utiles, et le bénévolat à l'hôpital voisin alimentait son sérieux, même si, ces jours-là, ce qu'elle rapportait à la maison était le plus souvent amusant. Elle devint ainsi ce qu'il est convenu d'appeler quelqu'un qui a de la conversation, et ne négligea jamais de renouveler les réserves de xérès. Lorsqu'il lui devint infidèle, son mari préféra la considérer comme une femme froide, bien qu'il sût qu'elle ne l'était pas. Il lui arrivait encore de passer la voir en rentrant de son bureau. Blanche tenait toujours à sa disposition un éventail de propos légers, un peu à la façon dont elle stockait certaines provisions dans ses placards. Mais à présent elle buvait du vin, et très régulièrement.

Elle conservait une apparence fort soignée, moins parce qu'elle y attachait de l'importance qu'afin d'y consacrer beaucoup de temps superflu. Elle avait calculé que le simple fait de se rendre présentable lui permettait de consommer chaque matin une heure de ce temps non désiré ; cela agrémentait en outre le vide de la journée. Elle n'en tirait aucune fierté, alors qu'elle l'aurait pu ; un tel altruisme, une telle méticulosité sont en fait héroïques. Elle n'y voyait nul héroïsme, tout au plus une forme de désespoir ; les matinées étaient pour elle des moments difficiles. La lumière grise de Londres, vive et pourtant acide, qui entrait par les hautes fenêtres et renforçait l'aspect blafard des murs de ses vastes pièces, venait sournoisement attiser un constant sentiment de malaise, comme si seuls les souvenirs ou les visions de la lumière du soleil lui auraient permis de se détendre. Le soleil est Dieu, disait le peintre Turner. Dans la lumière incertaine de ces journées incertaines, ses pensées se tournaient vers des images de chaleur illusoire mais intense, ciel chauffé à blanc, air sec et chargé d'arômes, stridence d'un véhicule qui passe et s'éloigne tandis que l'après-midi se vide et décourage toute velléité de mouvement. Elle songeait aux soirées de ces journées imaginaires, le soleil aux flammes rouges, le ciel retrouvant la fraîcheur d'un vert tendre et léger, puis d'un blanc qu'on aurait dit étalé sur de l'indigo. Elle songeait aux nuits, assez parfumées pour encourager les fenêtres ouvertes, à la musique tardive, aux volutes de fumée d'une ultime cigarette, aux draps frais et secs qui apaisent les corps encore chauds. Mais pour l'heure elle devait se contenter de ces matinées d'avril, froides, claires, peu engageantes, qui la réveillaient trop tôt, lui faisaient débuter la journée en avance. De sorte qu'elle s'attardait dans sa chambre et choisissait avec soin son armure.

Cette image de journée torride devint une obsession tandis que, dans son tailleur de tweed et ses souliers cirés, elle parcourait les salles délibérément mal éclairées des musées. Elle entreprenait parfois des recherches plus assidues que d'habitude, en quête d'une représentation s'accordant à sa vision. Mais les tableaux qu'elle avait devant les yeux étaient trop chargés d'altérité, transportant avec eux un poids de références qu'elle se sentait incapable de rejoindre ; les cieux étaient trop laiteux, ou alors trop orageux, les feuillages trop étrangers, les couleurs trop tempérées pour ce qu'elle avait en tête. Rendue mentalement impuissante par la demi-pénombre de ces journées vides, de ces longs après-midi gris, elle s'asseyait sur de nombreuses banquettes, contemplait de nombreux tableaux. Ce qu'elle voyait n'apparaissait sur aucune toile, kaléidoscope de fragments qu'elle avait peut-être vus et peut-être inconsciemment retenus. Apparemment sans liens entre eux ni grand rapport avec son existence actuelle, ces fragments survenant de leur propre chef semblaient investis d'un certain pouvoir. Elle voyait une fenêtre s'ouvrant sur un jardin éblouissant ; une sorte de réception s'y déroulait et le soleil se reflétait sur une théière d'argent. Puis de nouveau un jardin, tôt le matin ; des gouttes d'eau étincelaient sur de lourdes grappes de lilas, et un chat traversait précautionneusement l'herbe chargée de rosée. Et ensuite une chaise et une table blanches dans ce même jardin, où se trouvaient momentanément abandonnés les journaux du dimanche. Cette dernière image ne lui était pas inconnue. C'était dans la maison de la mère de Bertie, se disait-elle. Lorsque nous étions fiancés. Il s'installait dans le jardin et je lui apportais son thé. Une femme de devoir, songeait-elle en se reprochant de se laisser aller à des réminiscences personnelles quand les murs du musée lui offraient tant de sujets d'admiration. Elle n'espérait pas trouver la moindre consolation dans l'art pictural. Pourquoi aurait-il cette fonction ? Peut-être même n'existe-t-il aucune consolation. En revanche, comme la plupart des gens, elle espérait y puiser un moyen de sortir de soi, et se montrait toujours aussi surprise lorsque la peinture la renvoyait à elle-même sans autre forme de procès. Le sourire de certaines nymphes paraissait presque moqueur lorsqu'elle finissait par se lever pour poursuivre la visite, et leurs bras dodus semblaient la reconduire, très cérémonieusement, jusqu'à la porte de la salle. De sorte qu'elle se sentait toujours humiliée par la peinture classique, réprimandée pour sa modération, méprisée pour son sérieux. Le passé conservait ses secrets, qu'elle souhaitait intensément connaître. La

National Gallery mettait constamment en question ses suppositions, et c'est pour cette raison qu'elle y retournait. Il y avait même quelque chose de contingent dans son malaise au British Museum lorsque, entourée d'hectares de marbres grecs congelés, elle avait été mentalement transportée à l'époque de décevantes vacances en Grèce ; à cette époque, comme elle le faisait à présent, elle parcourait les salles des musées et se heurtait au sourire archaïque des « kouroi », ces statues votives qui semblaient détenir un savoir secret et essentiel qui lui avait toujours échappé. Leur sourire, tel celui de la Déesse à la grenade de Berlin, était associé à la certitude, à l'accomplissement. C'est pour cela qu'elle évitait toute situation évoquant de semblables résonances, toute confrontation avec des images de festivités dont elle se sentait exclue, tous les mystères dont elle n'avait qu'une vague compréhension. Ce n'était pas simplement de la timidité. Peut-être s'agissait-il de la peur de l'infidèle, ni païen ni chrétien, dans laquelle entrait également une crainte révérencielle, le sentiment qu'il convenait d'éprouver. Si elle devait être initiée à ces mystères, ils finiraient par lui être révélés. Elle pensait qu'il suffisait d'attendre. Elle était pourtant en quête d'éclaircissements, espérant un signe, souhaitant s'amender. La National Gallery lui paraissait indiscutablement détenir de quoi combler les lacunes de son éducation, et elle s'y rendait deux ou trois fois par semaine.

A la suite de ces visites, retrouver une vie opacifiée par l'ordinaire de ses journées était chose difficile. Elle s'en remettait à des activités telles que les courses ou l'achat d'un journal du soir pour préparer son retour. Toujours consciencieuse, elle faisait scrupuleusement ses emplettes, vérifiait la fraîcheur de chaque denrée et, déplorant d'être trop disciplinée pour acheter en grande quantité, s'abandonnait à d'imaginaires festins devant des tables profusément chargées de victuailles. Mais elle se restreignait : avec qui dilapider tout ce surplus ? Au lieu des marchés de quartier de son imagination, elle se contentait du néon à l'éclat terne d'un unique magasin, et ses souliers cirés la menaient jusqu'à l'arrêt de l'autobus, devant Selfridges, où elle prenait un repos momentané. Elle était alors environnée de fragments de vies différentes, d'autres conversations, de mots américains, arabes, italiens, français. Des écoliers, en longue file appuyée paresseusement contre la vitrine du magasin, se chamaillaient, buvaient du jus d'orange à la bouteille, leurs casquettes de base-ball portées devant derrière. Ils avaient l'air audacieux, sûrs d'eux, modernes. A l'arrêt du bus, deux femmes aux cheveux noirs qui se tenaient par le bras se plaignaient d'une troisième avec des voix sonores. Un homme barbu et massif, branché aux fils de ses écouteurs, laissait silencieusement courir les doigts de sa main gauche sur le manche d'une guitare invisible. Les veuves du quartier, vieillissantes, fatiguées et trop couvertes, émergeaient de logements lugubres pour leur promenade de l'après-midi ; Blanche distinguait les plaques de couleur terne qui marbraient leurs lèvres et leurs joues flasques, les souliers vernis qui comprimaient des pieds enflés et douloureux, les cheveux blonds permanentés. Elle vit une femme vêtue d'un lourd manteau de fourrure qui cherchait de sa canne le bord du trottoir ; une main écailleuse, ornée de longs ongles écarlates et d'une série de bagues, jaillit de la vaste manche comme un petit tatou. Cette femme la terrifia ; Blanche imagina la douloureuse activité consistant à s'habiller, à ajuster les emblèmes d'une vieillesse fortunée et rébarbative, à l'instar de ces nymphes de la National Gallery qui, parures de perles et chevelures d'or, sourires patriciens, semblaient n'avoir transporté leur cargaison d'attributs que pour mieux se moquer de sa condition présente. Les nymphes avaient tourné en ridicule son exclusion de leur univers d'amour et de plaisir ; les veuves, elles, telles les Parques, se moquaient de façon inconsciente, comme indifférentes à leur propre prescience : cela t'arrivera aussi. Tu seras semblable à nous, privée de compagnon, encore élégante, vaillante, raide de corps et triste d'esprit, obstinée, dure, convaincue que tout est de la faute des autres, les belles-filles qui ne nous téléphonent pas assez souvent, les petits-enfants adorables mais incompréhensibles, le concierge de notre coûteuse résidence qui oublie de monter le linge propre, le coiffeur ou la manucure qui ont le toupet de prendre des vacances à une période qui nous dérange. Blanche, qui ne possédait ni diamants ni fourrures et n'avait pas de belle-fille, regardait attentivement ces femmes, éprouvant une empathie un peu trop adaptée à leur stoïque déception. Sous les chevelures blondes, leurs yeux d'un autre temps lui renvoyaient son regard sans la moindre curiosité, tout sentiment de sympathie éteint depuis longtemps, avec un manque d'enthousiasme que venait encore accroître leur sens de la discipline, et infiniment peu d'espérances. Comme le soleil faisait une brève apparition, les lèvres trop maquillées sourirent, révélant le fantôme des jeunes filles de naguère. Puis le soleil disparut à nouveau, ne laissant derrière lui que le jour ordinaire, et tous les visages reprirent leur expression de résignation coutumière.

La personne à qui Blanche aurait aimé prodiguer cette profusion, ce surplus de remplacement (car le surplus était aussi illusoire et obsédant que le soleil absent), était partie, et elle n'avait pas de famille pour lui donner envie de préparer des repas et des gâteries. Fille unique de parents morts depuis longtemps et presque oubliés,

Blanche avait débuté de bonne heure son apprentissage de la vie solitaire, devenant ainsi une sorte d'expert en la matière. Mais un expert n'est pas nécessairement satisfait du domaine dans lequel il excelle, et Blanche estimait que sa compétence était mise à rude épreuve au fil de journées de plus en plus longues. Ce qu'elle avait trouvé le plus étonnant dans le mariage, c'est qu'on avait toujours quelqu'un à qui parler. Au début, elle s'était exprimée de façon excessive, trop ingénument. Les novices en amour croient devoir expliquer leur enfance, raconter leur histoire, des origines à la rencontre avec l'âme sœur. Et le fait que ce processus soit éventuellement à reprendre ne leur enseigne rien. Blanche, bien qu'innocente, avait su comprendre la leçon et en était rapidement arrivée à cette forme de conversation impersonnelle que son mari appréciait le plus. Comme de nombreux hommes riches, il pensait par anecdotes ; comme de nombreuses femmes simples, elle pensait en termes de biographie. Il la trouvait trop fantasque, bien qu'à une certaine époque il eût été fier d'elle. Il aimait voyager, aller dans d'élégants endroits à la mode et, tandis qu'il y rencontrait de vieux amis, elle déambulait dans les villes, le long des plages, solitaire et satisfaite, sachant qu'il serait là à son retour. Dans la soirée, lorsqu'ils se retrouvaient en ces élégants endroits à la mode, elle s'efforçait de lui raconter les plaisirs simples de sa journée, la tasse de café bue seule à une terrasse, les promenades dans les jardins publics, ou une conversation qu'elle avait surprise. Mais cela l'impatientait. Il avait beaucoup à dire ; ses récits étaient remplis de péripéties, comme si lui et ses amis menaient des vies plus saccadées, plus rapides, plus objectives, dans lesquelles se passaient davantage de choses. Elle avait alors appris comment adapter sa conversation à ce que lui et ses amis recherchaient ; ce n'était pas par calcul, elle voulait simplement faire plaisir. Et elle y réussissait admirablement, car les amis de son mari, qui n'étaient pas tout à fait les siens, la trouvaient assez amusante. En outre, grâce à son élégance imperturbable, elle se montra rapidement à la hauteur. Mais elle songeait sans cesse aux jours passés, quand elle l'accueillait le soir en retenant son souffle, puis se précipitait dans la cuisine pour lui faire goûter ce qu'elle avait passé l'après-midi à préparer pour le dîner – tout ce qu'il appelait son côté romanesque. Devenir une créature narquoise et pleine de maîtrise s'était effectué sans grande douleur. C'était son mari qui avait façonné la femme qu'elle était désormais, indépendante, digne, capable de se débrouiller seule.

Des images de surplus et de chaleur lui envahirent brusquement l'esprit lorsque le bus bifurqua à Hyde Park Corner : un marché dans le sud de la France, où des boisseaux de prunes exhalaient leur parfum sous le soleil brûlant. Un maraîcher avait fiché un œillet au sommet de la pyramide des fruits poisseux, d'un pourpre noirâtre, trop mûrs, qui commençaient déjà à se gâter. Elle avait acheté des prunes et, bientôt, leur jus suinta à travers le papier du sac. Après avoir humé leur arôme, presque semblable à celui du vin, elle les avait jetées.

D'un sourire réservé, et l'esprit ailleurs comme souvent ces derniers temps, Blanche salua une femme dont le visage ne lui était pas étranger avant de se diriger vers la plate-forme du bus. Savoir où caser cette personne lui demanda un effort, tant son mobilier mental était difficile à déplacer. Celle-ci lui avait adressé en retour un sourire si chaleureux que Blanche se dit qu'elles devaient bien se connaître, qu'elles étaient probablement voisines, mais que, trop préoccupée, elle avait du mal à reconstituer l'identité de cette femme.

Blanche retrouva l'image d'un regard brun un peu anxieux et d'une bienséante attention à autrui, et en déduisit que l'inconnue faisait non seulement partie de ses relations mais lui était en outre familière par ses activités professionnelles. Médecin ? Dentiste ? Quelque chose de ce genre. Dans l'image qui se faisait maintenant plus nette, le visage était penché sur une sorte de registre ou de carnet de rendez-vous. Mais oui, bien sûr : la secrétaire du dentiste. C'était Mrs. Duff, l'épouse du dentiste, qui n'était pas peu fière de venir l'aider quand la secrétaire en titre prenait ses vacances et qui, lorsqu'elle ne se trouvait pas dans le cabinet de Harley Street, était la voisine de Blanche, résidant comme elle dans les rues dépourvues de fleurs de West Brompton.

Phyllis Duff : une brave femme. L'image était claire à présent. Excellente épouse, compagne dévouée. Savait rester à la page, se montrer à la hauteur, et composait sa garde-robe (modeste mais de qualité) avec le soin qui convenait et peu de vanité. Toujours présentable, telle l'épouse à l'ancienne mode d'un homme exerçant une profession libérale, et qu'on trouvait le plus souvent confinée dans sa maison méticuleusement propre. Mrs. Duff n'avait pas la prétention d'appartenir à cette nouvelle race de femmes qui osent se mesurer au monde, ni d'ailleurs les moyens de le faire croire. Elle offrait l'apparence subtilement soignée, bas fins, foulard de soie beige, et sac à main coûteux de la dame qui s'habille pour passer la journée en ville, quitte après quelque hésitation la forteresse de son appartement en résidence, explore tous les magasins et finit par rentrer chez elle en n'ayant acheté que du galon à abat-jour. Une femme qui, à ses propres yeux comme à ceux de son mari, était dotée d'une certaine importance et observait des rites sacrés : « mes » moments de repos,

« mon » jour de pâtisserie, « ma » soirée à l'Association d'entraide, « mes » handicapés. Une femme d'un autre temps, au sourire confiant et sûr de soi, faisant des plaisanteries aussi neutres qu'éculées, sans la moindre surprise. Blanche songea au caractère sain de Mrs. Duff, et à tout ce qui la séparait du monde des affaires, de la spécialisation technologique et de la franche effronterie de la nouvelle amie de Bertie. Telle la femme vertueuse de l'Ancien Testament, Mrs. Duff surveillait le va-et-vient de sa maisonnée. Lorsqu'il partait le matin, son mari savait que lorsqu'il parviendrait au coin de la rue, elle serait à la fenêtre ou sur le balcon pour lui adresser un signe d'adieu, le suivant de son regard brun et mélancolique. Et qu'il rentrerait le soir accueilli par un tendre baiser et l'arôme d'un copieux repas. Blanche, en retirant une sole d'un papier d'emballage tout à la fois sec et gluant, imagina Mrs. Duff préparant le dîner, son étincelante cuisine immaculée, sa gravité, son savoir-faire, son anticipation paisible des retrouvailles de la soirée. Ses qualités d'épouse, tellement démodées, tellement ensorcelantes.

Stimulée par un obscur sentiment, aussi proche de l'énervement que de l'entrain et lié au fait d'avoir partiellement triomphé de la journée, Blanche se demanda si Bertie passerait la voir dans la soirée. Dans cette attente, elle prit un bain de bonne heure et enfila une blouse de soie blanche sur une jupe de velours dont les motifs, elle s'en souvenait, plaisaient autrefois à Bertie. Il faisait preuve d'une décourageante distraction quant aux couleurs et aux goûts et pourrait fort bien ne rien se rappeler, se dit-elle. Elle tenta de se remémorer à quel point il avait réagi de façon inadaptée aux nombreux efforts qu'elle avait entrepris pour stimuler ses facultés sensitives. Elle avait du mal à croire qu'il puisse passer des journées sans que celles-ci soient mises à contribution, même s'il ne semblait pas ressentir leur absence.

« Qu'as-tu mangé à midi ? » lui demanderait-elle avec empressement.

Il aurait l'air de sonder douloureusement les recoins de sa mémoire. « De la viande », finirait-il par murmurer. Ou encore : « Un vague poisson. »

Blanche, qui détenait maintenant une raison précise de s'occuper dans la cuisine, considéra de nouveau la sole, la trouva déprimante, et la rangea au fond du réfrigérateur. Elle la préparerait plus tard, car elle surveillait consciencieusement son alimentation et estimait dégradant de s'abaisser au genre de nourriture que les gens seuls ont tendance à consommer : morceaux de fromage et de fruits, restes de toutes sortes. Elle aimait dresser le couvert, même à présent, et s'en acquittait comme si, en cas de visite-surprise, tout devait être en ordre, empreint de civilité, sans trace d'apitoiement sur soi. Après un an de ce genre de vie elle continuait à raisonner en fonction des visites de Bertie qui, de fait, avaient parfois lieu ; elle ne voulait pas, par orgueil, par amour, être la cause du sentiment de malaise qu'à son avis il éprouvait certainement. Elle sortit une bouteille de vouvray, agréablement frappé, et la posa sur un petit plateau d'argent, près de quelques biscuits secs très minces. Ces temps-ci, elle excellait particulièrement dans ce genre d'achats.

La terne lumière d'avril, bien que blanche et crue, de cette fin d'après-midi sans soleil, la pointe d'humidité qui imprégnait les pages du journal, et le vert uniforme du jardin devant sa fenêtre lui firent éprouver un frisson involontaire qu'elle combattit avec son premier verre de vouvray. La soirée, si Bertie ne passait pas, ne semblait guère engageante. Il y aurait tout au plus un coup de téléphone de Barbara, sa belle-sœur, quelques lettres auxquelles elle devait répondre et une quelconque musique à la radio, avant que n'arrive enfin l'ordre de libération : le lit. Comment est-il possible, songeait-elle en se servant un autre verre, comment est-il possible que ma vie m'ait échappé de la sorte ? Il n'y a qu'un an que je vis seule et je suis encore un peu sous le choc, c'est vrai ; peut-être finirai-je par m'habituer à cette... inertie. Elle avait l'impression d'être inanimée, ignorant que beaucoup de gens éprouvent ce sentiment, les hommes tout autant que les femmes abandonnées. Mais elle savait, sans le moindre sentimentalisme, que sa vie était peut-être finie et que, même après avoir contemplé récemment la rencontre de Bacchus et Ariane à la National Gallery, et avoir souhaité si fort que se réalise cet instant de reconnaissance extatique – tellement immédiat que le pied de Bacchus n'a pas le temps de toucher le sol lorsqu'il bondit hors de son char, tellement violent qu'Ariane lève la main en signe de protestation –, plus rien ne se produirait désormais. Le gris du ciel déteindrait sur ses soirées, et ses journées ne seraient consacrées qu'à d'ingrats projets de nutrition et d'amélioration. Elle avait besoin d'un acte qui échapperait à sa seule volonté, d'une gratification, d'une découverte qui réinjecterait dans ses veines la chaleur de ce soleil illusoire qui avait un jour brillé pour elle et qu'elle se trouvait maintenant incapable de localiser. Elle scruta le ciel vide depuis sa fenêtre, entendit les derniers salariés garer leur voiture avant de rentrer chez eux, soupira et comprit que Bertie ne viendrait plus ce soir.

Le téléphone sonna : Barbara. Les deux femmes étaient restées en bons termes après le divorce car Barbara, de nature plus sarcastique que son frère, avait toujours considéré avec un certain scepticisme les activités de Bertie. Lorsqu'il lui avait présenté la spécialiste en informatique dont il était tombé amoureux, Barbara n'avait pas été impressionnée. « Tu aurais besoin de faire examiner tes circuits mentaux », avait-elle peu après déclaré à Bertie. Commentaire qui n'était pas très bien passé, car Bertie avait toujours eu besoin de l'approbation de sa sœur.

« Amanda incarne exactement ce dont j'ai toujours rêvé, avait-il répondu. Nous sommes tombés amoureux presque en même temps. Elle m'a donné un regain de vie.

– Tu veux dire qu'elle a vingt ans de moins que toi, avait répliqué Barbara, toujours aussi peu impressionnée. Et comment vas-tu faire avec Blanche ? Elle aussi incarnait exactement ce dont tu rêvais, à une époque.

– Blanche est devenue très excentrique. »

C'était incontestable, avait songé Barbara. Blanche était allée si loin, toujours sur son trente et un, faisant des remarques elliptiques que personne ne savait comment interpréter. Parlant sans cesse de personnages de romans, ou de personnages qui, selon elle, auraient dû figurer dans des romans, et s'abreuvant sans vergogne à diverses bouteilles de vin. Mais nul ne pouvait nier qu'elle était une épouse émérite, encore que moins intéressante et moins franche qu'à l'époque où Bertie l'avait présentée à sa famille. Une femme dépourvue de toute malveillance, qui pourtant se sentait toujours responsable de tout. Elle avait simplement hoché la tête lorsque Bertie lui avait annoncé qu'il était épris de cette Amanda, ou Mousie, ainsi qu'il l'appelait sans aucune délicatesse. Hoché la tête en murmurant : « Tu veux que je quitte la maison ? » Bertie lui-même s'était senti mal à l'aise devant tant d'authentique humilité, et avait déclaré à Mousie d'un ton assez vif qu'ils allaient devoir chercher un appartement : Blanche demeurerait dans celui qu'elle occupait. Mousie avait trouvé l'idée plutôt stupide et Blanche, à bien des égards, avait pensé de même. Elle n'avait aucune envie de moisir dans cet appartement et songeait à partir à l'étranger, mais elle s'obligea à y renoncer, sachant que Bertie voulait être généreux et qu'elle n'avait pas le cœur de le décevoir.

« C'est le moins qu'il pouvait faire, déclara Barbara qui, tout comme Bertie, s'était méprise sur la situation. Est-ce qu'il vous verse une pension convenable ? Il est loin d'être pauvre, Blanche. J'espère que vous ne faites pas de sottises à ce niveau-là.

– Je n'ai jamais fait suffisamment de sottises, avait répondu Blanche, lugubre. Je suppose que s'il s'est fatigué de moi, c'est que je n'ai jamais cessé d'avoir un comportement sensé. » Barbara s'était dit que Blanche n'avait jamais eu un comportement sensé, à aucun moment, mais elle n'avait pas relevé. « Il est bien trop tard pour faire des sottises, à présent, avait repris Blanche. D'ailleurs je dispose de revenus personnels. Je n'ai besoin de rien. »

Barbara avait soupiré, examiné plus attentivement le visage mince de Blanche, et elle avait éprouvé quelque chose qui ressemblait à de la compassion.

« Vous allez peut-être vous remarier, avait-elle murmuré. Vous êtes encore jeune. Et toujours séduisante. »

Elle ne demanda pas : « Comment allez-vous vivre désormais ? » Mais c'était ce qu'elle voulait dire, et toutes deux le savaient.

« Tout ira très bien, avait lancé Blanche avec l'un de ses sourires intimidants. Je songe à m'inscrire en faculté, au centre de télé-enseignement. Ou à terminer ma thèse sur Mme de Staël. J'ai largement de quoi m'occuper. Je vais suivre des cours de cuisine. – Mais vous cuisinez parfaitement, Blanche, avait remarqué Barbara ; ne dites pas de bêtises. – J'ai toujours été très intéressée par l'archéologie, avait poursuivi Blanche d'un ton contenu, car les choses menaçaient de lui échapper. Une activité totalement nouvelle. Qui ne laisse pas le temps de s'ennuyer. D'ailleurs j'ai toujours méprisé ces femmes qui affirment avoir trop peur pour vivre seules. Il n'y a plus de place pour des femmes de ce genre, de nos jours. »

Barbara, qui savait que Blanche était précisément une femme de ce genre, mettait depuis lors un point d'honneur à lui téléphoner chaque soir. Comme elles se comprenaient parfaitement, aucune d'elles ne tentait d'engager une conversation sérieuse.

« Je vous dérange ? demandait Barbara. Vous êtes seule ?

— Il se trouve que je suis seule, en effet », répondait Blanche d'un ton qui laissait supposer que cette situation la surprenait. Suivait un échange de remarques amicales, méditatives, neutres, car chacune avait intérêt à garder un ton léger. Avoir si peu à faire et désirer l'accomplir au mieux les unissait. Elles se sentaient humiliées et dérangées par leur inactivité d'un autre temps, conscientes d'être passées de mode, presque obsolètes. Malgré leurs nombreuses tâches de bénévolat, elles avaient le sentiment de ne rien valoir. Elles considéraient d'un œil las, mais non dénué de critique, le panorama de l'évolution des mœurs de l'époque et se consultaient mutuellement sur des questions sans importance, n'ayant pas tout à fait maîtrisé l'art de formuler leurs vœux les plus chers et les desseins de leurs cœurs. Elles gardaient pour elles leurs secrets, et se comprenaient parfaitement.

« Comment va Jack ? demanda Blanche ce soir-là.

— Une petite crise de goutte. Pas de bonne humeur, comme vous pouvez le penser. Et il insiste pour jouer au bridge quand même, avec les voisins d'à côté. Il est vrai que c'est notre tour de les recevoir, mais j'ai tendance à oublier ce genre de choses. Dites-moi, Blanche, combien de temps se conserve le tarama, à votre avis ? Je ne me décide pas à le jeter, bien que le dessus forme une sorte de croûte.

– Au moindre doute, on jette. Vous ne les avez pas à dîner, j'espère ?

– Non, du café et des gâteaux, sans plus.

– C'est parfait. Les joueurs, au cours d'une partie de bridge, deviennent si venimeux que je me demande s'ils ont conscience de ce qu'ils mangent. Je crois que cela sert surtout à désamorcer les disputes, non ?

– Ce sera probablement le cas ce soir. (Un silence.) Des nouvelles ?

– Non, pas de nouvelles.

– Vous allez bien ?

– Extrêmement bien.

– Vous n'avez pas envie de vous joindre à nous, j'imagine ?

– C'est gentil de votre part, Barbara, mais vous savez que je ne sais pas jouer. J'ai refusé d'apprendre quand ma mère s'est mise à tricher et à faire des scènes. Quelle ambiance ! Je me sens mal rien que d'y penser, même après tout ce temps. Mais je vous remercie quand même. (Un autre silence.) Mes amitiés à Jack.

– Entendu. Alors à demain.

– A demain. Je vous embrasse », dit Blanche avant de raccrocher. Il n'y aurait pas d'autres communications ce soir-là.

C'est ce qu'on appelle la liberté, de nos jours, songea Blanche en faisant frire sa sole. Liberté d'agir à mon gré, d'aller n'importe où, de faire n'importe quoi. Liberté face aux exigences de la famille, du mari, de l'employeur ; liberté de ne pas voir de monde ; liberté de ne jouer aucun rôle. Et j'imagine que certaines personnes en rêvent, puisque cela passe pour être le bien suprême. Je suppose qu'elles le souhaitent, mais uniquement sur un plan théorique, parce qu'à mon avis le libre arbitre est un fardeau immense. Si l'on n'y prend garde, le libre arbitre peut finir par signifier qu'il n'existe aucune raison valable de se lever le matin : on devient ridiculement dépendant du temps qu'il fait, on cultive d'étranges petites manies, on parle seul et on n'a de conversation intéressante avec personne d'autre. La pensée ne fait plus référence qu'à elle-même, devient intraduisible. Le monde n'attend pas toujours qu'on le découvre, surtout quand on a mon âge : le monde, cette entité dont on parle si souvent, est en fait une multiplicité infinie d'intérêts étanches. Et moi qui n'en ai pas le moindre.

Lentement, miséricordieusement, le jour se fondit dans la nuit. La pluie s'était mise à tomber, comme toujours ces derniers temps. Les pneus de quelques rares voitures chuintaient sur la chaussée mouillée. Le soleil est Dieu, songea Blanche en tirant ses épais rideaux.

Elle se servit un autre verre de vin et se dit que le temps revêt une signification différente lorsqu'on en fait l'expérience dans la solitude. Les gens profèrent tellement d'inepties sur les relations humaines, pensa-t-elle. Toutes ces préoccupations lascives liées aux « relations », et l'immense littérature, bonne et mauvaise, qu'elles avaient générée. L'amour – car c'est de cela qu'il s'agissait – est semblable au sourire patricien du visage de ces nymphes de la National Gallery, un accès aux privilèges de ce monde, arbitraire, impossible à enseigner, pas même une question de raison ou de choix. L'amour est mystérieux et, en dépit de toutes les spéculations angoissées qui se sont formées dans son sillage, incommunicable. L'amour, c'est la faveur éphémère dispensée par les dieux âgés, cyniques et injustes de l'Antiquité ; c'est le passeport pour le pays où le soleil brille éternellement et où les fruits des cornes d'abondance embaument la tiédeur de l'air. Mais pour ceux que les dieux dédaignent, et Blanche avait le sentiment d'en faire partie, le monde est celui d'après la Chute, où seuls les efforts et la désolation peuvent éventuellement conduire vers une promesse de sécurité, où les péchés semblent avoir été commis sans jubilation, où l'on ne peut rien espérer de gratuit ni accorder la moindre prodigalité, et où son compagnon, son référent, son vis-à-vis, le miroir de sa vie, se transforme en vieille connaissance dans une intimité incertaine, et dont la conversation naguère si prisée devient le plus souvent étrangère, malaisée, amère, et ennuyeuse.

Blanche, qui habitait en ce monde déchu, se prépara au rituel de la dispense, et aux eaux lustrales du soir qui lui laisseraient au moins la liberté de fermer les yeux. Elle se fit couler un second bain et y versa une essence aux fleurs ; consciencieusement, elle se lava et s'occupa de nouveau de ce corps qui semblait fort bien résister aux nombreuses menaces de désintégration dont la journée avait été remplie. Son visage, dans le miroir embué, avait l'expression anxieuse, lugubre et décolorée d'une citoyenne des Flandres du Moyen Age. Elle fit soigneusement disparaître les heures du jour sous la mousse du savon, se brossa les cheveux, se massa avec ce qui lui parut être un liquide pour embaumer. Sous la longue chemise de nuit blanche, les nervures gothiques de ses pieds luisaient faiblement. Ainsi apprêtée pour son nocturne voyage vers l'inconnu, le seul qu'elle ne redoutait pas, elle resta un moment devant la fenêtre, relevant le rideau de la main. Dans le jardin sombre et silencieux, un chat avançait sans bruit. Les arbres étaient immobiles sous leur poids d'humidité. De la terre trempée montait une odeur humide. Lorsqu'elle entendit la chouette, au service d'Athéna, hululer dans le lointain, Blanche laissa retomber le rideau, ôta sa robe de chambre et se mit au lit.

2

Le mardi, jour de miss Elphinstone, était de ce fait relativement dense. Elles l'avaient choisi d'un commun accord lorsque, peu après le divorce, miss Elphinstone, trouvant Blanche dans une cuisine impeccable, avait déclaré : « Inutile de me payer à rien faire, pas vrai ? Je viendrai le mardi, et si vous avez besoin de moi un autre jour de la semaine, vous me passez un coup de fil. » Éperonnée par la crainte d'être rejetée à jamais de l'univers surpeuplé de miss Elphinstone, Blanche se débarrassait tous les mardis matin des bouteilles vides, mais prenait soin de laisser une tasse et une soucoupe sales dans l'évier et un journal étalé dans le salon, révélant ainsi un désordre momentané qui mobiliserait le zèle de miss Elphinstone pour les croisades et la retiendrait jusqu'au déjeuner.

Apparemment, miss Elphinstone appréciait l'existence animée et théâtrale qu'elle menait dans l'ombre d'une Église entreprenante à laquelle elle consacrait le plus clair de son temps et dont les membres rivalisaient d'activités altruistes. De sorte que la matinée était alimentée par des torrents d'informations diverses. Chapeautée d'une coiffe austère et revêtue d'une blouse sous le manteau noir presque neuf que Blanche lui avait donné, miss Elphinstone transportait un fourre-tout de cuir noir, austère lui aussi, qui contenait des gants de caoutchouc, une paire de chaussures de rechange, et une revue religieuse qu'elle n'avait jamais le temps de lire dans l'autobus, car elle s'intéressait invariablement à autre chose pendant le trajet. Il lui arrivait de la proposer à Blanche qui, selon elle, avait besoin d'un soutien spirituel. Miss Elphinstone, engagée davantage pour la tournure de ses phrases que pour ses capacités de nettoyage, considérait Blanche comme l'une de ses paroissiennes mais, de caractère autoritaire, se gardait astucieusement de lui forcer la main. Une fois arrivée, elle ôtait son manteau, changeait de souliers et s'asseyait dans la cuisine devant une tasse de thé et quelques biscuits. Elle s'y résignait manifestement à contrecœur, préférant de loin rester debout et déclamer son monologue depuis la porte. Ensuite, bloquant de son corps les issues de chaque pièce, elle présentait la version inédite des événements de la semaine, lourds d'une incompréhensible signification. La tasse de thé était pour Blanche un moyen de déjouer les visées colonisatrices de miss Elphinstone sur l'appartement. S'exprimant par monosyllabes, Blanche estimait que les informations, une fois transmises, se passaient de commentaires. Ce en quoi elle se trompait lourdement, ainsi qu'il le lui était rappelé chaque semaine. Miss Elphinstone, ennoblie par son discours, exigeait une position isolée pour s'assurer du maximum d'effets. Elle méprisait le thé et les biscuits, qu'elle tenait pour de fades civilités, typiques de la bourgeoisie. Elle les consommait dédaigneusement tout en faisant l'effort de s'adapter à Blanche, dont la vie lui inspirait un intérêt professionnel. Suivaient alors des questions posées à l'improviste, des détails remémorés. Elle parlait d'un ton critique, tombait rarement d'accord. « On s'est occupée, à ce que je vois », lui arrivait-il de lancer ironiquement en désignant de la tête un plat de petits gâteaux tout juste sortis du four. « Il va passer, c'est ça ? » ajoutait-elle en masquant son avide curiosité sous un ton faussement détaché. Elle conservait pour Bertie, qui lui avait naguère tiré des larmes de rire scandalisé, une fascination respectueuse. Comme nombre de femmes irréprochables, elle adorait les hommes à la réputation ternie.

Cet interlude achevé, elle transportait les tasses jusqu'à l'évier et, enfilant ses gants, ouvrait à fond les robinets. D'une voix qui couvrait le bruit de l'eau, elle entonnait alors son aria. La visite en autocar d'un joli site éloigné, offrant un intérêt religieux, était prévue depuis longtemps mais les complications n'en finissaient pas. Il y avait eu un incident désagréable, Blanche s'en souvenait peut-être, quand un nouveau membre avait proposé de l'organiser et qu'on avait refusé son offre. Compte tenu des ennuis de l'an passé, personne n'en avait été surpris. Sans parler des divers autres périls dont il fallait également triompher, certains d'ordre psychologique – mais miss Elphinstone n'allait pas ennuyer Blanche en rentrant dans les détails. Pourtant les allusions, bien que voilées, n'en étaient pas moins violentes. Miss Elphinstone avait pris sur elle d'avancer quelques propositions, qui n'avaient pas été très bien reçues. Chacun avait ensuite donné son avis, de façon assez peu cordiale, mais miss Elphinstone était restée sur ses positions.

« Vous saisissez, Blanche ? poursuivait miss Elphinstone un peu plus tard depuis la porte de la salle à manger. Je me suis prise à mon propre piège, pour ainsi dire. »

Blanche regrettait ces obscures chroniques lorsque, le moment venu, elle regardait miss Elphinstone se préparer au départ. Indépendamment de son admiration pour la vie vertueuse et pourtant intéressante que menait miss Elphinstone, Blanche appréciait son extrême élégance. Rien en elle n'évoquait la silhouette sans taille, ventre en avant, des personnes d'un certain âge, bien qu'elle eût atteint celui où le laisser-aller est généralement admis. Grande, le teint pâle, son abondante chevelure grise tirée en arrière et mystérieusement fixée dans les replis de sa coiffe, miss Elphinstone se tenait très droite et se déplaçait gracieusement en dépit de ses souliers serrés et lourdement ferrés. Le manteau noir de Blanche tombait sans un faux pli de ses épaules étroites ; une blouse impeccablement propre, aux tons un peu passés, protégeait le chemisier de soie noir et écru, autre présent de Blanche. Le rituel au cours duquel miss Elphinstone lissait et arrangeait ses cheveux sans retirer son chapeau fascinait particulièrement Blanche, et lui rappelait les jeunes couventines prenant leur bain en chemise, ou les mères de famille qui se déshabillent sur les plages. Il arrivait souvent à Blanche d'acheter un vêtement qui ne lui allait pas tout à fait mais qui, à son avis, conviendrait parfaitement à miss Elphinstone. « Je peux vous en débarrasser, si vous n'en avez pas l'usage, murmurait miss Elphinstone d'une voix sévère, ses longues mains sèches palpant amoureusement le tissu. J'ai l'impression que ça pourra me servir. Peut-être même pour les excursions, si le beau temps persiste. Encore que la question soit loin d'être réglée, comme je vous le disais. – Du café ? – Bien volontiers, Blanche, si vous en faites pour vous. J'ai encore le temps d'en prendre une tasse. J'espère que vous irez faire les courses, cette semaine. Nous sommes à court de tout, d'après ce que j'ai vu. Au fait, j'ai dégivré le frigo ; attendez un moment avant de le remplir. »

De nouveau assise à la table de la cuisine, son sac et ses gants près d'elle, miss Elphinstone buvait son café à petites gorgées en jetant un regard satisfait autour d'elle. Blanche s'attendait à quelque recommandation, mais miss Elphinstone déclarait : « Nous avons pensé à Bourton-on-the-Water, cette année. » Et ensuite : « Vous ne songez pas à partir un peu ? Vous devriez téléphoner à Mrs. Jack, voir si elle ne peut pas vous prêter le cottage. J'ai entendu parler d'une petite crise de goutte : son cher et tendre ne risque pas d'y aller. Un bon bol d'air vous ferait du bien, à mon avis. » La façon dont miss Elphinstone finissait par tout savoir demeurait pour Blanche un mystère ; elle supposait que les informations, telles des particules attirées par la chaleur, détectaient elles-mêmes leur lieu d'accueil, suivant leur propre volonté, ou leur penchant. Et les relations tangentes de miss Elphinstone avec la sœur de Bertie lui permettaient cette attitude protectrice, fondée sur une appréciation précise et presque infaillible des évidences. Elle savait que Barbara et Jack Little possédaient un cottage dans le Wiltshire, et prescrivait fréquemment à Blanche d'aller s'y refaire une santé. Mais Blanche s'y rendait rarement, poussée par la force de l'inertie à ne pas quitter son appartement, une tendance inquiétante dont elle avait de plus en plus conscience.

Lorsque le moment du départ ne pouvait plus être reporté, miss Elphinstone procédait toujours de la même façon. Elle redressait un dernier pli des rideaux, déclarait à Blanche qu'elle lui trouvait une petite mine, lui rappelait quels produits d'entretien renouveler et fermait enfin la porte derrière elle. Une fois dans la rue, elle tournait la tête vers Blanche postée à la fenêtre, en exhibant ses étincelantes fausses dents avec le genre de sourire qui dénote une conscience tranquille. Blanche faisait des signes d'adieu jusqu'à ce que miss Elphinstone ait disparu.

Dans l'incertitude sociale de son nouvel état de divorcée qui, avait-elle constaté, lui imposait de rester relativement seule afin de pouvoir « trouver son équilibre » puis, sans doute, revenir à ses amis sans démentir son extrême raffinement plutôt que de leur infliger l'image d'une femme ressassant ses griefs en des moments inopportuns ou lors de réunions mondaines, Blanche notait avec intérêt, mais sans surprise, que la sympathie allait du côté du coupable. Le brouhaha de spéculations qui entourait la liaison de son mari résonnait jusque dans les pièces silencieuses de Blanche. Elle avait parfaitement conscience que le désir de voir Bertie se ridiculiser ou se casser la figure entrait également dans ces spéculations, auquel cas on ferait de nouveau appel à elle, on solliciterait son opinion. On espérait même, obscurément, qu'elle effectuerait son retour dans la société en se remariant ; mais en attendant, à l'image de certaines actrices de Hollywood ayant jadis connu des jours difficiles, elle était mise à pied.

Elle présentait si peu de signes d'égarement ou de rage qu'il était malaisé de lui témoigner de la sympathie. En vérité, ainsi que l'affirmait Mousie à ses amis débordants de bienveillance, Blanche avait failli conduire Bertie à une totale stérilité de sentiments par la seule vertu de son « snobisme intellectuel ». Cette déclaration était parvenue aux oreilles de Blanche, comme il se doit, et l'avait plongée dans le plus sincère ahurissement. Il y avait entre elle et Mousie, estimait-elle, une différence extrêmement simple : Mousie avait l'habitude d'être aimée. Métaphoriquement parlant, elle s'élançait en tendant les bras depuis son plus jeune âge, assurée d'être chaleureusement étreinte. « Mousie », le sobriquet dont on l'avait gratifiée à cette même époque, évoquait une enfant gâtée, adorée par un père indulgent, sinon par sa mère. En tendant ses petits bras de bébé, Mousie avait émis les signaux qui convenaient : tous savaient comment y répondre. Et comme elle était si délicieusement ouverte, si facile à comprendre, si ingénument satisfaite des réactions qu'elle provoquait invariablement, elle pouvait se permettre d'être tout aussi ingénue lorsque ces réactions manquaient légèrement de ferveur. Des larmes de rage lui venaient alors aux yeux, des accusations jaillissaient sans retenue, et les cadeaux étaient dédaigneusement repoussés. De cette façon, elle cimentait l'affection par le biais de la culpabilité, et le désagrément qui pouvait en découler était balayé par ses foudroyants changements d'humeur, sa gaieté, son besoin d'amour qui ne semblait jamais comblé. Mousie ne pouvait fonctionner qu'à partir d'une position de domination affective ; comme c'était un art qu'elle avait appris au berceau et qu'elle en avait retiré des résultats fort probants dès cette époque, elle n'avait pas jugé utile d'y renoncer à l'âge adulte.

Habitué à la femme calme et peu émotive que Blanche était devenue, Bertie avait été charmé par la susceptibilité, l'assurance et l'impudeur de Mousie. Il avait pris ces traits pour des preuves de passion, ce en quoi il se trompait, mais l'erreur était fréquente et il n'en avait pas l'apanage. Homme riche et réservé, doté d'une forte personnalité, Bertie, quant à lui, incarnait pour Mousie le père vers lequel elle pouvait de nouveau tendre ses bras juvéniles, en prolongeant délicieusement ses instincts naturels. Bertie, dont le désir de maîtrise était aisément titillé par une opposition symbolique, et qui avait commencé à percevoir chez Blanche une force de caractère qui semblait concurrencer la sienne, avait succombé sans grande résistance aux attraits de Mousie. Mousie n'observait pas la discrétion de la femme qui, techniquement, s'est écartée du droit chemin ; son indécence même avait en fait troublé Bertie au plus intime. Mousie lui téléphonait chez lui, parfois en pleurant, lorsqu'elle ne l'avait pas vu dans la journée, sans se laisser démonter par la présence de Blanche. Celle-ci, un jour qu'elle avait décroché, lui avait dit : « Vous voulez parler à mon mari, ou vous préférez faire semblant d'avoir composé un faux numéro ? » Mousie avait trouvé ce comportement terriblement perfide et s'en était plainte à Bertie avec force sanglots. Ce dernier, à la perspective du malaise qui risquait de s'ensuivre, avait également réagi en donnant tort à Blanche. De cette façon, l'honnêteté même de Blanche allait servir à l'isoler. La gêne des coupables ne pouvait se dissiper qu'en mettant en avant le manque de coopération de Blanche. Se conduire correctement, dans ce contexte, revêtait une signification tout autre que celle donnée par Blanche à cette situation, ou à n'importe quelle situation en général.

« Ta petite amie a téléphoné », disait Blanche à Bertie lorsqu'il rentrait du bureau, l'air parfois rajeuni ou parfois plus épuisé que de coutume. « Pourquoi ne l'invites-tu pas à la maison ? Je supporte mal de l'imaginer tapie en bas dans le hall. » Comment Bertie pouvait-il faire semblant d'être fidèle à Blanche alors que Mousie avait ostensiblement révélé leur liaison ? Et comment Blanche, tellement entraînée à se bien conduire, aurait-elle pu gagner la partie contre une sale gamine, elle qui avait depuis longtemps renoncé à utiliser des stratégies qu'elle estimait stupides, malhonnêtes et qui, surtout, ne lui ressemblaient pas ? Il était particulièrement difficile, en de telles circonstances, de se conduire dignement car, pour mener une négociation réussie, Blanche aurait eu besoin de transiger en adoptant ce qu'elle considérait personnellement comme une conduite indigne, en puisant dans des réserves de patience et d'astuce qui lui faisaient notoirement défaut. Elle savait que Mousie n'était qu'un bébé mais, et cela achevait de la déconcerter, un bébé déguisé en jeune femme adulte qui gagnait sa vie en adulte et déjeunait dans des bars à vin avec ses amies avides de promotion, chacune d'elles passant un temps fou à fréquenter l'aristocratie des banlieues du Sud-Ouest londonien et à comparer le comportement des hommes qui partageaient leur vie. Elles méprisaient le mariage, qu'elles tenaient pour une entrave emprisonnant les femmes au foyer ou qui, au mieux, les épuisait d'avance, tant était contraignante la nécessité de réussir dans tous les domaines, même si des serments de fidélité étaient requis, comme dans un nouveau code de chevalerie. Blanche, méditant devant un verre de vin et un sandwich, pouvait parfaitement imaginer ces déjeuners. Conversation animée, attachés-cases entassés sur une chaise vide et, lorsque passait une personne de connaissance, grands saluts sonores et chaleureux. Ensuite, le moment des confidences venu, les têtes se baissaient et se rapprochaient, et seules prévalaient les lois de la mafia. L'honneur de la mafia devait être respecté, quoi qu'il en coûte. En réalité, le prix à payer était toujours la survie : une question qui ne prêtait pas à rire, ainsi que Blanche avait bien des raisons de l'admettre.

Naturellement, il avait fallu répandre quelques fausses explications avant le divorce. Mousie avait utilisé la plus efficace d'entre elles. « Quand un homme commence à chercher ailleurs, on peut être sûr que sa femme ne le satisfait plus », avait-elle affirmé à toutes ses amies, confondues par tant de perspicacité. L'actuel isolement de Blanche, toutefois, n'était pas dû à l'opinion des amies de Mousie, qu'elle ne connaissait pas, mais à la défection simultanée de ses propres amis, qui semblaient penser tout bas ce que Mousie et ses partisans clamaient aux quatre vents. Les constantes références de Blanche à des sujets mystérieux, sa façon d'aborder des questions déplacées lors de dîners en ville finirent ainsi par être perçues comme autant de preuves de déliquescence, de sournoise réserve ou d'incapacité ; elle était beaucoup moins intéressante que Mousie, aux réactions tellement plus spectaculaires. Et il était difficile de savoir ce que Blanche voulait dire. Si on n'avait pas lu les livres dont elle parlait, impossible de comprendre ses allusions. Mousie, comparativement, était une enfant, une adorable enfant. Épuisante, parfois, et souvent embarrassante, mais dans l'ensemble drôle et agréable.

« C'est parfaitement clair, avait confié Blanche à Barbara au cours d'une conversation téléphonique moins neutre que d'habitude. Je ne suis pas adorable. Il m'arrive d'être très caustique, et il semble que ce soit plus blessant pour Bertie que le fait de se faire posséder par Mousie. Et par-dessus le marché, tout le monde a l'air de croire que je suis frigide, sans que j'aie les moyens de prouver le contraire. C'est tellement habile, vous ne trouvez pas ?

– Vous pourriez coucher avec les maris de celles qui le pensent, avait rétorqué Barbara, qui n'avait pas peur des mots.

– Je n'ai jamais eu envie que de coucher avec le mien, avait répondu Blanche tristement. Et c'est encore une autre erreur, on dirait. Les gens m'exprimeraient davantage de sympathie si j'avais mené une vie dissolue. Cela leur aurait prouvé que je suis un être humain.

– Des ragots d'arrière-cuisine, avait commenté Barbara. Je trouve étonnant que vous en teniez compte.

– Mais, ma chère, c'est qu'ils sont faits pour ça. Et je crois que je ne peux pas l'éviter. »

« J'estime que Bertie s'est vraiment conduit de façon impardonnable », avait déclaré Barbara à son mari après avoir raccroché.

Jack s'était contenté de ricaner : « Je n'aurais jamais

cru ça de lui. Je le prenais pour un abruti. Et voilà qu'il se dégotte cette jolie petite garce. Manque de chance pour Blanche, évidemment », avait-il hâtivement ajouté devant le regard de sa femme. Depuis, ils n'avaient plus abordé la question.

C'est ainsi que le bruit se répandit, comme il se doit, que Blanche allait perdre la partie. Et puisqu'il fallait bien satisfaire la curiosité, Bertie et Mousie se trouvaient continuellement invités à dîner. Et comme Mousie était une fervente adepte de la survie, de nombreuses allusions, durant ces dîners, venaient confirmer la fameuse excentricité de Blanche. La légende se trouva ainsi établie et le verdict prononcé : Blanche était trop excentrique pour qu'on la supporte. Elle était même, pour tout dire, insupportablement excentrique. Et cela ne s'arrangerait pas avec l'âge.

Bertie, qui trouvait sa femme gênante même s'il ne doutait pas de son honnêteté, s'abstenait de prendre parti, ne disait rien qui puisse modifier l'opinion générale, mais passait parfois la voir avant de rentrer chez lui, ou même plus tard, lorsqu'il avait des achats à faire dans un magasin de spiritueux. Il arrivait, une bouteille dans un sac en papier sous le bras, et constatait, non sans irritation, que Blanche buvait trop.

« Qu'as-tu mangé à midi ? » demandait Blanche. Car elle n'était pas surprise par la tournure des événements. Si, comme l'affirme Platon, toute connaissance est réminiscence, elle avait toujours su qu'elle échouerait dans cette épreuve particulière car, enfant, son manque de beauté l'avait conduite à porter un douloureux regard d'envie sur les sourires ravis dont bénéficiaient les autres petites filles, plus jolies qu'elle, et elle avait vainement souhaité pouvoir elle aussi faire des scènes. Mais les scènes que font les petites filles plutôt quelconques n'obtiennent pas l'effet désiré, et lorsque ces petites filles disgracieuses grandissent et deviennent des femmes élégantes, l'art de faire des scènes est définitivement perdu, faute d'avoir pu être exploité.

Et le temps, depuis lors, semblait s'être gâté à jamais, uniformément maussade, même si Blanche avait parfaitement conscience d'extrapoler, de généraliser à partir de son propre désarroi. Elle avait toutefois la certitude statistique qu'il existait quelque part de la chaleur, du soleil, de la splendeur, mais pensait que cet heureux climat était réservé à ceux qui avaient eu le courage de le chercher. A ses yeux, les jours gris et les interminables après-midi paraissaient assortis à sa vie actuelle, et elle devait parfois faire un immense effort pour quitter sa maison, poussée dehors par l'horreur encore plus grande de rester à l'intérieur. Elle ressentait d'autant plus le déchirant besoin de contacts humains que ceux-ci semblaient devenir inaccessibles, même si son port de tête altier et le sourire railleur qu'elle affichait par une sorte de déférence craintive envers les dieux avaient chassé loin d'elle plus d'un mortel de moindre importance.

Ses rêveries, dont elle ne disait mot – elle aurait préféré mourir plutôt que de les révéler –, se rapprochaient dangereusement de la surface tandis qu'elle contemplait le jardin détrempé et restait devant la fenêtre, figée dans la vision d'une autre vie, celle qu'elle aurait voulu mener si elle avait été en mesure de plaider sa cause devant quelque tribunal charitable.

Si seulement je pouvais habiter dans une vraie maison avant de mourir, sentir les lilas de mon jardin. Si seulement je pouvais me remarier, non pas à un certain âge et lasse d'en avoir trop vu, mais encore assez jeune pour garder confiance. Et avec Bertie. Si seulement c'était un dimanche d'été, juste encore une fois, et moi sur le point d'aller servir le thé dans notre jardin. Et si seulement il y avait eu un landau dans l'entrée ; on prétend que cela étouffe toute créativité, mais pour moi, cela aurait été le contraire. Nos fils, nos filles, jouant sur l'herbe, secouant les gouttes de pluie des feuilles du lilas, courant après le chat. Toujours un soleil brûlant, dans ces images rêvées.

Et pas de honte à vieillir, à devenir moins vigoureux. Bras dessus, bras dessous, une promenade dans ce jardin, en vieux amis... Les enfants qui viennent prendre le thé, avec leurs propres enfants.

« Vous auriez peut-être dû lui donner un enfant », avait dit un jour Barbara que la passivité de Blanche irritait.

« C'est peut-être lui qui aurait dû m'en donner un », avait répondu Blanche d'un ton pour une fois amer, touchée au cœur même de sa souffrance. Les choses en étaient restées là. Elles n'avaient plus jamais abordé le sujet.

En ce mardi de grisaille, momentanément réchauffé par la compagnie de miss Elphinstone et la preuve que les gens parfaitement sains menaient eux aussi des vies consacrées à la rumination, Blanche décida d'aller faire des courses et de préparer le repas comme une femme ordinaire confrontée à d'ordinaires réalités domestiques. Elle acheta des provisions pour une semaine, au cas où – toujours cette crainte lancinante – une maladie l'empêcherait de sortir et, rentrée chez elle, se remit à faire de la pâtisserie. Qu'elle soit excellente cuisinière, sans avoir besoin d'être aidée, constituait à son insu une tare supplémentaire aux yeux des amies de Mousie, tout comme son petit revenu personnel. « Ces soi-disant femmes d'intérieur, et tellement fières de l'être, perdraient de leur superbe après une journée au bureau », proclamait Mousie dans le bar à vin, rouge de colère, les cheveux légèrement en désordre au terme d'un déjeuner idéologique avec ses amies. « Je suis de celles qui font participer les hommes », ajoutait-elle avec arrogance, en se souvenant du tablier sur le costume sombre de Bertie et du temps excessif consacré à préparer le repas, tant il y avait à débattre, tant il y avait d'erreurs à corriger. Bertie paraissait s'en trouver fort bien. Et puis ils sortaient si souvent, invités à ces dîners dont Mousie était le point de mire, une situation qui ne lui coûtait aucun effort et lui convenait parfaitement. Lorsque Bertie lui demandait de recevoir quelques personnes, elle passait commande chez un traiteur et se mettait sur son trente et un, en espérant compenser ainsi le fait que les plats sortaient obstinément du four à la mauvaise température. Elle buvait moins que Blanche, mais s'échauffait beaucoup plus rapidement. Blanche, après deux ou trois verres, semblait simplement plus calme et commençait à esquisser un sourire sentencieux.

Bertie, lorsqu'il passa ce soir-là, la trouva en train d'achever une bouteille de sancerre, sereine dans un chemisier de soie blanche et sa jupe de velours frappé.

« Tu dois dépenser une fortune là-dedans, dit-il, assez mal à l'aise. Et ça ne risque pas de te faire du bien. » Il avait horreur d'être confronté aux habitudes solitaires, tout comme il avait horreur du silence qui résonnait dans l'appartement tandis que, devant la porte, il se demandait s'il allait ou non utiliser son ancienne clé.

« Ne t'en fais pas, répondit Blanche. Je n'ai jamais été ivre de ma vie. Tu n'as pas à redouter de me trouver agrippée à un réverbère, le chapeau ridiculement de travers. Ce dont tu as peur, je crois, c'est de me voir arriver chez toi pour faire une scène. Débarquer parmi tes invités au moment où Mousie sert les poivrons farcis. Jusqu'à ce que des hommes en blouse blanche parviennent enfin à m'emmener. Réduite à mendier dans le quartier, demandant aux passants quelques billets pour une tasse de thé. Pendant que, de l'autre côté de la rue, tu contemples ce spectacle avec un frisson de dégoût. De toute façon, j'ai les moyens de régler mes factures. Au moins une chose dont tu n'as pas à t'inquiéter. »

Bertie, en soupirant, s'assit dans son fauteuil habituel.

« J'espère que tu es en forme », murmura Blanche en le regardant avec une expression réservée.

Bertie lui paraissait bizarre. Chaque soir en rentrant du bureau, ainsi que le week-end, Mousie insistait pour qu'il se change et passe des vêtements au style jeune et décontracté. Il a l'air d'un petit garçon, songea Blanche. « Quoi qu'il en soit, je trouve qu'il incombe aux femmes solitaires du monde entier d'assumer le fardeau de l'alcoolisme. Drôle de verbe, incomber. J'incombe, tu incombes... ce doit être un impersonnel, non ? Il y a une bouteille de malaga dans le placard », ajouta-t-elle en constatant que, comme d'habitude, il ne réagissait pas. « Ou du madère, si tu préfères. Avec une tranche de gâteau. »

Bertie glissa le doigt dans ce qui aurait dû être le col de sa chemise. « C'est toi qui l'as fait ? » demanda-t-il en se souvenant qu'il portait un polo.

« Bien entendu », répondit Blanche qui se leva pour aller chercher un plateau.

Ils restèrent assis, vidant lentement leurs verres dans un silence amical. Bertie contempla son ancien foyer. Cet appartement était sans doute plus proche de ses goûts que son nouveau lieu de résidence, même si l'agent immobilier lui avait assuré que les prix, à Fulham, allaient bientôt grimper spectaculairement. Lorsque cela se produirait, il rachèterait autre chose ailleurs ; Mousie tenait beaucoup à ne pas s'encroûter, à connaître de nouveaux quartiers, de nouvelles personnes. Ils finiraient bien par avoir envie de s'installer quelque part, disait-elle, de s'intégrer dans une communauté. Chez Blanche, aucune trace de mobilité ou de changement. Les lampes diffusaient toujours la même lumière atténuée, les meubles semblaient toujours noyés dans la même pénombre. Blanche, qui revenait de la cuisine, semblait se déplacer sans un bruit, en glissant, les pieds à demi cachés. Une atmosphère de quiétude enveloppait chacun de ses gestes ; tout au long des années passées ensemble, pas une fois il ne l'avait connue déraisonnable. Lorsqu'il y pensait, ainsi que cela lui arrivait parfois, il constatait que ses côtés bizarres ne l'avaient jamais vraiment dérangé, tout en supposant qu'ils s'étaient accentués depuis. Il regrettait bien entendu de l'avoir blessée, infiniment plus qu'il ne voulait bien le dire à Mousie, mais Blanche, après tout, possédait cette formidable capacité de se suffire à soi-même. En outre, il ne l'avait jamais vue pleurer, au contraire de Mousie qui ne s'en privait pas.

« La moquette commence à être râpée, Blanche.

– C'est vrai, admit-elle, mais il fait tellement sombre ici qu'on ne s'en rend pas compte. »

Venant d'elle, cela ressemblait presque à une accusation.

« Je ne comprends pas pourquoi il fait si sombre. Je ne cesse de te rappeler d'acheter des ampoules plus fortes. On finirait par croire que tu aimes rester dans le noir.

– Plutôt ridicule, non, d'être assise toute seule dans une pièce brillamment illuminée, dit-elle. De plus, j'aurais sous les yeux cette moquette usée. Non, non, de cette façon, je me prépare à passer une bonne nuit de sommeil. La soirée est un moment idéal pour la méditation. C'est ainsi qu'il convient de clore la journée.

– Que t'arrive-t-il, Blanche ? demanda-t-il, impatienté. Tu ne vas pas sombrer dans la mélancolie, j'espère ? Ou te mettre à pleurnicher, ajouta-t-il mentalement.

– Moi ? s'écria craintivement Blanche, en donnant des signes d'agitation. Mais je suis dans une forme superbe. Tu n'as aucune raison de t'en faire pour moi, Bertie. Je vais beaucoup mieux que toi. D'ailleurs je trouve que tu as terriblement grossi. Prends encore un peu de gâteau. »

Bertie épousseta quelques miettes sur son polo et se servit une autre tranche. « Je maigrirai dès que nous serons en vacances, déclara-t-il avec une certaine dignité. Je m'adapte très vite. Nous allons énormément nager, tu comprends.

– Ah oui ? Et où donc ?

– Je ne t'en ai pas parlé ? Nous partons en Grèce. Le mois prochain, en fait. Nous avons loué une villa avec des amis de Mousie. »

Dans ce cas, je ne te verrai pas pendant un certain temps, se dit-elle, presque soulagée qu'il le lui ait annoncé : elle n'aurait plus à l'attendre devant la fenêtre.

Ils n'avaient pas grand-chose à se dire, lors de ces soirées, même si Blanche, parfois, s'offrait le luxe de parler beaucoup plus que du temps de leur mariage. La présence de Bertie la rassurait, et d'une certaine façon il se nourrissait lui aussi de la voir rassurée. Il aurait aimé, occasionnellement, rester pour regarder la télévision, en silence. Mais il finissait toujours par se lever, avec un léger soupir, au bout d'environ trois quarts d'heure, puis l'embrassait machinalement et s'en allait. Fermant les verrous derrière lui, selon ses recommandations, Blanche partait ensuite se coucher et, ces soirs-là, dormait.

Elle n'éprouvait aucune rancune envers Bertie. Elle le considérait, ainsi qu'elle l'avait toujours fait, comme une sorte de gigantesque cadeau, un prix gagné à la loterie, un coup de chance immérité et, précisément parce qu'elle ne le méritait pas, d'autant plus agréable. Elle comprenait même sa défection, car c'était un homme très nerveux et elle avait toujours redouté de l'ennuyer. Au fil des années, elle lui avait caché ses peines et, ce faisant, s'était emmurée dans d'inquiétants silences : Bertie se demandait souvent quelle erreur il avait commise. Et c'était une question d'honneur, pour elle, de ne jamais rien lui reprocher, même s'il l'aurait parfois souhaité. De sorte qu'elle l'avait expédié vers son nouveau destin en laissant entre eux, inexplorée, une vaste zone de vie quotidienne. Elle avait tout simplement refusé d'aborder ce qu'il nommait la « rupture de notre couple », étant donné que, pour elle, il n'y avait aucune rupture. Ce refus avait engendré un tel malaise qu'ils furent tous deux soulagés lorsqu'il s'en alla. Pourtant, même au bout d'un an, et avec les mêmes faiblesses, elle attendait toujours qu'il revienne et lui, peut-être, en certaines occasions, se retrouvait étrangement sur le chemin de ce qu'il avait du mal à ne pas appeler « la maison ». Il avait conscience de son âge, comme de celui de Blanche. Mais Blanche estimait qu'elle n'avait plus d'âge, rendue immatérielle, laissée vide par la disparition de Bertie. Comme s'il avait emporté avec lui la totalité de son histoire à elle. Bertie, lorsqu'il passait lui rendre visite avant de rentrer à Fulham, était déconcerté de voir combien elle paraissait jeune. Mais après son départ, quand elle était de nouveau seule, le visage de Blanche s'altérait, s'attristait. Blanche, qui ne s'intéressait plus guère à l'image qu'elle donnait, s'en rendait à peine compte.

3

Blanche vit l'enfant et se l'appropria mentalement avant même de connaître son nom : Elinor.

La petite fille, vêtue d'une salopette et d'un anorak roses, une mèche de cheveux châtains retenue par un nœud rose, avait environ trois ans et n'était pas vraiment attachante, au sens conventionnel du terme. Le plus remarquable, chez elle, était l'extraordinaire gravité avec laquelle elle se servait de sa petite cuillère pour traquer un morceau de gâteau, assise dans la salle d'attente des consultations où Blanche, ce jour-là, servait le thé. Ordinairement, elle consacrait ses deux journées hebdomadaires à circuler d'un service à l'autre, bien connue des malades qui trouvaient quasi professionnel son sourire indomptable et appréciaient le tact de son attitude dénuée de tout entrain factice.

Blanche pensa tout d'abord qu'il s'agissait d'un enfant abandonné ; aucun bambin normal ne serait resté aussi calme dans cet endroit inquiétant – il se serait énervé, aurait pleuré, jeté des regards hébétés ou trépigné de rage. Pourtant la petite fille n'avait pas cette atroce passivité que Blanche avait appris à repérer chez les enfants qui attendaient d'être examinés par le médecin, trop malades pour jouer, poser des questions, ou affirmer leur énergie dionysiaque. Cette petite fille semblait en parfaite santé, mais indifférente à ce qui l'entourait, assise à la façon d'un adulte miniature qui, face à la jovialité ambiante, se retranche et l'ignore totalement. A l'instar des enfants abandonnés, elle paraissait trop mûre pour son âge, comme investie d'une mission où, n'ayant pas besoin qu'on la guide ou qu'on l'aide, elle aurait attendu que se révèle le fin mot de l'histoire. Son épouvantable patience, tandis qu'elle traquait le morceau de gâteau au lieu de l'enfourner dans sa bouche, fit éprouver à Blanche un frisson d'horreur et de sympathie mêlées, car elle y vit le signe d'une détermination à réussir des entreprises difficiles sans tenir compte d'éventuelles solutions plus aisées.

Elle possédait une telle maîtrise de soi que Blanche n'eût pas été surprise d'apprendre qu'elle était venue seule, mais, quelques instants plus tard, une pétulante jeune femme rousse engagée dans une conversation animée avec la blonde maman d'un bébé pleurnicheur se pencha vers elle et, indifférente à l'effort que s'imposait l'enfant, lui dit : « Tu en veux encore ? » Sans attendre la réponse, peut-être parce qu'il n'y en eut pas ou peut-être parce qu'elle était trop lente à venir, elle fit passer sa cigarette dans la main gauche, chercha un peu d'argent dans la poche de sa veste kimono, très chic et très élaborée, s'approcha nonchalamment du comptoir derrière lequel se tenait Blanche et déclara : « Un autre morceau de gâteau. Et, tant que j'y suis, un autre thé. »

Je ne lui aurais plus donné de gâteau, moi, songea Blanche. Complètement chimique, aucun goût, très mauvais pour les enfants. Je lui aurais plutôt proposé une banane et un jus de fruits ; la banane aurait été plus commode à manger et bien plus nourrissante. Mais Blanche resta silencieuse et sourit à la jeune femme tout en constatant, en lui rendant la monnaie, qu'elle éprouvait une impression déplaisante, obscure et incompréhensible, bien qu'assez forte pour l'obliger à détourner son attention de l'enfant.

Contrairement à sa fille, la mère était exubérante, pleine de vie, envahissante. Les fluides célestes d'une extrême jeunesse, d'une abondante fertilité animaient sa peau nacrée, ses cheveux roux et drus, ses membres mobiles sous les vêtements de coton, ses pieds nus dans des sandales de cuir noir. Une impression de richesse se dégageait d'elle, accentuée par les reflets des bracelets d'or qu'elle portait aux poignets. Voir une telle femme s'occuper d'une enfant si disgracieuse, si grave, avait un caractère incongru qui inquiéta Blanche, comme si cette femme, du seul fait de sa contemporanéité, de son engagement dans son propre présent aussi passionnant que désirable, ne pouvait pas être en mesure de prodiguer à l'enfant l'attention dont elle avait besoin ; comme si, à l'ombre d'une telle mère, l'enfant avait appris, trop jeune, trop brutalement, que certains naissent pour bénéficier de toutes les prévenances, tandis que d'autres sont condamnés à une position de retrait dans une demi-pénombre. Alors que chacun des mouvements de la jeune mère proclamait son dévorant appétit de la vie, les yeux de l'enfant semblaient rivés au sol, figés dans la contemplation infinie de l'insaisissable morceau de gâteau, auquel elle ne renoncerait pas avant d'avoir maîtrisé l'art de la capture ; tandis que la mère riait en poursuivant sa conversation avec sa blonde voisine de gauche, jouait avec ses bracelets et examinait pensivement un ongle au vernis rouge écaillé, la petite fille continuait à manier sa cuillère vacillante, une expression de gravité absolue sur le visage.

Ce qui inquiétait Blanche, tandis qu'elle suivait anxieusement du regard les efforts soutenus de l'enfant, c'était que l'équilibre de la vie ne se trouvait pas respecté : la vitalité d'un seul côté de la balance, tout chez la mère et rien chez la fille. Durant quelques étranges secondes, il lui sembla que la mère était véritablement plus jeune que l'enfant, et elle se demanda si cela n'expliquait pas sa réaction tellement tranchée lorsqu'elle avait compris qu'il s'agissait de la mère. Non que celle-ci ait eu le moindre comportement ennuyeux ou déplaisant ; il était en fait réconfortant de voir la mère d'un si petit enfant, et dans un endroit tellement sinistre, rire avec tant de naturel et de confiance en soi. Ce qui dérangeait Blanche, c'était le sourire curieusement aveugle et indifférencié que la jeune femme adressait à tout le monde, comme s'il représentait moins une réponse au sourire d'autrui qu'une conséquence de ses propres évolutions, tandis qu'elle zigzaguait entre les rangées de chaises, en tenant sa tasse de thé et sa cigarette légèrement en avant, telles des offrandes de libation. Blanche comprit alors ce qui la troublait tant dans ce qu'elle avait reconnu. L'expression de la jeune femme était semblable à celle des nymphes qui paraissaient se moquer de la voir évoluer dans les salles de l'école italienne de la National Gallery, au long de ces interminables après-midi d'avril. Elle avait le sourire satisfait d'une vraie païenne. Elle agissait selon les lois des dieux de l'Antiquité, refusant de se pelotonner dans le morne univers de la Chute.

Le côté désagréable de cette prise de conscience – car ce n'était pas une simple impression – incita Blanche à s'accuser de bizarrerie mentale. La rencontre de cette femme et la réaction qu'elle avait provoquée semblaient avoir révélé chez elle la folie latente dont Mousie l'avait implicitement suspectée et dont elle n'avait jusqu'à présent montré aucun signe. La jeune femme, qui ne devait pas avoir plus de vingt-quatre ou vingt-cinq ans, ne lui avait adressé la parole que pour commander un thé, balayant le visage de Blanche de son sourire-lampe électrique dénué de toute intention malveillante, sans la voir, simplement parce qu'elle n'avait aucune raison de la voir, en considérant la main de Blanche qui tendait la petite assiette, le thé, comme de simples produits. Ce n'était pas l'indifférence de la jeune femme qui alarmait Blanche (pourquoi, en effet, ne serait-elle pas indifférente ?), mais le fait qu'elle n'éprouvait aucune tristesse à conduire son enfant en ces lieux. Habituée à miss Elphinstone, à ses lèvres pincées pour tenter de masquer sa déception lorsqu'elle découvrait par hasard une bouteille vide, Blanche savait détecter la souffrance, la détectait de très loin, même chez Mrs. Duff, rencontrée dans le bus ou dans la rue, ses yeux remplis de sympathie devant l'allure majestueuse et désarmante de Blanche, ses stratagèmes ingénieux pour finir par n'aller nulle part en particulier, la détectait chez Barbara et ses coups de fil laconiques. Le don de compassion est inné ; il naît ou ne naît pas ; le produit factice, qui feint la beauté, pèche par manque de vérité. Une compassion tardivement acquise aurait pu s'apitoyer sur la situation de la petite fille ; elle n'aurait su prendre en compte l'étrange dimension de l'optimisme profond et sans entrave – presque un secret – de sa mère.

Blanche, poursuivant ses autoreproches, se demanda quelles raisons auraient dû faire obstacle à l'optimisme de la mère. L'enfant ne semblait nullement en danger, n'avait même pas l'air malade. Seule sa gravité n'était pas naturelle, non plus que son silence ; Blanche se rendit alors compte qu'elle n'avait pas émis un seul son. Tandis que la salle d'attente se vidait, Blanche quitta son comptoir pour ramasser les tasses ; elle rôda autour du couple, curieuse d'enregistrer d'autres signaux. La mère continuait à sourire, à fumer, à regarder sa montre : un rendez-vous manqué, de toute évidence, ou déplacé. Son regard n'engloba pas Blanche un seul instant mais poursuivit sa progression rayonnante en direction de revues déchirées, ou du contenu de son vaste sac à main. Elle se leva plusieurs fois pour aller téléphoner, à l'autre bout de la pièce. Elle donnait moins l'impression d'être dans un hôpital que dans une sorte de zone de transit. Sa relative impatience, tandis qu'elle consultait sa montre, renforçait l'image d'un hall d'aéroport. Elle semblait prête à prendre le premier vol en partance ; l'enfant aurait pu ne se trouver là que pour lui dire au revoir. L'idée que la petite fille était la plus mûre des deux se confirma lorsque Blanche, s'attardant près de leur table, scruta son visage et y découvrit l'expression totalement responsable d'un minuscule adulte.

« Elle doit commencer à être fatiguée », dit-elle à la mère.

La jeune femme se mit à rire. « Puisque nous sommes là, autant attendre, répondit-elle. Nous étions un peu en retard, on nous a dit que ça tombait mal et qu'il fallait revenir la semaine prochaine. Mais je connais le docteur ; il nous recevra si je réussis à l'attraper au vol.

— Elle n'a pas l'air malade du tout, reprit Blanche.

— Elle ne l'est pas. Elle va parfaitement bien, hein, Nellie ?

— Nellie ? C'est un nom assez rare, de nos jours.

— Elle s'appelle Elinor. Et je suis absolument sûre qu'elle n'a rien. Sauf qu'elle ne parle pas », répondit la mère, en se penchant pour allumer une nouvelle cigarette.

Blanche fut moins impressionnée par cette déclaration que par le prénom de la fillette, Elinor, qui lui convenait parfaitement. Elle était bien habillée, même si ses vêtements étaient beaucoup moins luxueux que ceux de sa mère.

« C'était bon ? » chuchota-t-elle en retirant l'assiette qui contenait toujours le morceau de gâteau.

S'adossant à sa chaise et plongeant les mains dans les poches de son anorak, l'enfant hocha affirmativement la tête. Elle n'est donc pas sourde, nota mentalement Blanche.

« C'est votre seule enfant ? demanda-t-elle en ayant recours aux formules éprouvées, résolue à en savoir plus.

– Ce n'est pas vraiment la mienne, répondit la jeune femme. Sa mère est morte un mois après sa naissance. Alors, quand j'ai épousé son père, j'ai pris les deux. » Elle rit, comme frappée par une telle énormité, éludant ou supprimant toutes les informations qui auraient pu être fournies, et ne l'étaient pas.

Blanche éprouva un sentiment de grande humilité devant un choix si rapide, une réaction si insouciante, une telle absence d'hésitation. Rien ne témoignait, chez la jeune femme, de décisions douloureuses à prendre, ou douloureusement prises : elle se conduisait comme si de telles dispositions n'avaient creusé aucune ride sur son front lisse, s'étaient imposées sans débat, de façon presque drôle. Mais ce serait une erreur de la juger là-dessus, se dit Blanche, car les décisions de ce genre doivent bien être prises, et qui peut les assumer, sinon les forts ?

Vue de près, la mère d'Elinor était presque belle. Des traits fins, voire aigus, composaient harmonieusement son petit visage pâle : les yeux, aux coins légèrement tombants, étaient profondément creusés, les paupières ombrées d'un fard tirant sur le gris et le bistre. Les oreilles, tout comme le nez, étaient délicates et bien dessinées ; la bouche, à l'instar des yeux, accusait un mouvement naturellement dirigé vers le bas, évoquant la fatigue ou le dédain, ce qui lui donnait une vague expression d'ennui lorsque manquait son habituel sourire à tout faire. La chevelure d'un roux orangé, artificiel constata Blanche en contemplant les racines sombres, présentait un désordre très mode, destiné à transmettre une impression d'insouciance, que la jeune femme renforçait en y passant constamment les doigts, dans un mouvement quasi amoureux qui partait de sa nuque. Ses surprenants vêtements de coton noir laissaient deviner le corps libre qu'ils recouvraient, rendant médiocres et laborieux tous les habits plus conventionnels. Elle semblait emplie d'émotions débridées et cela contraignait à ne lui jeter qu'un coup d'œil en passant tandis qu'elle évoluait par bonds nonchalants et mystérieux, seule à connaître ses motivations. Elle ressemble, se dit Blanche, à une figure de légende. A son côté, l'enfant était presque invisible et, dans ses vêtements aux tons un peu criards tellement éloignés de sa personnalité, de sa gravité, elle avait quelque chose de pathétique.

Une infirmière, venue vérifier s'il restait des patients, poussa la double porte vitrée et réprima une exclamation en apercevant la jeune femme.

« Mrs. Beamish ! Le docteur ne peut vraiment pas vous prendre maintenant ! Vous aviez presque une heure de retard. Revenez la semaine prochaine. »

Les traits du visage de Mrs. Beamish s'affaissèrent brusquement, et de profonds sillons vinrent cerner sa lèvre supérieure. De toute évidence, elle avait l'habitude de ce genre de reproches.

« Qu'est-ce que ça peut faire ? s'écria-t-elle non sans une certaine hauteur. On me fait toujours attendre, même quand je suis à l'heure. J'ai l'impression que vous nous entassez ici uniquement pour arranger le docteur. Et s'il est encore là, je ne comprends pas pourquoi il ne nous recevrait pas. Je suis certaine que vous ne tenez pas à me voir revenir la semaine prochaine. Et comme je n'y tiens pas non plus, nous sommes tout à fait d'accord.

— Non seulement il ne peut pas vous recevoir, mais vous ne pouvez même plus prendre un autre rendez-vous, rétorqua l'infirmière, plus hérissée par l'aspect de la jeune femme que par son insolence. La secrétaire a terminé son service.

— Et cette dame ? demanda la jeune femme en désignant Blanche.

— Mrs. Vernon est une bénévole, répondit l'infirmière, scandalisée. Et, d'habitude, elle passe rendre visite aux malades dans différents services, aucun rapport avec la consultation. Non, le mieux que je puisse vous proposer, c'est de revenir demain pour un autre rendez-vous. D'ailleurs le docteur s'en va », ajouta-t-elle d'un ton ferme en voyant la jeune femme se lever, le visage de nouveau animé, comme la double porte s'ouvrait.

Blanche entendit des rires et des réprimandes avant que le petit groupe – la jeune femme, l'enfant et le médecin subjugué – ne disparaisse derrière la porte. Il ne lui restait plus qu'à écouter les griefs de l'infirmière et, n'ayant pas envie de partir, à tenter de lui soutirer des informations sur Mrs. Beamish, même si c'était l'enfant qui l'intéressait. Elle apprit que Mrs. Beamish venait souvent et irrégulièrement consulter pour sa fille, en exigeant toujours qu'on fasse quelque chose sur-le-champ, alors que de longues et patientes recherches étaient nécessaires avant de pouvoir raisonnablement poser un diagnostic. La petite fille n'avait jamais parlé mais, comme elle n'était pas sourde et paraissait en bonne santé, le problème était manifestement d'ordre psychique ; l'infirmière, lèvres pincées, semblait penser que tout provenait d'une carence de soins maternels.

Irritée par sa ceinture trop serrée et ses lourdes chaussures, l'infirmière laissa entendre que la personnalité joyeuse et tellement dans le vent de Mrs. Beamish était sujette à caution – comment quelqu'un d'aussi peu consistant pouvait-il tenir valablement son rôle de parent... fût-il de substitution ?

« Les choses n'ont pas dû être faciles pour elle, hasarda Blanche.

– Je vous l'accorde. Surtout avec un mari toujours absent. Mais je ferais mieux d'arrêter mes bavardages. Vous devez avoir envie de rentrer chez vous, Mrs. Vernon. Et je suppose que vous allez reprendre vos visites dans les services la semaine prochaine, non ?

– Pas du tout, s'écria Blanche. Je me plais beaucoup mieux ici. » Elle se surprit à surveiller la double porte, jusqu'au moment où il fut évident que Mrs. Beamish avait réussi à convaincre le médecin et qu'elle ne sortirait pas avant longtemps.

Blanche avait parfaitement conscience de ses motivations, tandis qu'elle quittait lentement la salle par la porte de service ; elle avait toujours une perception très claire de ses moments d'aberration, de sorte que, le plus souvent, elle les maîtrisait au mieux. Elle était remplie d'un désir soudain d'en savoir davantage sur cette femme et son enfant, et les signes avant-coureurs de l'amour éprouvés devant la petite fille avec son gâteau étaient maintenant amplifiés et banalisés par un besoin d'informations, de confidences, de moyens de communiquer. Si elle pensait, avec son autodérision et son cynisme coutumiers, être en mesure de les aider, elle savait également, sans l'ombre d'un doute, qu'elles lui fourniraient un centre d'intérêt et que, puisqu'elle pleurait la famille qui lui avait toujours fait défaut, elle pourrait aussi utiliser ces sentiments d'une façon extrêmement raisonnable et mutuellement profitable.

Blanche n'avait rien d'une hystérique et ne redoutait pas de s'enticher inconsidérément en satisfaisant sa curiosité. La sympathie, se dit-elle ; sympathie et intérêt : ce ne sont quand même pas des délits ?

Blanche ne se faisait pas d'illusions sur son compte ; elle savait qu'elle percevait les choses de manière déformée. Elle n'ignorait pas qu'elle, une inconnue, ne pouvait espérer une quelconque intimité avec une femme si jeune et manifestement capable de se débrouiller seule. Elle savait aussi qu'elle ne désirait nullement être intime avec une personne de ce genre, ayant conscience de son étrange altérité, de sa ressemblance avec les nymphes patriciennes et invulnérables de la National Gallery. Sa fascination pour ce couple ne reposait pas simplement sur l'attirance d'une femme vieillissante envers l'enfant qu'elle n'avait pas eu. Il n'y avait rien du prédateur chez Blanche. Son attitude était désintéressée, à un point qui l'inquiétait elle-même. Elle voulait simplement observer l'enfant, l'étudier, la faire rire. Elle s'y emploierait avec le plus d'humilité possible, en se fondant sur des impulsions naturelles qui, s'exprimant sous une forme ou une autre, seraient peut-être appropriées aux circonstances. Elle n'imaginait rien de plus précis que ce mode de relation, le seul qu'elle s'autorisât désormais. Et pourtant elle éprouvait un puissant mouvement de curiosité, un appel venu du monde extérieur la poussant à s'engager en dépit du caractère incongru de la rencontre. Elle avait l'impression qu'un signal ténu lui avait été transmis, auquel elle avait répondu de façon mystérieuse, sans le mentionner.

Elle avait connu diverses formes d'exclusion depuis qu'elle vivait seule et, par pur dandysme, en avait dressé une liste ironique. Il y avait le monsieur invité à dîner en même temps qu'elle, déjà si avancé en âge ou en indifférence que cela éclairait d'une lumière assez morne les intentions de leur hôtesse ; le repli, lors des périodes difficiles de l'année telles que Noël, dans la forteresse de la famille, ce qui évitait d'avoir à l'inviter ; les récits de vacances enchanteresses, qu'elle se contentait d'écouter d'un air attentif et amusé ; et les amis du temps passé – toujours tellement occupés –, qui ne manquaient jamais de lui dire : « Mais assez parlé de moi. Et vous, Blanche, à quoi consacrez-vous votre temps ? Des choses agréables ? », le tout précédé d'un regard de profonde commisération. Elle n'avait pas trouvé de réponse à la curiosité avide de ces amis-là mais, se souvenant de la devise de sa mère, « la meilleure vengeance, c'est de bien vivre », elle avait simplement continué à s'habiller, à sortir de chez elle, à effectuer ses tournées culturelles, comme si une invulnérabilité éclairée était son lot, comme si s'attendre à autre chose, ou en avoir faim, était tout simplement incompatible avec sa dignité. De sorte qu'elle irritait beaucoup de monde, notamment ceux qui avaient hâte de la prendre en pitié. Blanche refusait qu'on ait pitié d'elle. Mais le soir, après deux ou trois verres de vin, elle sentait ses défenses faiblir et son humeur, artificiellement animée par l'attente de la visite de Bertie, se dégradait dès qu'il devenait évident que celui-ci ne viendrait plus. En de tels moments, debout et immobile dans la pénombre de la pièce, ou relevant un coin du rideau pour contempler le noir jardin désert, elle éprouvait une désolation intérieure dont personne ne devait se douter. Cette affliction, se mêlant au soulagement d'avoir réussi tant bien que mal à venir à bout de la journée, la suivait jusqu'à son lit, où, le vin remplissant son office, elle dormait généralement à poings fermés. Mais, quand il lui arrivait de rêver, elle avait conscience, quel que fût le contexte du rêve, de l'ombre de sourire qui l'accompagnait, exprimant tout à la fois la moquerie et le mystère, le sourire de la Déesse à la grenade qui l'avait un jour tellement inquiétée et lui avait laissé une impression si forte qu'il surgissait furtivement lorsqu'elle n'y prenait pas garde, ou bien dans son sommeil.

Elle n'espérait donc rien, ni de l'enfant, ni de sa mère ; elle trouvait simplement triste qu'elles doivent aller à l'hôpital ; elle pensait aussi qu'il serait magnifique de faire naître un sourire sur leurs visages, un sourire de reconnaissance, de réciprocité. Rien ne leur serait demandé en échange, car Blanche ressentait un léger dégoût devant les confidences des étrangers, elle qui en avait tellement reçu depuis qu'elle vivait seule. Mais s'intéresser simplement à leur situation ne serait peut-être pas mal interprété, compte tenu de la position rassurante et vaguement bienveillante que lui conféraient ses activités à l'hôpital. Ce ne serait pas trop demander, se dit-elle, bien qu'en fait elle fût trop fragile, derrière sa carapace, pour supporter le poids des inquiétudes exagérées des vieilles connaissances, et il pourrait être intéressant, voire de quelque utilité, d'observer une femme si jeune et si ardente pour tenter de comprendre son rapport avec la petite fille qui ne parlait pas mais dont les manières, avait remarqué Blanche avec une émotion qui ressemblait à de la douleur, étaient aussi méticuleuses que les siennes.

Car l'enfant en Blanche avait reconnu la solitude de la petite fille dans la salle d'attente, et s'était également rendu compte que son incapacité de parler n'était pas organique mais délibérée, qu'elle refusait, par quelque terrible force, de pactiser avec un monde qu'elle trouvait anormal, insatisfaisant, défectueux. L'application de l'enfant, par opposition à la désinvolture, au manque de poids de la mère, indiquait le désir d'un univers ordonné et structuré, doté de tous les points de repère d'une enfance ordinaire, voire conventionnelle. Blanche avait compris, avec ce qui lui sembla être une véritable intuition, que cette enfant aurait apprécié des repas à heure fixe, une alimentation équilibrée, des jeux traditionnels et une mère comme il faut, sinon effacée. Elle avait compris, pour l'avoir éprouvé elle-même, la résistance opposée au gâteau rassis et sans goût, dont sa mère lui avait donné non pas une mais deux tranches ; elle avait également décelé, dans les manœuvres résolues de l'enfant avec la cuillère, la décision de se comporter de la façon la plus recherchée possible, refusant que les déceptions de la vie en compagnie d'un parent tellement inadéquat portent atteinte à sa dignité, affichant même une dignité plus grande qu'il n'est courant devant de telles déceptions.

Blanche réfléchit intensément à tout cela, mais sans la moindre perplexité. Car une double élucidation s'était fait jour : reconnaissance de la mère en tant qu'incarnation de cette essence qui avait semblé se moquer d'elle, proférant en souriant, sans un mot, des commentaires sur ses après-midi vides, et reconnaissance de l'enfant en tant que personne semblable à elle, refusant, avec une sorte d'héroïsme, le rôle qu'on lui proposait et qui ne correspondait pas à ses désirs. Ce que pouvaient être ces désirs, Blanche l'ignorait, ne pouvait l'imaginer. Mais elle percevait l'héroïsme du comportement de l'enfant et elle ressentait le besoin presque douloureux de l'examiner de plus près et de tenter d'en démonter les rouages avant qu'il ne soit trop tard.

Le père, avait-on précisé, n'était jamais là. Blanche l'avait immédiatement imaginé en prison. S'agissait-il, dans ce cas, d'une forme de grève de la faim, dans l'attente d'un impossible retour, comme elle en avait fait elle-même l'expérience ? Dans cette hypothèse, pourquoi la mère, cette Mrs. Beamish, était-elle si insouciante ? Et si bien habillée ? Si la prison était réellement à l'arrière-plan il devait exister des difficultés pécuniaires, car de toute évidence la petite fille aurait tiré plus de profit du traitement d'un spécialiste privé que de visites irrégulières dans un service d'hôpital bondé. Et s'il y avait vraiment des problèmes d'argent, Blanche voyait un moyen de leur être utile. Son statut de femme presque riche qui, en outre, dépensait peu pour elle-même mais serait heureuse de consacrer son argent à quelqu'un d'autre, allait lui faciliter les choses.

Plus elle considérait sa vie actuelle, plus elle la trouvait désespérante. Une suite stérile d'occupations quasi dépourvues de sens, des soirées interminables que l'attente vient encore prolonger, des veilles silencieuses près des fenêtres sombres avant de se coucher ne suffisent pas à remplir une vie, aussi résolu et brave soit-on. Et son étrange comportement, elle le savait, avait lassé les efforts de chacun pour la comprendre, car elle avait conscience de passer pour quelqu'un d'obstiné, d'inassimilable, refusant de rejoindre des groupes de personnes semblables à elle dans le but de voyager ou de se cultiver, activités où l'on pouvait penser qu'elle s'investirait honorablement, dégageant ainsi les autres de toute obligation envers elle. Blanche savait qu'il existe une limite – très vite atteinte, dans son cas – aux efforts qu'il est possible d'accomplir seul. C'est le signe venu de l'extérieur qui libère ces vies tellement assiégées, engluées dans les sables mouvants de leurs propres réflexions douloureuses et, pour quelque mystérieuse ou superstitieuse raison, elle tenait sa rencontre avec Elinor et sa mère pour l'incarnation d'un signe de ce genre. Elle en ignorait totalement l'explication. Simplement, en cet après-midi particulier à l'hôpital, elle avait senti renaître son énergie habituellement si abstraite, s'était mise à penser à l'enfant, ainsi bientôt qu'à la mère, avec un sentiment qui ressemblait à une imagination de créateur. Ce qu'elle avait à faire avec elles n'était pas terminé, se dit-elle. En fait, cela ne faisait que commencer.

La cohorte de nuages gris allait s'assombrir imperceptiblement, avant l'inévitable pluie de fin d'après-midi. Rien n'incitait à se hâter de rentrer car sa maison, déserte et sans attraits, n'était plus une maison. Bertie ne passerait sûrement pas ce soir, après sa visite de la veille : il aimait conserver la possibilité de s'éloigner pendant des laps de temps imprévisibles, peu désireux d'être trop souvent témoin du récit rigoureux des illogismes de Blanche. Lors de ces intervalles, Blanche enviait son intrépide plongée dans une vie plus désordonnée, voire ses labeurs dans la cuisine chaotique de Mousie, elle qui se sentait un monument de bienséance, incapable de se résoudre au désordre. Elle évitait scrupuleusement toute référence susceptible d'être interprétée comme malveillante ou cruelle. Lorsque Bertie lui avait annoncé qu'il allait la quitter pour Mousie, elle avait simplement murmuré : « Oui, j'avais cru comprendre que tu le ferais », avec un sourire effroyable, le visage soudain livide. Elle estimait maintenant avoir manqué de caractère, s'être montrée décevante. Mais elle avait conscience que Mousie, qu'elle tenait pour une sorte de gangster des sentiments, spécialiste des détournements et autres formes de terrorisme, était en fait mal à l'aise devant sa propre endurance et, redoutant une explosion anarchique, restait sur ses gardes. Les visites de Bertie étaient autorisées, pensait-elle, afin que Mousie soit prête si nécessaire à réduire toute velléité d'opposition ; Mousie et, à sa suite, Bertie ne parvenaient pas à attacher totalement foi à l'énervante bonne conduite de Blanche, dont ils pressentaient le terme naturel. Ils préféraient affronter le moment de son inévitable révolte en lui opposant un front uni. Mais Blanche espérait que Bertie gardait ses propres convictions personnelles à son sujet – espérait, car elle n'avait aucun moyen d'en être sûre.

Elle entra acheter une bouteille de vin dans un supermarché et y rencontra sa vertueuse voisine, Mrs. Duff, dont la main anxieusement posée sur le bras de Blanche démentait le sourire rassurant et les propositions d'amitié auxquelles Blanche avait jusqu'à présent résisté, sentant chez elle un besoin de sympathie qui risquait de se révéler trop lourd à assumer. Parmi toutes ses relations, se dit Blanche, cette femme était la seule à la traiter comme si elle avait pu être blessée et, de façon assez perverse, cela l'irritait au lieu de la toucher. Blanche trouvait intolérable que ses défaites aient des témoins ; en conséquence, elle ne donnait aucun signe de défaite. Du moins l'espérait-elle.

« Enfin un peu moins froid, hasarda Mrs. Duff. Nous allons bientôt pouvoir retourner au jardin. » Elles bénéficiaient de jardins mitoyens derrière leurs résidences respectives, et Blanche, bien que n'y mettant jamais les pieds, contemplait parfois de sa fenêtre Mrs. Duff lorsqu'elle s'y installait, chemisier imprimé et jupe d'un blanc éclatant, dans la chaleur des après-midi d'été.

Elles engagèrent une brève conversation à propos du temps, ce qu'il avait été, ce qu'il devrait être, ce qu'il serait probablement dans les jours à venir, sur le mode cordial propre aux relations de voisinage. Blanche éprouva une pointe de regret à l'idée d'être incapable de répondre aux avances de Mrs. Duff avec la liberté d'esprit ou la bonne conscience mutuelle qui mettrait un sourire sur le visage de Mrs. Duff. Son extrême certitude de sa propre défaite lui interdisait, apparemment à tout jamais, un échange de compliments de ce genre. Il existait une innocence chez Mrs. Duff que Blanche rejetait, dans la mesure où elle ne pouvait plus la partager. Comme si elle avait elle-même perdu sa propre innocence, ne parvenant plus à penser que dans les termes torturés du monde d'ici-bas, devant appliquer sa censure à chaque acte, chaque mot, et redoutant bizarrement de se révéler à autrui. Pourtant, en dépit de tout cela, la petite fille, précisément peut-être à cause de son refus des mots, avait provoqué une certaine réponse chez Blanche qui, peut-être pour cette raison même, lui attribuait une grande importance.

Blanche regarda la silhouette de Mrs. Duff s'éloigner de son pas cadencé et discipliné et, quelques instants plus tard, quitta elle aussi le magasin. L'humidité de la soirée l'envahit, engourdissant ses réactions. De l'autre côté de la rue, devant l'arrêt de l'autobus, elle vit Mrs. Beamish et Elinor qui, de toute évidence, avaient fini par bénéficier d'une consultation. Spontanément, elle leur fit signe. Mrs. Beamish la salua d'un mouvement de tête, sourit, puis, serrant l'épaule de sa fille, lui désigna Blanche. Après une seconde d'hésitation, Elinor leva la main et fit signe à son tour.

« Oui, conclut Blanche un peu plus tard, au téléphone avec Barbara. Une journée très intéressante. Pas mal du tout. »

4

Au moment précis où elle allait partir de chez elle, Blanche entendit sonner le téléphone. Lorsqu'elle apprit que Barbara était terrassée par la grippe, elle rangea son sac, se rendit dans la cuisine et commença à sortir des provisions, préparant mentalement le potage aux asperges, l'aile de poulet rôtie et le ragoût pour le dîner de Jack qui l'occuperaient le reste de la journée. Comme un soldat face aux barricades, elle se maintenait en état de bonne santé opiniâtre, redoutant sans cesse de tomber malade. Elle avait de ce fait échappé à l'épidémie de grippe qui paraissait annoncer la venue prématurée de l'été et dont sa belle-sœur était victime ; la grippe était arrivée avec un temps plus doux mais toujours mouillé qui accueillait chaque journée par une spectaculaire débauche de brume vaporeuse, l'estompe blanche d'un soleil impuissant s'étalant dans un ciel par ailleurs incolore. La pluie, à présent, s'égouttait maladivement des feuilles de marronniers. Le délicat arôme du potage, qui embaumait la cuisine, la fit songer à des serres, à de l'herbe humide, au soleil traversant les nuages et illuminant des vitres étoilées de gouttes de pluie. Pendant qu'elle faisait revenir des oignons et coupait un poireau et une carotte en morceaux pour son ragoût, elle se dit que c'était une chance de pouvoir cuisiner à nouveau, car elle s'était limitée depuis trop longtemps à une alimentation simple et austère ; elle observait, quant à sa santé, une attitude essentiellement fonctionnelle, sans plaisir, expédiant ses repas machinalement.

« Et pourtant je reste en bonne forme, déclara-t-elle à Barbara un peu plus tard dans la matinée. Inutile de vous en faire pour moi. Occupez-vous plutôt de vous. Buvez encore un peu de café. C'est excellent pour ce que vous avez, quoi qu'on en dise. Vous sentez cet arôme divin ? Idéal pour apaiser vos maux de tête, vous faire penser à des jours meilleurs.

– Je ne peux rien sentir du tout, maugréa Barbara. Enlevez-moi ce café. Vous êtes très gentille, Blanche. J'avais oublié combien vous étiez gentille. Probablement parce que vous ne faites pas semblant de l'être, contrairement à la plupart des gens. Vous n'avez pas remarqué ? Très difficile de savoir quel comportement adopter avec ces gens-là, ceux qui vous disent : "Si j'avais su que vous étiez malade, j'aurais fait quelque chose." On n'aurait jamais l'idée de leur en parler, évidemment : ce serait un manque de tact, une sorte d'intrusion. On n'aurait pas imaginé qu'ils seraient disponibles.

– Peut-être ne faut-il jamais imaginer que les gens sont disponibles, dit Blanche en enlevant les tasses et en tapotant les oreillers. D'ailleurs pourquoi le seraient-ils ? Mais vous avez raison au sujet de la gentillesse. La véritable gentillesse, à mon avis, est plutôt rare, beaucoup plus qu'on ne le croit. Ce devrait être une vertu cardinale, je trouve, et pourtant on ne la rencontre pas souvent. Pas fréquente dans le passé, et encore moins en peinture. J'ai beaucoup réfléchi là-dessus. Vous savez que je vais assez souvent à la National Gallery ?

– Beaucoup trop souvent, répondit Barbara en se

mouchant. Personne n'a besoin d'y aller autant. C'est presque une obsession, chez vous.

– C'est que je tente de décoder toutes ces images. On nous les présente comme des critères d'excellence, destinés à être admirés à jamais, et pourtant on y décèle de terribles enseignements. On comprend que la Sainte Famille n'avait pas beaucoup le temps de s'occuper du reste de la création. Je ne parle même pas de la Crucifixion. Et tous ces martyrs. Ces pauvres saints qui sacrifiaient inutilement leur vie, la seule chose qu'ils aient jamais possédée. La cruauté des tortures qu'ils subissaient. Tout ça pour qu'on puisse les représenter sur des tableaux, ressuscités, en pleine forme, avec, pour seule et délicate allusion à leurs souffrances, une tour, un écrou, ou une roue. Comme si le domaine de la peinture prenait le pas sur le royaume des cieux. Je trouve que c'est inquiétant.

– N'allez pas les regarder, si cela vous bouleverse.

– Et c'est encore pire du côté des païens. Ils sont à demi couchés sur des nuages absolument inaccessibles à tous et à tout. Pas une ombre de gentillesse là-dedans. Inutile d'invoquer la pitié des dieux de l'Antiquité : ils ricaneraient. Ils sont régis par un code différent, dont il est excessivement malaisé de deviner la nature. Cela me fascine. Vous avez tort de dire que je ne devrais pas étudier ces tableaux. C'est une occupation aussi inoffensive qu'instructive. J'apprends énormément. Sauf qu'il m'est difficile pour l'instant de savoir ce que j'apprends exactement. C'est pourquoi j'y retourne sans cesse.

– Vous vouliez y aller, aujourd'hui ? Vous n'êtes pas obligée de rester ici, vous savez. Je vais probablement dormir tout l'après-midi, puisque je n'ai plus à m'inquiéter pour le repas de Jack.

– Je passerai le mettre au four avant qu'il rentre. Et

je vous servirai un peu de potage, si vous voulez dormir pour l'instant.

– N'allez pas à la National Gallery, Blanche, dit Barbara. Ce n'est pas bon pour vous, tous ces vagabondages solitaires. Vous ne pourriez pas...

– Mais non, s'exclama Blanche, assez surprise. Il n'y a rien de sinistre là-dedans. Je ne suis pas dérangée, vous savez. Et j'ai toujours vagabondé toute seule, même quand j'étais mariée. » Elle se mit à rire. « Ne vous en faites pas. Je repasserai en début de soirée. Reposez-vous bien. » Elle se pencha pour embrasser Barbara, puis quitta la maison, refermant doucement la porte derrière elle.

La rue lui parut miraculeusement normale, après les rigueurs d'une chambre de malade. Soulagée, elle inspira l'air humide. De l'autre côté de la rue, elle aperçut Mrs. Beamish et sa fille à l'arrêt de l'autobus et, au lieu de se contenter d'un signe de la main, elle traversa pour aller leur parler. Elinor, la petite fille, était cette fois vêtue de jaune, une couleur qui n'allait pas avec son visage sérieux, ni avec le temps bilieux. Elle semblait pâle et absente, tout en donnant l'impression de mener une furieuse réflexion. Mrs. Beamish, malgré sa robe de coton gris à volutes qui, estima Blanche, devait sortir de chez un couturier japonais à la mode et coûter fort cher, paraissait encore plus pâle et plus mécontente que l'enfant, visage aux traits tombants, expression fermée.

« Bonjour Elinor, dit Blanche. Comment vas-tu aujourd'hui ?

– On est une très vilaine petite fille, aujourd'hui, répondit sa mère en secouant la main de l'enfant. Elle n'a pas voulu se faire garder. Avec tout le mal que j'ai eu à trouver quelqu'un. Et du coup, je dois la traîner avec moi toute la journée. J'avais tellement envie d'un après-midi de liberté.

– Elle ne va sûrement pas apprécier la promenade par un temps pareil, murmura Blanche en regardant le petit visage si soigneusement dépourvu d'expression. Peut-être que si vous attendiez demain...

– Je ne peux pas, s'écria la jeune femme. Je vais retrouver un vieil ami qui m'avait invitée à déjeuner et maintenant tout est gâché. »

Pour ça oui, songea Blanche, tout est gâché. La petite a voulu vous empêcher de retrouver ce vieil ami pour défendre les intérêts de son père. Et, une fois de plus, Blanche s'émerveilla de la force d'Elinor.

« Si vous voulez, proposa-t-elle avec précaution, elle peut venir chez moi pendant votre déjeuner. Je la ferai manger et vous passerez la chercher plus tard. Ça te plairait ? » demanda-t-elle en se penchant vers Elinor. Celle-ci, en réponse, mit sa main dans celle que lui tendait Blanche et hocha affirmativement la tête. Elle a fait passer son message, songea Blanche, et maintenant elle a faim. Quoi de plus naturel ? Elle sait qu'elle doit survivre.

« Vous êtes sûre ? demanda Mrs. Beamish sans une seconde d'hésitation, ses traits instantanément égayés d'un sourire éblouissant. Écoute bien, Nellie, tu vas avec la dame et je viendrai te chercher dans l'après-midi. Voilà un taxi. Vite. Oh, formidable !

– J'habite juste en face, l'immeuble qui fait le coin, là-bas, lança Blanche tandis qu'elle s'éloignait. Vous voyez ? Hubert Vernon, c'est le nom qu'il y a sous la sonnette.

– Hubert Vernon, répéta Mrs. Beamish, penchée à la portière du taxi. Sois bien sage, Nellie. Je viendrai te chercher plus tard. »

Main dans la main, Blanche et Elinor s'éloignèrent de l'arrêt du bus, Elinor légèrement en avant, Blanche souriant à droite et à gauche, à Mrs. Duff, à l'épicier, au facteur. Elle renonça au projet de la National Gallery sans la moindre difficulté, ravie de sentir la main de la petite fille qui tirait la sienne. L'enfant paraissait tout à fait tranquille, nullement dérangée par ce changement de programme, et bien résolue à profiter de chaque occasion susceptible de hâter sa décision, ferme et impénétrable, de grandir le plus rapidement possible. Elle semblait penser qu'elle pouvait se fier à Blanche, autant pour son déjeuner que pour le programme du reste de la journée, bien que Blanche n'eût pas d'idée précise sur ce point. Un piètre soleil émergea ; les trottoirs séchèrent, exhalant une odeur d'humidité très dense. Blanche acheta une boule de pain complet et une livre d'abricots.

« Ça alors, si je m'attendais ! s'écria miss Elphinstone, une main gantée de caoutchouc rose sur le chambranle de la porte de la cuisine. Qui est-ce ?

— Sa mère est une amie de l'hôpital, répondit Blanche en nappant les abricots de sucre avant de les faire cuire. J'ai promis de me charger de son déjeuner, ajouta-t-elle, du ton de quelqu'un qui accorde une faveur dénuée d'importance.

— Alors, ma mignonne, occupons-nous un peu de toi, déclara miss Elphinstone en retirant ses gants pour déboutonner le ciré jaune d'Elinor. Comment t'appelles-tu ? » Elinor la dévisagea gravement et ne répondit pas. « Le chat a mangé ta langue, hmm ? Viens t'asseoir gentiment et raconte-moi tout ça. Au fait, qu'avez-vous prévu de lui donner à manger ? demanda-t-elle à Blanche.

— Des œufs brouillés, des tartines beurrées et de la compote d'abricots. Ne vous étonnez pas qu'elle ne réponde pas. Elle ne parle pas, articula-t-elle silencieusement au-dessus de la tête d'Elinor.

— Ah, c'est une inadaptée ? s'exclama miss Elphinstone sans baisser la voix. Plutôt des caprices, à mon avis. Il va falloir bien te conduire, ici, ma petite demoiselle. » Mais dès que Blanche eut tourné le dos, elle tendit sa longue main sèche et caressa la joue de l'enfant.

Assises autour de la table, elles regardaient attentivement Elinor qui consommait son repas avec des gestes lents mais précis. A plusieurs reprises, miss Elphinstone coupa en petits morceaux, sans aucune nécessité, le pain beurré de la fillette. « Ce qu'elle est sérieuse, dites donc, déclara-t-elle à Blanche en acceptant une autre tasse de café. On dirait qu'elle vous aime bien, remarquez. » Réchauffée par tant d'activité inattendue, la cuisine montrait un désordre inhabituel. « Je vais vous laver la vaisselle, proposa miss Elphinstone qui n'avait aucune envie de partir. J'imagine que vous allez la coucher une petite heure. »

Lorsque Blanche revint de la chambre à coucher, elle trouva miss Elphinstone, qui avait déjà rangé ses gants dans son fourre-tout, en train d'ajuster sa coiffe devant la glace. « Je peux vous aider à vous occuper d'elle, si vous voulez, hasarda-t-elle. On ne m'attend pas avant 6 heures à l'église. Et je vous garantis qu'il n'y aura pas le moindre problème là-bas, ce soir, foi de Sylvia Elphinstone. » La force de l'habitude imposa de longs commentaires sur ce point, de sorte qu'il était 3 heures quand miss Elphinstone finit par se diriger vers le bus qui la conduirait à Fulham, où se trouvait son appartement en sous-sol, à une rue de distance de la maison que Bertie allait acquérir.

La confier à un baby-sitter ! songeait Blanche en se déplaçant sans bruit dans la chambre où Elinor, les joues rouges, dormait dans son lit. Et quelle sorte de femme laisserait son enfant à une quasi-inconnue ? Elle n'a aucun moyen de savoir que j'ai une excellente réputation. Un père qui n'est pas là. Et une mère qui sort avec un ami, peu désireuse de s'encombrer de sa fille. Des vies mystérieuses, pensa-t-elle, bien résolue à en apprendre davantage. Elle téléphona à l'hôpital, se fit communiquer l'adresse de Mrs. Beamish (près des quais de la Tamise, pas très loin, en fait), et décida de reconduire l'enfant chez elle, préférant, pour une raison qu'elle choisit de ne pas élucider, éviter d'introduire Mrs. Beamish dans son propre appartement. Blanche était persuadée que, de toute façon, celle-ci ne se souviendrait pas d'une adresse qu'elle s'était bornée à répéter mécaniquement, tant elle était anxieuse de ne pas rater son rendez-vous.

Elinor se réveilla d'excellente humeur, but un verre de lait et se laissa laver le visage et les mains. Elles se mirent ensuite en route, dans l'après-midi humide et clair, car le plus cher désir de Blanche était de marcher avec la main de l'enfant dans la sienne et de contempler le sourire des passants, et ce désir était presque plus fort que sa curiosité. Chez le marchand de journaux, elle acheta un livre d'images racontant l'histoire d'un petit train, qu'Elinor prit de sa main libre. A 4 h 30 elles descendirent les marches conduisant à un sous-sol que Blanche baptisa immédiatement la grotte de Mrs. Beamish, définitivement persuadée que la mère putative d'Elinor était en réalité une sorte de nymphe et se trouvait donc apparentée aux personnages dont elle avait si souvent scruté le sourire mythologique en ces après-midi tellement différents de celui-ci, qui se concluaient le plus souvent par un retour déprimé à son statut plébéien, et par la vaine recherche d'une transcendance, ou au moins d'un ravissement, dans le vin qu'elle buvait ces soirs-là.

Mais la grotte, où il lui sembla n'être admise qu'après la fin d'une longue conversation téléphonique, était poussiéreuse, et des mouches tournoyaient autour du sucrier lorsque le thé fut enfin servi sur une table roulante. Le mélange des styles et la saleté qui caractérisaient la pièce témoignaient du mépris des contingences. Mrs. Beamish était à demi allongée sur une *chaise longue*[1] brune de l'époque victorienne, irrégulièrement bosselée et recouverte d'une étoffe commune portant des traces de griffes de chat, dont le cadre de bois aux ornements élaborés hébergeait de pelucheuses et vagabondes substances. Une couverture de laine crochetée, composée de carrés prune et beiges, était négligemment jetée sur le pied de la méridienne, dont les roulettes tremblaient à chaque mouvement de Mrs. Beamish. De magnifiques rideaux de velours imparfaitement tirés, orange et apparemment neufs, laissaient voir de hautes fenêtres tapissées par les spores sèches des averses passées. Une moquette vert sombre, magnifique elle aussi, avait dû être posée par un amateur ou avec une hâte excessive, car elle gondolait aux pieds des fauteuils et faisait apparaître aux angles de la pièce les lattes d'un plancher en bois brut. A la *chaise longue* s'ajoutait un vaste canapé trapu également couvert d'une étoffe brunâtre très fatiguée, mais sur lequel une rangée de coussins exhibaient une éclatante soie indienne. Un fauteuil profond et bas, en velours brun, dans le style des années cinquante, faisait face à une cheminée vide. Dans le foyer de carreaux verts noyés de poussière, un vase en poterie empli de monnaie-du-pape occupait l'espace où, compte tenu de l'odeur de moisi qui se dégageait de cette pièce probablement humide, un feu aurait dû brûler. Blanche s'assit sur un massif *pouf* de cuir, qui complétait un ambitieux fauteuil au dossier inclinable dont

---

1. Tous les mots ou expressions en italique sont en français dans le texte original. *(N.d.T.)*

la majeure partie avait disparu. Elinor avait pris place sur son petit siège d'enfant en rotin aux tiges saillantes, et lisait l'album que Blanche lui avait acheté.

C'était le domaine de Mrs. Beamish car, manifestement, elle occupait la nuit le canapé aux coussins de flammes claires, vêtue d'un long déshabillé vaporeux, tentant d'apercevoir les passants à travers les barreaux des fenêtres chargées d'un amas de rideaux orange négligemment entrouverts. Savoir où dormait Elinor n'était pas immédiatement évident. En dépit de ses imperfections, la pièce pouvait avoir été conçue pour recevoir des visiteurs : étendue sur sa *chaise longue* ou sur son canapé, Mrs. Beamish semblait attendre des messagers, des hommages. Elle était tout à la fois majestueuse et accessible, et quelqu'un de la famille avait dû être riche car les tasses de porcelaine ancienne, bien que fêlées, avaient été soigneusement réparées, leurs profondes soucoupes décorées de motifs pur XIXe. Sur la table roulante à l'équilibre incertain se dressait une théière d'argent à l'ovale aplati, de style danois contemporain, avec des cuillères assorties. Les restes d'un gâteau au chocolat dans un papier froissé gisaient sur un plat de verre tel qu'on aurait pu en trouver, avant-guerre, dans un magasin à prix unique. Le lait était en bouteille.

L'apparence parfaite de Mrs. Beamish – cheveux d'un roux orangé, paupières à demi closes sur un regard oblique, petits pieds marron jaillissant du complexe cylindre de coton gris lavande de sa robe – se démarquait de l'ameublement hâtif de la pièce, lui donnant l'aspect d'un environnement provisoire auquel elle se montrait totalement indifférente. Il était clair qu'elle assumait également son rôle maternel sous le signe du provisoire, car on ne voyait nulle trace de jouets ou de jeux d'enfant, bien que le désordre de la pièce eût pu s'en accommoder sans mal. Le statut mythologique de Mrs. Beamish lui conférait une attitude insouciante face aux enfants ; les nymphes ne sont pas réputées pour leurs sentiments maternels, même s'il leur arrive de condescendre, durant de brèves périodes, à des activités nourricières. Le mari absent, qui – Blanche en était certaine – devait être en prison, ne l'avait sûrement pas épousée dans le but de donner une seconde mère à son enfant, même s'il avait vaguement espéré qu'il en soit ainsi ; il l'avait épousée pour son corps mince et svelte, son visage boudeur et insatisfait, ses paupières désabusées. Pourtant, en dépit de ses insatisfactions, elle avait l'air de traverser la vie avec légèreté, sans laisser beaucoup de traces. Elle peut être, songea Blanche, et elle est probablement, redoutable.

« Vous habitez ici depuis longtemps ? » s'enquit-elle. Son thé transparent qui refroidissait révélait une tasse mal lavée.

« Environ un an. Quand le bail de notre ancien appartement est arrivé à terme, il a fallu nous reloger très vite avant que mon mari parte à l'étranger. Nous ne serions jamais venus ici autrement. Aucun endroit où Nellie puisse jouer, et terriblement humide. Un de nos amis, un peintre, qui s'est installé aux États-Unis pour un an, nous l'a proposé sans aucun loyer. Difficile de refuser. »

En effet, songea Blanche, qui trouvait l'histoire plausible. Il ne pouvait s'agir que d'un peintre. Seuls les peintres sont capables de vivre dans une telle crasse : ils estiment qu'ils doivent s'occuper de choses plus importantes. De leur art, en particulier. Mais l'art a pour propos l'aristocratie et la subversion, une subversion bien plus profonde que celle-ci. Et, du coin de l'œil, elle vit apparaître de nouveau le sourire archaïque, sentit qu'il flottait quelques secondes dans la pièce avant de disparaître.

« Et votre mari, dit-elle avec une certaine émotion. Il va rester longtemps absent ? La petite doit beaucoup lui manquer.

– Paul ? s'écria la jeune femme avec un rire blasé. Il travaille pour un Américain, un vrai chien, je le hais. Il est horriblement riche, il a des maisons partout. Un type très difficile, qui ne supporte rien ; c'est pour ça qu'il a besoin de Paul. Il lui sert de factotum ; factotum de merde, oui, comme disent les Français. C'est là qu'ils sont pour l'instant, en France. Je ne sais pas où exactement. Sans doute en train d'acheter une nouvelle villa.

– Mais si c'est un Américain, il ne peut pas se débrouiller seul ? demanda Blanche, déroutée à l'idée d'un millionnaire primitif traînant dans son sillage un être délicieusement raffiné qui, tel un maître de danse du XVIIIe siècle, lui donne des leçons de maintien.

– C'est une espèce de cinglé qui tient le bon filon et qui a besoin du savoir-faire de mon mari. Paul est très doué, il parle plusieurs langues, il est à l'aise partout. Nous vivions à l'étranger au début de notre mariage ; nous avons rencontré cet Américain à Paris, il a engagé Paul sur-le-champ. Et alors Paul m'a persuadée de rentrer et de m'occuper de la petite qui, selon moi, était beaucoup mieux chez sa grand-mère. Ma présence n'a pas l'air de changer grand-chose pour elle. Une drôle de petite bonne femme, ajouta-t-elle d'un ton indifférent.

– Tout cela est très étonnant, dit Blanche dont la curiosité était magnifiquement dédommagée. J'espère que l'Américain rémunère bien votre mari. Vous méritez tous deux d'habiter ailleurs qu'ici.

– Demuth ? Laissez-moi rire. Il a fait signer un

contrat à Paul – j'étais absolument contre –, de sorte qu'il doit rester avec lui pour percevoir une énorme somme forfaitaire à la fin de l'année, réglée en plusieurs fois. En attendant, il partage leur vie de famille. Et pas n'importe laquelle, autant le dire. Il est très sensible à un certain style de vie, mon Paul.

– Et dans l'intervalle, murmura pensivement Blanche, vous êtes obligée d'habiter ici ? Bien sûr, ce n'est que provisoire, ajouta-t-elle devant l'expression hautaine fugacement apparue sur le visage de la jeune femme. Mais, comme vous le disiez, Elinor n'a aucun endroit où aller jouer.

– C'est débectant, je suis d'accord. Mais bon, c'est gratuit et nous serons riches à la fin de l'année. Et tant mieux, parce que pour l'instant, dit-elle en riant, tout est difficile. Nous n'avons jamais connu la pauvreté, vous comprenez. Ni lui, ni moi. Il a fallu mettre toutes nos affaires au garde-meuble. Alors évidemment, je passe mon temps à en racheter. Nellie a sans cesse besoin de nouveaux vêtements, en plus. J'ai pu rapporter de Paris une partie de ma garde-robe, et Paul doit m'envoyer le reste. Mais comme vous dites, et si vous ne l'avez pas dit je vois que vous le pensez, c'est vraiment pourri ici. Pas question que mon manteau de renard roux moisisse dans ce trou, merci beaucoup. Je l'ai laissé à Mrs. Demuth, elle me le garde gratuitement, avec deux ou trois autres choses. » Elle se mit à rire.

« Tout à fait fascinant, murmura Blanche.

– Vous pensiez que Paul était en taule, non ? demanda la perspicace jeune femme. Tout le monde le pense. Eh bien, c'est une erreur. » Elle alluma une cigarette et regarda par la fenêtre. « Encore la pluie, ajouta-t-elle.

– Si je peux vous aider avec Elinor, murmura timidement Blanche, qui ne voulait pas la froisser.

– Merci. Je m'en souviendrai. Mrs. Hubert Vernon. Que fait-il, votre mari ?

– Rien qui me concerne encore, dit Blanche avec un rire triste. Nous sommes divorcés. J'ai des petits revenus personnels. » Elle regretta de l'avoir précisé. Mais pourquoi pas ? se dit-elle. J'ai été trop longtemps prudente. Et je voulais savoir. Maintenant je sais. Et il est probable que j'aurai à payer le prix de ce divertissement. Cette idée lui déplut et elle parvint à la chasser momentanément de son esprit.

Circulant entre son monde intérieur et le monde extérieur comme elle le faisait – ainsi que la plupart des gens, supposait-elle –, Blanche ne pouvait qu'en conclure que sa vie passée était défectueuse sur tous les plans. S'essayant craintivement à affronter la réalité, elle avait mésestimé la densité de cette réalité. Dans l'attente, toujours dans l'attente, que quelque chose se passe, elle était extrêmement surprise quand cela se produisait. Et quand elle était confrontée à la réalité de la vie des autres, elle ne s'y sentait pas prête et, par conséquent, d'autant plus désireuse de comprendre cette réalité. Qu'une personne comme elle, femme respectable d'un certain âge qui, pas plus tard que le matin même, avait tenu le traditionnel rôle des femmes respectables et d'un certain âge en secourant sa belle-sœur avec des ailes de poulet, se retrouve, dans un état d'excitation contenue, assise dans cette demeure de peintre, avec cette odeur de moisi et ces mouches qui volaient en rond, lui aurait semblé incompréhensible si on lui avait platement exposé les faits ou si on les lui avait rapportés à propos de quelqu'un d'autre. Elle voyait soudain de façon très précise ce qui auparavant ne lui était apparu que sous une lumière vague et nébuleuse : un immense abîme coupait en deux le monde des femmes. D'un côté Barbara, ses soirées de bridge et son mari atteint de la goutte, Mrs. Duff et sa respectabilité de petite fille, elle-même et sa personnalité maladroite, et de l'autre Mousie et ses pareilles, ou encore Sally Beamish, des femmes mobiles, des agitatrices qui font avancer le monde, insouciantes et sans loi, vêtues de vêtements provisoires et peu pratiques, avec à leur suite des hommes qui détruisent leurs familles, abandonnent femmes et enfants pour bénéficier de leur inquiétante compagnie. D'un côté l'univers évangélique – et miss Elphinstone, elle aussi, entrait alors en scène –, de l'autre le monde païen. Devant les « bonnes » femmes, songea Blanche, les hommes donnent à voir le « meilleur » d'eux-mêmes, réservant aux autres leurs énergies primitives et à demi conscientes. Pour ma part, songea-t-elle encore, j'ai commis l'erreur de tenter de me conformer à l'image de la bonne moitié, adoptant l'attitude accommodante, sans une plainte, de l'épouse biblique alors que le comportement méprisant et anarchique de la maîtresse idéale constitue depuis toujours la réponse appropriée.

Que Sally Beamish fasse partie de cette dernière catégorie, Blanche n'en doutait pas. N'était-ce pas Blanche qui proposa d'aller coucher Elinor, tandis que Sally, ressassant les mystérieuses aventures de sa journée, allumait une nouvelle cigarette et continuait de regarder à travers les vitres sales de la fenêtre ? « Elle n'est pas encore fatiguée », déclara Sally après un coup d'œil las sur Elinor qui, imperturbable, n'avait pas cessé de tourner les pages de son livre. « Je me demande bien ce que nous allons manger ce soir. Je n'ai pas eu le temps de faire les courses. » Là-dessus, tu te débrouilleras toute seule, songea Blanche, qui avait retrouvé un peu de sévérité, bien qu'elle eût automatiquement rangé les tasses sur la table roulante qu'elle poussa jusqu'à la cuisine, moins par respect des convenances que par un diabolique désir de découvrir le pire.

La cuisine correspondait exactement à ce qu'elle avait imaginé, ou allait peut-être même au-delà. Sous la lampe qui pendait du plafond et diffusait une lumière blafarde, deux autres mouches tournoyaient au-dessus d'une vieille table à abattants, au vernis terni depuis longtemps, sa surface grise tachée de cercles d'eau de Javel. Une fenêtre aux vitres graisseuses donnait sur un petit espace de pavés moussus et de briques noircies, dans l'angle duquel la pluie jaillissait en gargouillant d'une gouttière bouchée. Sur l'égouttoir de l'évier en pierre séchaient quantité de chopes, d'assiettes et de couverts ordinaires. Comme il ne semblait exister nul placard, l'essentiel de la cuisine se trouvait entassé sur la table : un demi-pain sur une planche en bois noire de miettes, un paquet ouvert de thé Earl Grey, deux boîtes de sauce bolognaise, deux pommes vertes, une bouteille de lait, un carton de jus d'orange, une cocotte très chère, de marque « Le Creuset », une casserole en émail décoré tout aussi coûteuse, un sac de papier brun au contenu mystérieux, un rouleau de papier d'aluminium, et une théière de terre cuite au bec ébréché. Blanche souleva le couvercle, découvrit du thé froid et noir, et ne put s'empêcher de vider la théière puis de la rincer. Ce geste la conduisit tout naturellement à retirer la vaisselle de l'égouttoir mais, après avoir réfléchi, elle se contenta de la rincer à nouveau pour la remettre soigneusement où elle l'avait trouvée. Elle couvrit le pain d'un morceau de papier d'aluminium, non sans déranger les mouches, et remit le gâteau dans son emballage. Elle sursauta, l'air coupable, comme malencontreusement surprise en flagrant délit, lorsque Sally Beamish et son enfant se matérialisèrent derrière elle.

« Elle est fatiguée, tout d'un coup, déclara Sally,

tenant dans ses bras Elinor, impénétrable, qui lui avait passé un bras autour du cou. Elle veut aller au lit.

– Elle l'a dit ? interrogea Blanche ardemment.

– Non, elle ne dit jamais rien. Mais on se comprend très bien, pas vrai, Nellie ? »

Elle adressa un sourire de véritable amitié à l'enfant, dont le bras se resserra autour de son cou. L'espace d'une seconde, leurs têtes se rapprochèrent et se touchèrent. Voilà donc à quoi cela ressemble, songea Blanche : la parité. La parité de l'innocence païenne. Afin de dissimuler l'expression d'envie nostalgique qui, elle en était certaine, avait dû envahir son visage, elle se détourna sans pouvoir s'empêcher de demander : « Vous voulez que je vous aide à la coucher ? »

Je suis semblable à miss Elphinstone, un comportement chrétien qui masque une faim bestiale, pensa-t-elle tandis que sa main, comme celle de miss Elphinstone, se tendait spontanément pour caresser la joue de l'enfant. Mais Elinor se déroba ; elle n'était plus dans le même état d'esprit : elle ne faisait plus qu'un, pour l'instant, avec sa souriante jeune mère à laquelle, constata Blanche, le geste de répudiation n'avait pas déplu.

Le cœur lourd, elle les suivit dans la petite pièce sombre qui contenait le lit d'Elinor et une commode sur laquelle trônait un énorme ours en peluche neigeuse qui, jugea Blanche, devait être un cadeau de Paris. Une veilleuse, qu'on alluma et plaça près du lit, atténua la pénombre crasseuse ; le visage de Sally était magnifiquement éclairé tandis qu'elle se penchait sur l'oreiller, avec une expression calme et sagace. Elle ne semblait nullement surprise de la façon dont sa journée s'était déroulée, ni de la présence continue de Blanche. En cela, la mère et l'enfant se ressemblaient.

Elles laissèrent la petite, qui étreignait un vieil ours

râpé et s'était déjà presque endormie, et retournèrent dans le living-room. Blanche éprouva une soudaine nostalgie de son propre salon austère, gris et bleu, d'un bain chaud, d'un premier verre de vin. Elle attendrait Bertie, même s'il y avait fort peu de chances qu'il vienne, et les soirées vides, consacrées aux préparatifs et à la constance, lui manquaient tout à coup. Elle se sentait énervée, l'esprit agité par les événements de la journée, rempli à l'extrême de spéculations discordantes. Et le souvenir de la main de l'enfant dans la sienne lui parut brusquement dangereux, quelque chose qu'il ne fallait ni chérir ni se remémorer, qu'il convenait de traiter avec désinvolture ; en fait, il fallait qu'elle traite toute cette histoire avec autant d'insouciance que Sally. Elle se dirigea involontairement vers la porte, ne songeant plus qu'à s'en aller, à retrouver la vie qui l'attendait chez elle.

« C'est pour ça que, si vous pouviez nous dépanner... entendit-elle Sally déclarer.

– Bien sûr. » Son consentement était sans importance. Elle n'avait rien à faire là. Elle lui tendit cinq billets de dix livres et retint un sourire devant la réaction de la jeune femme, ravie mais nullement étonnée.

« Je suis certaine que Nellie adorera revenir chez vous, dit Sally. Elle a l'air d'avoir passé une journée magnifique. Et elle est folle de son livre. »

Mais Blanche, préoccupée, aurait préféré que la jeune femme la laisse et s'occupe de ses propres affaires. Le téléphone sonna. Sally n'alla pas répondre.

« Le téléphone, murmura Blanche en ouvrant la porte.

– Aucune importance, répondit Sally en la suivant. Les gens rappellent toujours. »

L'homme du restaurant, songea Blanche. Celui qui l'a invitée. Qu'elle avait tellement hâte de rejoindre.

Elle sourit, tourna les talons et se retrouva dehors, la pluie tombant silencieusement à travers l'air humide, tiède sur son visage.

Au bout de la rue, elle se retourna et vit Sally, l'étrange corolle de sa robe plaquée au corps par la pluie, qui se tenait en haut des marches menant à son sous-sol. Elle contempla Sally, qui, lui tournant le dos, regardait dans la direction opposée. Quelques secondes plus tard, elle fit volte-face et, apercevant Blanche, leva le bras dans un mouvement héraldique. Blanche lui fit signe à son tour. Elles étaient immobiles, à une certaine distance l'une de l'autre, sous la pluie, et se saluaient de la main.

5

Blanche rêva qu'elle était dans une barque et ramait pour atteindre l'île de Wight. Sa mère, robe en mousseline de soie et grand chapeau de paille, se trouvait près d'elle. Elle avait prié Blanche de l'y conduire parce que, invitée pour le thé, elle se voyait incapable de s'y rendre par ses seuls moyens. C'était une femme décorative et frivole habituée à poser des exigences qui ne souffraient aucun refus. Bertie, sur la terre ferme, regardait s'éloigner le canot et Blanche savait que, même s'il ne voulait pas qu'elle parte, il n'était nullement disposé à l'en empêcher. En acceptant d'accompagner sa mère et, par conséquent, en accomplissant d'une certaine façon son devoir filial, Blanche avait conscience de commettre une action fatale. Les quatre plumes blanches fichées dans sa chevelure par ailleurs en désordre en apportaient la preuve. Sur la berge de l'île vers laquelle Blanche ramait, Mrs. Duff souriait et faisait des signes de la main, applaudissant l'obéissance de Blanche. Elle se réveilla le cœur battant, avec un sentiment de panique.

Mais je m'en suis sortie, se dit-elle pour se rassurer. Bien qu'elle ne m'eût pas simplifié les choses en ne cessant de me répéter qu'un homme tel que Bertie ne pouvait s'intéresser réellement à une femme telle que moi, je m'en suis néanmoins sortie, même si Bertie détestait ma mère et, à un certain moment, ne semblait que trop prêt à s'avouer vaincu. Je me suis sortie des multiples devoirs qui m'avaient été imposés, illusoires pour la plupart, et tout ce que j'ai appris de ma calculatrice de mère, c'est le comportement inverse : ne jamais rien calculer. De sorte que j'ai débuté ma vie réelle dans un état d'horrible innocence, cherchant continuellement d'autres devoirs à accomplir, me croyant éternellement redevable à celui qui m'avait libérée de ce piège filial, et compensant son ennui par toutes les formes de soumission. Sans oublier un seul instant, pourtant, que ma mère, qui avait contracté une habile maladie pour souligner ma désertion, estimait avoir pleinement raison ; le jour de mon mariage, ses fréquents malaises accaparèrent l'attention, et elle exigea une chaise à divers moments cruciaux. Bertie ignora ce comportement, bien entendu, mais les amies de ma mère furent étonnamment nombreuses à l'entourer, non sans me jeter des regards de reproche. Elles semblaient avoir décrété que ma vie – et seulement la mienne – ne serait que patience, prudence, force d'âme, humilité : toutes les vertus chrétiennes, en somme. Elles me trouvaient si floue, si peu prometteuse que je ne pouvais pas me permettre d'avoir le moindre désir. Elles louaient souvent ma bonté, terme par lequel elles désignaient ma docilité, mon asservissement filial. Mon succès constitua une quasi-insulte pour ma mère. Presque immédiatement après la cérémonie, elle partit en croisière autour du monde, je m'en souviens, ensorcela plusieurs veufs, et l'un d'eux resta près d'elle jusqu'à sa mort, il y a dix ans, accomplissant tous les devoirs pour lesquels elle m'avait élevée en me marquant de son signe.

Mais que vient faire Mrs. Duff dans ce rêve ? Symbolise-t-elle simplement les femmes de l'Évangile qui observent des critères de bonté que nul n'est censé remettre en question ? Lorsque, la croisant dans la rue, je refuse ses gentilles invitations, n'y a-t-il pas dans ses yeux le même reproche désenchanté, comme si elle pensait que ce dont j'ai réellement besoin, dans le dilemme qui est actuellement le mien, c'est de sa compagnie et celle de respectables matrones dans son genre ? Comme si, après avoir été grièvement blessée dans la guerre des sexes, il n'y avait d'autre solution que de me retirer, en me contentant modestement, avec soulagement, d'une vie tranquille ? Comme si je devais réparer le tort causé par mon entreprise, au lieu de rester seule chez moi à boire ou à m'occuper d'enfants abandonnés ? Elle m'a confié, un jour que nous étions toutes deux prisonnières chez le coiffeur, qu'elle avait rencontré son mari à seize ans mais que, trop jeune pour quitter sa mère, elle l'avait fait attendre cinq ans. Et d'une certaine façon cette fermeté, pieuse mais peut-être pas naturelle, est du même acabit que son comportement chez le boucher, où, malheureusement, je la rencontre également, et où elle s'attaque astucieusement au commis qui tente de lui refiler de pâles escalopes déjà coupées, étalées dans un plat sur le comptoir.

« Voyons, Brian, dit-elle sur le ton de la réprimande. Vous savez bien que mon mari ne mangera jamais ça. » Ou bien : « J'avais passé ma commande par téléphone, n'oubliez pas. Si mon filet de bœuf n'est pas prêt, j'enverrai mon mari le chercher plus tard. »

Blanche savait parfaitement que Mrs. Duff, rassurée par sa félicité conjugale, se glorifiait de sa capacité à régenter son mari, le fameux dentiste qui l'avait attendue cinq ans et, étant une femme modeste, se contentait de faire la démonstration de sa force en employant ces vertueuses méthodes. Et s'attristait que Blanche ne soit pas en mesure d'agir de même, son regard s'embuant de sympathie en la voyant acheter une seule escalope. Et se montrait probablement très gentille avec sa mère, s'arrangeant pour faire tenir époux et mère dans sa vie satisfaite, ayant réconcilié ces deux inconciliables sans même se douter qu'ils étaient incompatibles.

Blanche, qui avait trouvé futile son propre désir d'être utile, n'en avait pas moins continué à vouloir se rendre utile, ayant plus pâti qu'elle ne l'imaginait de ses premiers manquements au devoir. Mais Bertie, tout en acceptant les efforts qu'elle déployait à son bénéfice, les considérait comme accessoires, puisqu'il ne les avait pas consciemment exigés, et Blanche savait qu'il l'aurait beaucoup plus appréciée si d'autres hommes l'avaient courtisée, si au lieu de s'adonner à la lecture elle s'était montrée frivole, en conservant un peu du caractère injuste et évaporé de sa mère. De sorte qu'elle en était venue à se fabriquer un personnage énigmatique, avec une expression d'indifférence étudiée qui plaisait à Bertie et qu'elle tentait maintenant de conserver, tout en ayant conscience d'avoir échoué sur deux plans : être totalement bonne et totalement mauvaise.

La femme que Blanche était devenue répudiait toutes les Mrs. Duff de son univers, ne voyant en elles qu'une version aseptisée de son ancienne personnalité, à l'époque où elle suivait rêveusement sa mère, portait ses paquets, l'accompagnait à ses multiples réunions mondaines, non sans désirer ardemment être libre. La femme qu'elle était alors avait tenté de devenir autre, attirée par toutes les formes de désobéissance, de mépris, de refus, auxquelles s'ajoutaient la dérision, la cruauté ou la suprême indifférence, la véritable indifférence, à autrui. Elle avait la certitude, de façon assez obscure, que ces caractéristiques servaient à protéger, alors que la dévotion et la soumission, qu'elles soient filiales ou conjugales, ne parvenaient qu'à rendre ennuyeux. Elle sentait également que la mésentente originaire aurait pu être corrigée par la naissance d'un enfant, tout à la fois agent de réconciliation éternelle et héritier du caractère infantile de Blanche, ultime espoir d'une issue heureuse dans un monde rendu défectueux par les fausses espérances.

Ses visites à Sally Beamish n'étaient pas dépourvues d'arrière-pensées. Elle voyait en l'enfant, Elinor, un embryon d'adulte encore susceptible, peut-être, après de désastreux débuts, d'être récupéré et de mener une vie sensée, satisfaisante. La mère lui paraissait l'illustration retorse de l'art d'investir ses énergies, elle cristallisait les caractéristiques féminines qui faisaient défaut à Blanche. Une mine d'enseignements semblait attendre Blanche dans cette pièce poussiéreuse et laide que, non sans perversité, elle parait de séductions manquant à son propre foyer. Et cette éducation, espérait-elle, donnerait un nouvel essor à son histoire inachevée, à ses espoirs déçus, à ses capacités inemployées dont personne n'avait besoin. Blanche aurait aimé accomplir un acte décisif, tempérer la redoutable force d'âme de l'enfant, son refus muet d'options frivoles devant le sens profond de la vie ; elle aurait aimé, en toute modestie, se révéler une bonne amie, même sans savoir précisément à qui cela pouvait profiter, car elle éprouvait une surprenante curiosité pour tous les aspects de cette histoire. C'était comme si elle redevenait élève, retournait à l'école de la vie, avide d'apprendre comment il fallait vivre, n'ayant jamais possédé de véritable savoir hormis celui du contenu de son propre esprit. Tels étaient les appels auxquels elle répondait en rendant de nouvelles visites à Sally, en se promettant de ne « faire que passer », car elle n'avait plus revu Sally à l'hôpital depuis leur première rencontre.

Au soir de telles journées Bertie la trouvait distraite,

les joues empourprées, ne s'attendant manifestement pas à le voir et, comme il supposait qu'elle avait un amant, il prenait un air amusé et se montrait plus attentif que d'habitude. Blanche, redevenant elle-même, murmurait qu'il y avait une bouteille de muscadet au frais et, pendant qu'il allait la chercher, se regardait rapidement dans le miroir en regrettant, modérément, qu'il soit arrivé avant qu'elle ait eu le temps de prendre un bain et de se changer.

« Tu as l'air en pleine forme, déclara-t-il lors d'une de ces soirées, appréciant de nouveau son beau visage et son expression distante. Tu sors beaucoup ?

— Oui, répondit-elle sans la moindre ruse. J'ai rencontré quelqu'un.

— Mousie apprécierait énormément que tu viennes dîner un de ces soirs. Comme tu sais, nous allons bientôt partir et je ne te verrai pas pendant un certain temps.

— Je crois que ce n'est pas possible, s'écria Blanche. Je ne suis pas assez sophistiquée pour tolérer un arrangement aussi civilisé. Je serais capable de faire une remarque déplacée, ou de me mettre à délirer sur Henry James.

— Henry James ne nous est pas totalement inconnu, figure-toi. Et je suis sûr que tu auras le bon goût de ne pas mettre Mousie dans l'embarras.

— Tu as tort, répondit Blanche. Le bon goût, vois-tu, je veux m'en débarrasser. J'ai l'intention de devenir redoutable et subversive. Ne me prends pas pour la Millie Theale des *Ailes de la colombe*. Une fille stupide, à mon avis. Elle aurait dû acheter comptant ce propre-à-rien. A quoi sert d'avoir de l'argent, sinon ?

— Et qui as-tu l'intention d'acheter comptant ? demanda Bertie, s'intéressant de nouveau à Blanche.

— Tu ne connais pas », répondit-elle sans mentir.

Elle laissait toujours deux billets de dix livres, ces

temps derniers, sous le couvercle de la théière ébréchée, dans la sinistre cuisine de Sally. Ni l'une ni l'autre n'y faisaient la moindre allusion.

Et pourtant son zèle de missionnaire, mal placé, n'était jamais aussi inutile qu'en l'absence d'Elinor, lorsque celle-ci partait chez sa grand-mère dans une banlieue huppée du Surrey. Blanche s'interrogeait sur les antagonismes ou les alliances que suscitait la présence ou l'absence d'Elinor. Elle s'interrogeait également sur le père d'Elinor, qu'elle avait vu en photo. C'était un souriant jeune homme paré des charmes fragiles et romantiques propres à séduire les femmes timorées : abondante chevelure noire, regard brillant émettant des messages de bonne volonté juvénile, et bouche arrondie, presque féminine. Il ressemblait au fils idéal dont rêve toute mère et, en dépit de sa beauté ostentatoire, Blanche le soupçonna d'être ennuyeux : il était probablement tout à fait stupide ou tout à fait habile, car tenu en esclavage par le mystérieux Mr. Demuth, l'énigme américaine, et contraint d'être son *homme de confiance*, situation qui risquait d'entraîner certaines humiliations de nature domestique. D'un autre côté, s'il supportait cette année d'apprentissage, il pouvait compter sur une jolie somme d'argent et opérer un retour triomphal auprès de sa femme, son manteau de renard roux dans les bras, ainsi qu'auprès d'Elinor, chargé de jouets peut-être encore plus inadaptés. Et ensuite ? Allaient-ils déménager pour s'installer correctement, comme une vraie famille ? Blanche en doutait. Sally était le genre de femme qui exige d'être divertie, de prendre l'essentiel de ses repas dans de bons restaurants, et elle tenterait d'obtenir de massives compensations pour l'année passée seule avec l'enfant. Elinor serait sans doute obligée d'aller de plus en plus souvent chez sa grand-mère et resterait muette aussi longtemps que son père serait absent de sa vie, aussi longtemps qu'il se conduirait comme l'amant de l'usurpatrice, ce qu'il continuerait de faire, estimait Blanche, car son destin était de succomber, d'être manipulé et frustré par une femme de ce genre, et il s'estimerait heureux d'être dans une position aussi précaire.

Blanche sentait obscurément que son amitié pour Sally Beamish manquait d'authenticité, n'étant dictée que par ses propres besoins. Lorsque, pour la seconde et dernière fois, elle avait emmené Elinor déjeuner chez elle, elle avait remarqué l'attitude nettement plus critique de miss Elphinstone.

« Pas à dire, elle se plaît bien avec vous, avait lancé miss Elphinstone du seuil de la porte avant d'être invitée à venir s'asseoir près d'elles. Mais vous ne devriez pas tant vous décarcasser pour elle. Elle a une maison, après tout.

– Oui, avait répondu Blanche. Mais une maison qui laisse à désirer. Je suis sûre que vous seriez de mon avis.

– Que je sois de votre avis ou non, la question n'est pas là. Sa place est dans sa maison. Elle n'a pas l'âge d'être invitée à déjeuner sans sa mère. »

Et elle avait jeté un regard sévère à Elinor, sans plus lui adresser la parole, comme si l'enfant était un déserteur. La petite, qui avait peut-être perçu la désapprobation, avait repoussé son œuf poché et refusé sa pomme cuite. Blanche, qui n'avait jamais vu l'enfant pleurer, décida néanmoins, devant son visage assombri, d'oublier la sieste pour la conduire au parc. Elle s'assit tristement sur un banc, regarda Elinor jouer avec le tricycle d'un autre enfant et se dit qu'elle agissait de façon stupide, que cela n'était pas raisonnable, que – en dépit de ses fantasmes – toute forme de maternité lui était refusée. Elle songea également qu'Elinor n'avait rien des fillettes de l'époque victorienne qui se vouaient à préserver l'unité de leurs petites familles et, les yeux levés au ciel, entendaient des voix séraphiques : c'était une enfant endurcie, avec la dureté propre à celui qui a étudié la dynamique de la survie et s'est fixé pour tâche d'en apprendre les règles. Au soir de cette journée Blanche prit un bain et se changea, s'assit dans son salon devant une bouteille de vin et songea qu'elle s'était reprise à temps ; elle avait failli se ridiculiser une fois de plus. Elle s'en tiendrait désormais à ce qu'une bourgeoise raisonnablement efficace pouvait faire pour Sally et son enfant, puis les laisserait poursuivre leur chemin. Mais l'image de son indépendance reconquise ne parvint pas à la séduire, et elle se sentit de nouveau prisonnière de son destin, ne s'y résignant pas mais impuissante devant ce qui avait été décidé pour elle.

Blanche n'avait rien d'une femme insensée, même si elle s'intéressait voracement à la folie des autres, espérant puiser quelque légèreté dans leur comportement. Son attitude charitable envers Sally, ses participations sous le couvercle de la théière lui semblaient à juste titre dépourvues de valeur, car ses motivations étaient impures. De sorte que c'est avec un désenchantement aiguisé par l'autocritique qu'elle affronta par la suite l'hospitalité abstraite et alanguie de Sally Beamish et qu'elle décida de remettre cette étrange relation sur des bases plus réalistes, retrouvant en l'occurrence sa position narquoise et s'interdisant de prendre la moindre part au sort de ces personnes.

La question, pourtant, ne se régla pas aussi facilement. Sally avait pris l'habitude de compter sur elle, à sa façon insatisfaite, comme si Blanche avait été le piètre substitut – piètre mais disponible – d'une assistance plus active. Pour autant qu'elle pût en juger, Sally, quand Elinor n'était pas là, restait simplement allongée sur sa *chaise longue* en fumant, attendant que quelqu'un vienne. Blanche soupçonnait qu'il y avait un homme, voire des hommes, à l'arrière-plan et que les séjours d'Elinor chez sa grand-mère en dépendaient. Sally avait le sourire insouciant et la distraction non feinte d'une femme habituée à un constant flot de faveurs. Nombreuses étaient les allusions à l'époque d'avant le naufrage dans son sous-sol, références à des soirées, des vacances, de fabuleuses fêtes qui ne s'achevaient qu'à l'aube du surlendemain, des balades dans des voitures empruntées, petits déjeuners au Maroc, dîners à Venise. Blanche écoutait passivement ces évocations, se demandant comment Sally avait eu les moyens de mener cette vie hédoniste alors qu'elle se trouvait aujourd'hui tellement dans le besoin. La réponse, apparemment, était liée à l'invisible Paul, qui avait probablement dépensé toute sa fortune pour elle et, une fois l'argent évanoui, s'était trouvé contraint d'accepter cet étrange travail chez l'Américain, ce Demuth.

« Quand reviendra-t-il ? » demanda Blanche d'un ton soigneusement neutre.

Sally haussa les épaules. « Vous en savez autant que moi », dit-elle.

Elles étaient installées, comme d'habitude, dans le sous-sol. Blanche s'était dit qu'il se passait quelque chose, Sally ayant pris la peine de lui téléphoner pour lui demander de venir. Et pourtant, elle semblait avoir aussi peu à dire que d'habitude, bien qu'elle eût réussi à préciser qu'Elinor resterait chez sa grand-mère quelque temps, « jusqu'à ce que nous trouvions une solution ». Elle s'exprimait de façon vague, avec des tournures à la mode, et ses phrases ne transmettaient jamais l'ombre d'une explication. Blanche avait fait des courses en chemin, supposant que le coup de téléphone était dicté par la gêne financière et, sous prétexte d'aller ranger ses achats dans la cuisine, avait glissé cinquante livres dans la théière. Il lui était impossible de savoir si c'était trop ou pas assez. A l'échelle de ses propres dépenses, cela paraissait suffisant mais, bien qu'étant relativement aisée, elle était également frugale, méthodique, et beaucoup trop mesurée par rapport à ses besoins. Sally, lui semblait-il, avait des appétits plus vastes, et les petits cadeaux, ou les vêtements pour Elinor, avaient été accueillis par un : « C'est gentil, mais il ne fallait pas », suivi d'un sourire particulièrement déçu.

Remettre Sally en forme, la prochaine tâche dont Blanche redoutait d'être chargée, n'était pas chose facile. Le dynamisme dont Sally avait fait preuve à l'hôpital ne semblait plus se manifester qu'à l'évocation d'activités passées. Les vacances, les réceptions, les dîners, laissait entendre Sally, étaient de nature tellement supérieure qu'on ne pouvait espérer qu'elle se contente de produits de moindre qualité. Quoi de plus naturel, par conséquent, que de consacrer ses heures de veille, aussi interminables qu'intenses, à attendre de retrouver de tels plaisirs ? Elle paraissait totalement incapable de se poser autrement qu'en bénéficiaire. Sa passivité permettait de différer ses désirs et, en ce sens, lui semblait parfaitement justifiée. Alors que Blanche aurait tout fait pour obtenir des nouvelles précises, ou au moins esquisser un plan d'action, Sally, au contraire, semblait vider son esprit de tout contenu, hormis le souvenir de ses activités passées. Lorsqu'il en était question, ainsi que cela se produisait de plus en plus souvent, Sally retrouvait sa vivacité ; ses traits s'aiguisaient, son regard s'éclairait et un rire machinal lui échappait, comme si la nature particulière de ces réminiscences était intransmissible, uniquement susceptible d'être décodée par ceux qui avaient bénéficié de tels privilèges. L'ennui qui entourait le présent englobait Blanche, qui s'en rendait compte. L'inquiétante position de Sally, de plus en plus abstraite, son retrait du dilemme que lui posait la réalité du moment, ainsi que le formulait Blanche, était renforcée par le caractère disparate de ces souvenirs que rien n'ancrait dans le temps réel et qui, surtout, n'avaient pas le moindre rapport avec son mari. La vie passée de Sally, la seule qu'elle acceptait d'évoquer, fourmillait de personnages dont elle ne connaissait que le prénom : leur véritable identité, leur possible ou hypothétique profession, leur adresse quand ils ne descendaient pas dans des hôtels ou des villas – tout cela excédait les limites de son intérêt. On aurait dit qu'ils avaient été ses compagnons en quelque époque mythique, lorsqu'ils papillonnaient ensemble de réception en réception, de lieu de villégiature en lieu de villégiature. C'était un régime hédoniste, dans lequel toutes les matières rugueuses de la vie réelle avaient été retirées.

Blanche se rendait compte à quel point, chez Sally, l'habitude des plaisirs venait entacher d'indifférence toute satisfaction moindre ; vivre dans une continuelle excitation l'avait conduite à en espérer davantage, et tant de distractions avaient simplement intensifié son mépris envers des existences que nulle festivité ne distinguait des autres. Les fêtes des jours passés ne l'avaient préparée qu'à d'autres fêtes : la vie n'était qu'une suite de divertissements, de plaisirs accrus, de fastes ; tolérer momentanément sa nouvelle situation lui semblait bien suffisant, elle n'envisageait pas de prendre d'autres mesures. De sorte qu'elle était entrée dans une période d'hibernation, modifiant littéralement les rythmes de son corps, son énergie réduite au point de passer ses journées sur l'île déserte de sa *chaise longue* victorienne, se contentant de fumer et de regarder pensivement par la fenêtre. Ses dents blanches et fortes croquaient de temps à autre un morceau de pain ou une pomme car, contrairement à Blanche, elle aurait estimé dégradant de consommer un véritable repas sans convives ni service. Elle continuait à porter ses vêtements d'avant-garde mais, de moins en moins expansive, elle utilisait des phrases usées qui lui plaisaient sans doute par leur commodité, avant de sombrer dans de longues périodes de rumination silencieuse.

Blanche avait l'impression qu'elle n'était pas malade, pas déprimée, ni sous-alimentée ou traumatisée. Elle donnait plutôt à voir l'immense léthargie de l'animal en bonne santé dont les besoins ne sont pas assouvis. Et le besoin fondamental de Sally, apparemment, était de vivre aux lisières de l'épuisement, surstimulée par le vin, le bruit, les rires, les gens et la perspective d'interminables réceptions. Pour Blanche, de toute évidence, la vie de Sally avant son mariage et probablement après, pendant une brève période, ressemblait à une série de saturnales auxquelles les créanciers avaient mis un terme, et son exil dans le sous-sol était la conséquence de ces complications, tandis que son mari, lui, travaillait pour gagner à nouveau de l'argent. Blanche était tout à la fois consternée et séduite par tant de veulerie qui, comparativement, lui paraissait nettement plus avantageuse que sa propre prudence, la modestie de ses propres espérances. Elle se remémora, en se sentant presque coupable, les débuts de sa vie conjugale, ses humbles promenades dans les jardins publics de ces endroits à la mode où son mari, impatient, l'abandonnait pour aller rendre visite à ses amis ; elle songea à ses rêveries de jardins ensoleillés, de journées torrides et de marchés des villes méridionales, visions familières et éphémères, évanouies depuis longtemps :

quelle fadeur, quel manque de vigueur là-dedans ! Elle pensa même, et ce n'était pas la première fois, que c'était à sa correction timorée, maquillée en brusquerie, qu'elle devait d'avoir perdu Bertie, et la comparaison avec l'attitude rêveusement distante de Sally tourna à son désavantage. Car Sally, de même que Mousie ou les nymphes au sourire cynique de la National Gallery, avait toujours su, par la grâce d'un savoir ancestral, que tout le monde respecte les prédateurs, que chacun témoigne d'un intérêt amusé et indulgent devant un charmant libertin. En cet instant précis, Blanche comprit qu'elle faisait partie du monde des déchus, condamnée à servir, à être fidèle, respectable, et vouée à l'exclusion. Elle comprit que dans le monde de la Chute, lugubre dans sa vertu même et dont rien ne venait atténuer la désolation, on vivait dans l'attente, à l'image des longues heures passées dans son salon en espérant un retour qui n'avait pas lieu.

A la tristesse que lui avait initialement inspirée la petite fille muette se mêlait maintenant le terrible chagrin qu'elle ne pouvait s'empêcher d'éprouver pour cette mère de plus en plus mutique, et Blanche avait l'impression qu'à moins de retrouver sa personnalité d'antan, calme et résolue, elle risquait de les rejoindre dans leur silence. Une longue et déplaisante perspective de nouvelles activités culturelles s'ouvrit devant elle tandis qu'elle se préparait une fois de plus à faire son devoir et à renoncer à la compagnie incertaine mais attirante de Sally Beamish. Pendant quelques secondes, une profonde souffrance l'envahit lorsqu'elle pensa à la petite fille, souffrance qui s'accrut à l'idée de sa propre sottise qui l'avait presque poussée à... à quoi ? A l'adopter ? Rien d'aussi précis. En faire son amie, la regarder. Passive, comme toujours, dans ses amours, elle avait simplement voulu multiplier les occasions de rencontrer Elinor. Et d'être ainsi confrontée à la vérité de ses besoins l'humiliait terriblement.

« Il nous faut vraiment vous sortir de cette impasse, Sally, affirma-t-elle avec une assurance qu'elle n'éprouvait pas. J'imagine que les fonds sont en baisse. Où en êtes-vous des allocations, Sécurité sociale et tout le reste ? Vous avez demandé tout ce à quoi vous avez droit, au moins ? »

Sally la regarda sans le moindre intérêt. « Je m'en suis déjà occupée. Je n'ai droit à rien. Il manque des tampons sur ma carte ou Dieu sait quels timbres, et je ne peux pas bénéficier des allocations familiales du fait que Paul travaille à l'étranger. D'ailleurs sa carte n'est pas en règle non plus.

— Mais c'est monstrueux, s'exclama Blanche. Vous voulez dire que vous n'avez aucune source de revenus ?

— Je croyais que vous l'aviez compris, répondit Sally. J'ai uniquement ce que la mère de Paul peut m'envoyer. » Pour quelque obscure raison, elles ne firent allusion ni l'une ni l'autre à l'argent déposé dans la théière. Blanche se sentit rougir et enchaîna rapidement.

« Et vous ne savez toujours pas quand Paul va rentrer ? Vous avez eu des nouvelles ?

— Oui, bien sûr. Il y a des problèmes, apparemment. » Sally fronça ses jolis sourcils et alluma une cigarette. Lorsque des ennuis menaçaient, son instinct la poussait simplement à s'abstraire, à faire le vide dans son esprit et à mettre à distance les sujets délicats. A présent, confrontée aux mystérieux problèmes qui, précisément pour cette raison, n'avaient pas à être expliqués, elle avait pris une expression absente, lointaine, et la rigidité même de son corps témoignait d'une réticence envers Blanche qui faisait obstacle à toute question que cette déclaration aurait pu entraîner. Il y eut un court silence.

« Bien », murmura Blanche d'un ton cordial en glissant son bras droit dans la manche de son imperméable. A travers la vitre sale, elle vit qu'un pâle soleil avait chassé la pluie et que les journées commençaient vraiment à allonger. Il ferait jour jusqu'à 10 heures du soir. « Personne d'autre ne pourrait vous aider ?

— Pas que je sache, répondit Sally avec une indifférence apparente. J'ai l'impression que nous sommes vraiment dans la dèche, cette fois. Bien sûr, ajouta-t-elle après un coup d'œil furtif à Blanche, il faudra que Nellie reste chez la mère de Paul jusqu'à ce que nous ayons trouvé une solution. Pas question de la faire revenir tant que je n'aurai pas d'argent. »

Blanche se leva. Les implications de la dernière phrase de Sally ne lui avaient pas échappé. « Je crois que le mieux, dit-elle en prenant soin de garder un visage impassible, serait que j'essaie de m'occuper de cette question d'allocations. Savez-vous de quel bureau, de quel secteur vous dépendez ? » Elle s'affaira autour de son sac à provisions vide, y remit de l'ordre sans nécessité, pour tenter d'atténuer les douloureux battements de son cœur.

Sally réagit au *faux pas* de Blanche avec une indifférence encore plus marquée. Il en découlait implicitement que toutes les formes d'adversité manquaient également de distinction et ne méritaient pas d'être traitées avec des manières raffinées. « Oh, laissez tomber, dit-elle. Si vous pouviez simplement nous dépanner. Mon mari réglera tout ça quand il rentrera. »

Tiens, tiens, songea Blanche. C'est « mon mari » maintenant. Absent, bien entendu, mais tout ce qu'il y a de plus légal. Et bientôt de retour, un de ces jours.

« Je vais voir ce que je peux faire, dit-elle. Bertie a un ami au ministère de l'Intérieur. Ils étaient à Cambridge ensemble. Un homme charmant. Je lui téléphonerai ce soir, il pourra peut-être intervenir. » Traite la question comme un simple problème à résoudre, se dit-elle, pas comme une obligation, ni un espoir mal placé. Une affaire de justice, pas de charité. Sans t'impliquer. Tu l'as assez fait.

Les lèvres tombantes et les paupières à demi closes de Sally lui firent comprendre que ses efforts seraient vains. Elle préfère évidemment que les gens continuent à la dépanner, comme elle dit, pensa Blanche. Ceux qu'elle fréquentait passent probablement leur temps à se dépanner mutuellement. Des êtres qui, généralement, se caractérisent par leur prodigalité et leurs dettes criantes, censées être toutes deux fort amusantes. Me voilà bien cruelle, constata-t-elle tristement. Comme si je n'avais jamais été jeune. J'ai passé toute ma vie sans une seule dette et aujourd'hui je n'en tire aucune satisfaction. Peut-être qu'un peu de prodigalité m'aurait sauvée. Mais j'étais économe et fière. « La meilleure vengeance, c'est de bien vivre. » Quelle affirmation idiote. Il est vrai que, proférée avec les intonations glacées de ma mère, elle prenait des allures de profonde maxime. Et voilà où cela m'a menée. Mieux vaut être comme Sally et dissiper sa jeunesse, même s'il faut en payer le prix ensuite. Payer le prix, toutefois, est précisément le problème.

Elle sortit du sous-sol et fut aveuglée par la lumière du soleil qui perçait les couches d'humidité. Des fleurs de sureau montait une odeur intense et écœurante. L'été était donc là, cet été qui lui avait inspiré tant de pensées imprécises ou périmées. Elle éprouva un léger frisson d'anxiété en songeant aux absences inévitables de ceux qui allaient partir en vacances : Bertie en Grèce, Barbara et Jack dans leur cottage, et même miss Elphinstone avec son excursion en autocar. Ce serait le deuxième été qu'elle passerait seule. Elle acheta une coûteuse bouteille de pinot chez son marchand habituel et, se sentant inintéressante et disgracieuse dans ses lourds vêtements, décida de prendre un bain et de se changer avant de téléphoner à Patrick Fox. Remettre l'affaire entre ses mains, songea-t-elle, lui permettrait pour ainsi dire de classer le dossier. Tout en réfléchissant à cette démarche, elle eut l'impression d'avoir beaucoup vieilli.

6

Blanche, en songeant aux événements de l'après-midi, versa quelques larmes sur sa propre sottise, prit un bain, se changea et se servit un peu de vin avant de réfléchir à la meilleure façon de présenter les choses à Patrick Fox.

A première vue, ce coup de téléphone n'avait rien de compliqué. Il suffisait de se rappeler à son bon souvenir, de préciser qu'elle avait besoin de son aide et de lui proposer de passer prendre un verre. Sous cette surface lisse, toutefois, gisaient des difficultés de nature nébuleuse. Patrick avait été modérément amoureux d'elle, au grand amusement de Bertie, avant leur mariage. Blanche avait redouté que l'annonce de ses fiançailles ne soit littéralement fatale à Patrick mais, finalement, il s'était remis à restaurer des harpes anciennes, une véritable passion chez lui, et avait réussi à se conduire très honorablement lorsqu'ils l'avaient invité à dîner, au point que Blanche s'était demandé si elle n'avait pas tout imaginé. Il était difficile de savoir ce qu'éprouvait Patrick ; là était le problème. Il avait la tête d'un sénateur romain, les cheveux prématurément gris, et lorsqu'il était en proie à une vive émotion, un très léger pincement des lèvres venait atténuer son aspect invincible : à part cela, tout restait identique.

« Si seulement il disait quelque chose, j'aurais des

chances de comprendre, s'était, à l'époque, anxieusement exclamée Blanche devant Bertie. Pour l'instant, je ne peux pas savoir si je lui inflige une mortelle blessure en lui proposant de venir dîner, ou s'il souffrira de ne pas avoir été invité en entendant Barbara et Jack parler de la soirée.

– Rien ne l'empêche de refuser, s'il n'a pas envie de venir, avait répondu Bertie. Il ne me paraît pas avoir le cœur brisé. Il est vrai qu'avec lui, c'est difficile à dire. Je suis même surpris qu'il ait réussi à te faire des avances.

– Les hommes manquent vraiment de finesse, avait rétorqué Blanche. Et s'il avait trouvé en moi quelque chose de remarquable ? Je ne suis pas vaniteuse, tu le sais, Bertie. Mais j'ai quand même quelques... qualités, disons, susceptibles de séduire un timide comme Patrick. Je sais très bien écouter. Je suis capable de m'intéresser à la vie professionnelle d'un homme ; il faut bien, après tout : il en est tellement question. Et personne ne redoute que je lui fasse honte en public. Je ne dévoile jamais de petits secrets scandaleux, contrairement à bien des femmes que je connais. Tu serais étonné, Bertie, des crapuleuses confidences que les femmes échangent entre elles, de leur perfidie, de leurs gloussements. Même chez le coiffeur. Prêtes à trahir l'homme de leur vie sans la moindre hésitation, s'exhortant mutuellement à le faire, à tout compromettre. Avec moi, rien à craindre, ce n'est pas mon genre. Qu'est-ce que je disais, déjà ?

– Tu parles trop, Blanche, avait conclu Bertie. Viens près de moi. »

De sorte qu'elle avait continué à inviter Patrick à dîner, mettant un point d'honneur à le gratifier d'un sourire propitiatoire avant de le faire asseoir au côté de la plus jolie femme qu'elle avait réussi à trouver. Il restait aussi imperturbable devant le sourire que devant sa voisine, et saupoudrait le repas de remarques judicieuses, ajoutant quelques commentaires tout aussi subtils au cours de la soirée, ses longs doigts minces serrant avec grâce son verre de cognac. Il proposait toujours de reconduire sa voisine de table, avec une politesse ostentatoire qui masquait mal son manque réel d'empressement. Les femmes se sentaient offensées. Elles téléphonaient à Blanche le lendemain matin, perplexes, plus critiques que de raison, pour tenter d'en apprendre davantage sur son compte, car il était d'évidence un si bon parti qu'elles n'osaient pas risquer de le laisser passer en se fiant à leurs premières impressions.

« Je ne sais rien de lui, répondait Blanche de façon plus ou moins honnête. Il occupe un poste important dans un ministère, je crois. Et il adore la musique. » Elle estimait que cela suffisait pour un début.

« Vous avez un numéro où le joindre ? Je donne une petite soirée la semaine prochaine. J'espère que vous serez libres, au fait, Bertie et vous. Et il pourrait trouver amusant d'y venir. Il m'a donné l'impression d'être assez seul. »

Oui, il parvient toujours à donner cette impression, avait pensé Blanche qui, du coup, avait dû réviser son opinion sur Patrick : un homme aux passions contenues en même temps qu'un colin froid. Et puis survint cette soirée fatale, lorsque Bertie avait suggéré à Blanche d'être assez gentille pour inviter sa nouvelle secrétaire, qui n'était autre que Mousie, sous prétexte qu'elle était seule aussi. Comment le savait-il ? avait demandé Blanche. Bertie l'avait trouvée en larmes un jour et avait dû la consoler. Je vois, avait répondu Blanche. Dans ce cas, j'inviterai également Patrick. Ils pourront se pleurer mutuellement sur l'épaule, se raconter leur enfance malheureuse. Encore que Patrick n'ait jamais révélé d'aussi triviales informations. Mais comment prévoir dans quels abîmes il serait capable de tomber avec le stimulus approprié ?

Blanche se souvenait parfaitement de cette soirée. Elle avait servi une terrine de légumes, du poulet rôti, de la salade, du fromage et des tranches d'ananas nappées d'un coulis de fraises. Pas exactement l'un de ses meilleurs menus, songeait-elle tristement, mais il est vrai que la soirée avait mal débuté : Mousie était venue une demi-heure en avance et avait dû être expédiée dans le salon, aux bons soins de Bertie, jusqu'à l'arrivée des autres invités. Blanche avait entendu des exclamations : « Vous savez bien que c'est vrai, Bertie. Oh ! Je me sens tellement mal à l'aise. Votre femme pourra me le pardonner, vous croyez ? » Miss Elphinstone, qui, en ces occasions, aimait rester pour dresser le couvert, avait sursauté en haussant un sourcil ; Blanche et elle avaient échangé un bref regard et Blanche avait murmuré : « Je me demande si je n'aurais pas dû acheter un second ananas. » Miss Elphinstone avait répliqué : « Je suis gavée, moi, avec deux tranches. C'est lourd pour le soir, l'ananas, vous savez. » Là-dessus, enfilant le manteau de soie bleu marine que Blanche avait acheté aux soldes de chez Saint Laurent et lui avait abandonné, elle avait pris son sac en lui disant bonsoir, ses joues monacales légèrement embrasées. C'était une excellente femme qui, entre autres particularités, possédait celle de parvenir rapidement à des conclusions que Blanche avait à peine entrevues. Blanche, de toute façon, était en cet instant occupée à faire cuire le riz.

Cette soirée aurait pu permettre à Blanche de contempler une femme habile en pleine action, mais elle n'avait pas saisi cette occasion, pas plus d'ailleurs que les autres. Elle trouvait Mousie très ennuyeuse et se demandait pourquoi elle s'obstinait à souligner sans cesse qu'elle était arrivée en avance. Elle se demanda ensuite pourquoi Bertie, lui, s'obstinait à la convaincre que c'était sans importance, pourquoi Mousie se couvrait le visage de ses mains en balbutiant qu'il l'embarrassait, et pourquoi une ombre de sourire détendait soudain les traits patriciens de Patrick. Elle s'était bornée à enregistrer que Mousie n'avait pas vraiment appris à abandonner les stratégies visant à attirer l'attention qui, de toute évidence, avaient dû être très efficaces quand elle était plus jeune mais semblaient nettement superflues à présent. Un ton de persiflage, assez excessif, avait présidé au reste de la soirée. Les autres convives étaient Barbara et Jack, sur lesquels Blanche pouvait compter pour animer la conversation lorsqu'elle quittait la pièce. Pas très réussi non plus de ce côté-là. A un moment donné, elle était partie dans sa chambre, en quête d'un peu de paix et de silence, les laissant boire leur café ; elle avait pris plusieurs longues inspirations à sa fenêtre, incapable de comprendre pourquoi elle se sentait si fatiguée et si mal à l'aise. Bertie était venu la chercher en lui adressant des reproches, affirmant que son absence avait bouleversé Mousie, persuadée maintenant que Blanche lui en voulait d'être arrivée trop tôt. « Il n'y a même pas cinq minutes que je suis ici, avait répondu Blanche d'un ton las. Je n'avais pas l'intention d'aller me coucher, tu sais. » Curieusement, cette idée lui avait soudain semblé paradisiaque et elle s'était demandé comment elle allait tenir jusqu'au départ des invités.

De retour au salon elle entendit Mousie, qui commençait à s'empourprer, se plaindre que Bertie lui avait donné trop à boire. Elle constata également que Barbara regardait Jack assez bizarrement, pendant qu'il pressait Mousie de reprendre un peu de cognac. Patrick, dont le noble visage romain était tant soit peu détendu, prenait manifestement plaisir au spectacle. Mousie ne lui avait pas accordé la moindre attention de toute la soirée, et il s'amusait beaucoup. D'autant plus que la perspective de l'entretenir de ses harpes ne lui avait guère souri, même si on le savait capable de les utiliser comme arme pour décourager des manifestations d'intérêt trop ardentes. Lorsqu'il proposa, avec un empressement feint, de raccompagner Mousie chez elle, Bertie s'était écrié : « Le trajet est un peu compliqué, à partir d'ici. Et c'est un énorme détour. Peut-être vaudrait-il mieux que je... » Blanche, contrairement à son habitude, avait allumé une cigarette, et l'avait regardé, stupéfaite. Patrick, souriant enfin de toutes ses dents et semblant presque satisfait, avait dit bonsoir à Blanche en l'embrassant et avait pris Mousie par le bras. Bertie avait l'air un peu contrarié et, plus tard, il avait reproché à Blanche d'avoir demandé à Mousie à quoi elle s'amusait quand elle était seule. « Je voulais simplement savoir comment elle s'occupait pendant les week-ends, répondit Blanche. Tu m'as dit toi-même qu'elle était seule. Pourquoi tant d'histoires ? Elle me paraît tout à fait capable de mener sa vie à sa guise. Et elle est très jolie. » « Tu l'as peut-être blessée », poursuivit gravement Bertie. « Bertie, déclara Blanche, je vais me coucher. Je t'invite vivement à faire de même. Et si jamais elle me téléphone demain pour s'excuser une fois de plus d'être arrivée en avance, je me mets à hurler, je te préviens. » Mais le lendemain il n'y eut pas le moindre coup de fil ; Blanche haussa les épaules et oublia l'histoire.

Difficile, après tout cela, de téléphoner simplement à Patrick. Cela et d'autres choses. Car elle avait le sentiment que cette soirée avait sonné le glas de son innocence et que depuis lors elle était très lasse, méfiante, sur le qui-vive, même si elle ne réussissait pas pour autant à éviter les surprises, le plus souvent de nature déplaisante. Et elle s'était fabriqué un personnage si incontestablement prudent et minutieux que nul n'avait soupçonné la panique qui l'avait souvent envahie dans les mois qui suivirent. Convaincue que le pire allait l'accabler, elle s'était conduite si dévotement, bien résolue à n'en rien montrer, qu'on aurait pu croire qu'elle avait conclu un pacte. Si le sort se montrait clément et lui prouvait qu'elle avait fait erreur, alors ses craintes les plus atroces n'auraient pas besoin d'être révélées et ses ténébreuses anticipations pourraient rester enfouies dans la crypte la plus profonde de sa mémoire. Et quand, en effet, le pire finit par se produire, elle se contenta de s'en débarrasser avec le rire le plus joyeux possible, décidant de s'améliorer afin que rien ne puisse désormais l'affliger, persuadée, en se trompant une fois encore, que cette catastrophe ne pouvait qu'être la conséquence de ses propres imperfections et que, si elle s'améliorait, elle serait récompensée. La forme que devait prendre cette récompense restait obscure. Devant ses yeux défilaient des images aussi salvatrices que cruelles : Bertie dans le jardin de sa mère, rivages scintillants de villes du Midi, marchés où elle avait contemplé et humé d'orgiaques étals de fruits. Et, afin de se convaincre que tout cela existait encore, que les visions d'ordre élevé avaient toujours rendu compte d'une certaine réalité, elle avait entrepris les visites à la National Gallery, pour n'y rencontrer que l'austère imagerie des saints, les vies douloureuses des vierges et des martyrs et, singulièrement, l'impénétrable sourire entendu de ces nymphes dont, elle commençait tout juste à le comprendre, on trouvait l'équivalent – bien plus souvent que prévu – dans la vie courante telle qu'elle est vécue par certaines femmes.

Et si je laisse les choses continuer ainsi, se disait-elle maintenant en se servant un autre verre de vin, si je m'enfonce dans d'interminables fantasmes, je ne serai pas différente de Sally Beamish dans son sous-sol, perdue dans ses souvenirs de fêtes et de vacances, et basculant dans un état dont les autres sont censés la sauver. Désormais, songea-t-elle, mon seul traitement reposera sur la réalité : l'art du possible. Et, comme pour commenter sa résolution, un gros nuage laissa échapper une averse.

« Patrick ? dit-elle au téléphone, d'un ton neutre bien qu'animé. C'est Blanche. Blanche Vernon. Oui, il y a un temps fou, n'est-ce pas ? Je me demandais si vous pourriez passer cette semaine. Pas pour dîner, ajouta-t-elle hâtivement. Simplement prendre un verre avec moi. J'ai besoin de votre avis. Vous ne pourriez pas faire un saut ce soir, j'imagine ? Magnifique. Dans une demi-heure ? »

Le téléphone sonna dès qu'elle eut raccroché.

« Blanche ? Mais où diable étiez-vous fourrée toute la journée ? Je voulais vous inviter à dîner mais, bien entendu, vous allez me dire que je m'y prends trop tard. Je n'ai pas encore décidé si c'est de votre faute ou de la mienne. Vous ne venez pas, je suppose ?

– Vous êtes gentille, Barbara, mais Patrick Fox arrive dans une demi-heure pour boire un verre. Vous n'avez pas envie de nous rejoindre, par hasard ? Oh, et puis non, mieux vaudrait une autre fois : je lui ai dit que nous serions seuls. Vous savez à quel point il prépare ses rencontres. Un autre jour, peut-être.

– Patrick ? s'écria Barbara. Quelle bonne idée ! Mais oui, nous devrions organiser quelque chose, tous ensemble. Comme au bon vieux temps.

– Oui, murmura Blanche. Seul Bertie sera absent.

– Blanche, déclara lentement Barbara après un bref silence. Vous n'avez pas l'intention de... ?

– Oh non, répondit Blanche. Pas du tout. » Puis, après un autre silence, elle ajouta : « Je vous appelle demain. Je vous dirai comment il va. »

La tête romaine de Patrick, constata-t-elle, évoquait maintenant la forme d'une poire. Les mois passés à être l'invité de service dans les dîners en ville commençaient à exiger leur dîme. Mais j'ai sans doute changé aussi, se dit-elle, même si je ne m'en rends pas compte. En fait, j'ai changé, mais de façon si peu spectaculaire que c'en est vraiment sinistre. Je ne suis pas devenue folle, ni une boulimique qui sanglote sur chaque pâtisserie avalée, et je n'ai pas non plus modifié la couleur de mes cheveux. Je n'ai pas dépensé davantage d'argent pour m'habiller – beaucoup moins, en fait – et j'ai toujours une silhouette élégante. Avertie des pièges qui guettent les femmes seules, j'ai pris grand soin de les éviter. Savoir se conformer à la routine. Et vaincre le vide terrifiant de la journée en quittant simplement la maison à une heure raisonnable pour n'y retourner qu'au terme d'une fatigue agréable. J'ai probablement la même apparence que lors de cette horrible soirée, quand Mousie est venue dîner, la dernière fois que j'ai vu Patrick. Mais Patrick, lui, qui se souvenait de Blanche comme d'une belle femme téméraire, trouva que l'expression de son visage s'était beaucoup modifiée. Son regard, ordinairement distant et ironique, semblait maintenant voilé par le doute, presque inoffensif, et ses gestes étaient plus étriqués, plus hésitants. A part cela, elle était identique à elle-même, se dit-il avec soulagement, pas du tout relâchée. Il entendait par là une allure négligée, avec une dégaine de bohémienne, dépenaillée. Il avait à moitié redouté de la découvrir accoutrée de vêtements extravagants, ayant lu dans les journaux du dimanche qu'une rupture exerce un stress très puissant sur celui qui est quitté, au point de menacer sa santé mentale, voire sa vie. Il s'était complètement préparé à l'idée de voir la porte s'entrouvrir, retenue par la chaîne de sécurité, et un œil larmoyant le dévisager avec suspicion. Célibataire, Patrick avait peur des femmes, à moins qu'elles n'aient une apparence impeccable, et si possible exotique. Il imputait son dégoût pour l'état de nature à un notoire amour des arts. Il avait éprouvé pour Blanche des sentiments persévérants et sévères, comme s'il la rendait responsable de l'obliger à penser à elle au point d'envisager un changement dans ses habitudes. A l'époque où il l'avait courtisée, de façon tellement retenue que Blanche elle-même s'était demandé si elle n'avait pas rêvé, il avait eu le comportement d'un homme qui vient d'apprendre qu'il souffre d'une grave maladie, dont il devra se résoudre à tenir sérieusement compte dans les semaines à venir. Mais Patrick était un homme d'honneur ; en dépit des nombreux inconvénients de cette situation, il n'écarta pas un instant l'idée du mariage. Il avait simplement l'impression qu'il convenait de traiter la question avec dignité, en sachant qu'elle entraînerait inévitablement des regrets et, s'efforçant de les dissimuler à Blanche, il lui arrivait souvent de rester sans rien dire. Ces regrets étaient parfois si vifs qu'ils le contraignaient à passer plusieurs soirées seul chez lui, allant et venant dans son vaste et sombre salon, feuilletant certains ouvrages précieux, tirant une note unique et poignante de sa harpe et se demandant si sa femme de ménage le quitterait au cas où il introduirait une épouse dans la maison. Lors de ces soirées d'abstinence, une chose menant à une autre, il se disait qu'après une dure journée au bureau il n'avait réellement besoin, au fond, que d'une demi-heure avec les *Méditations* de Marc Aurèle et quelques mesures des *Concertos brandebourgeois* : toute autre chose serait déplacée. Ensuite, il se souvenait de l'étrange mélange, chez Blanche, de délicatesse et de verve, se rappelait qu'elle possédait toutes les qualités qu'il prisait chez une femme, se rappelait également que son ami Bertie partageait cet avis et, inéluctablement, décrochait le téléphone pour informer Blanche qu'il avait des places de concert pour le lendemain soir et qu'il passerait la prendre à 7 heures.

   La culpabilité diffuse que ressentait Blanche envers Patrick ne venait pas du fait qu'elle trouvait Bertie mieux que lui mais, justement, qu'elle le trouvait bien pis. Alors que Patrick lui prenait le bras et la guidait sur les trottoirs telle une invalide, Bertie, perdu dans ses pensées, marchait fréquemment à grandes enjambées, laissant Blanche, qui méditait avec bonheur, loin derrière lui. De sorte que ses meilleurs souvenirs du temps où Bertie lui faisait la cour se résumaient à des images où, circulant sans pensées bien précises au long de rues diverses, elle prenait le temps de noter la couleur des frondaisons ou quelles maisons avaient été repeintes, avec, toujours là-bas devant elle, la vision béatifique de Bertie qui finissait généralement par se retourner pour lui dire : « Dépêche-toi donc un peu, Blanche. » Sans doute prenait-elle plaisir à cette situation de servage, non qu'elle aimât se sentir esclave mais parce qu'elle pouvait ainsi se comporter comme une enfant. Avec Patrick, il fallait toujours être tirée à quatre épingles et professer de doctes opinions sur la musique atonale. Pour Bertie, curieusement, elle ne présentait aucun mystère, alors qu'aux yeux de Patrick le mélange de sa féminité essentielle et de ses jugements inattendus constituait une véritable énigme. Il la tenait pour une femme remarquable ; Bertie, très occasionnellement, lui lançait un regard indulgent mais, le plus souvent, il se contentait de lui dire qu'elle parlait trop.

La mère de Blanche était totalement favorable à Patrick, ses manières méticuleuses et son excellent avenir. Elle ne souhaitait rien tant que de voir Blanche éviter les complications de nature douloureusement charnelle, qu'elle ressentait comme un affront personnel. Mrs. Moore se débrouillait fort bien en se passant de ce genre de choses : pourquoi sa fille, après tout, n'aurait-elle pas fait de même ? Tout en chantant constamment les louanges de Patrick, en une sorte de magie primitive ou d'ode à la gestion du comportement, elle avait conscience du regard pensif que Bertie portait sur elle, l'air d'étudier le numéro qu'en tant que femme elle lui destinait. Bertie, elle devait l'admettre, était d'une franchise consternante. Cette qualité, Blanche l'avait compris, annulait toutes les autres. Bertie faisait simplement preuve, vis-à-vis de Blanche, d'une attitude de propriétaire. Il n'éprouvait pas le moindre besoin de rites de séduction, ne se racontait pas, ne tenait pas à tout savoir d'elle, ne fabriquait pas de souvenirs instantanés, d'anniversaires pour jalonner leur histoire. Il se bornait à l'emmener là où il devait se rendre. Blanche, en entendant ses amies parler des hommes de leurs vies de façon solennelle et moqueuse, s'était souvent demandé si elles n'inventaient pas, et pourquoi il leur fallait être rassurées par d'autres femmes pour pouvoir pleinement apprécier ces hommes. Blanche supposait modestement qu'elle manquait du genre d'attraits dont elle entendait parler de tous côtés. « Je sais qu'il me trouve irrésistible, physiquement », confiait une de ses amies à une autre, et elle les voyait toutes deux hausser un sourcil d'un air entendu lorsqu'elle s'approchait d'elles. A la réflexion, elle trouvait beaucoup plus facile, beaucoup plus agréable d'être passivement assise dans la voiture de Bertie, conduite vers un site rarement pittoresque, puis laissée seule à musarder dans une cour de ferme pendant que Bertie s'entretenait de mystérieuses affaires avec quelqu'un à qui on ne la présentait même pas. Bertie était à la tête d'une prospère agence immobilière. Parfois, sur le chemin du retour, il leur arrivait de parler, mais pas toujours. Elle trouvait cela suprêmement reposant. Alors que Patrick, avec son encombrant respect des femmes et ses irréprochables attentions, lui paraissait plutôt épuisant.

Elle n'avait pas remarqué, n'ayant aucune raison de supposer que cela l'englobait, la curiosité extrêmement mondaine de Bertie. Il portait à son travail et au monde des affaires un intérêt si intense qu'elle avait l'impression de représenter pour lui un univers de simple détente, et elle ne voyait pas pourquoi elle le lui aurait reproché. Il était sans cesse invité à dîner et, quand il l'emmenait, elle s'étonnait toujours du nombre de personnes qu'il connaissait et semblait apprécier. Sa propre passivité ne paraissait pas faire obstacle à la satisfaction de Bertie, mais elle en prit peu à peu conscience. Dès les premières semaines de leur mariage, lorsqu'elle se précipitait à sa rencontre pour lui raconter toutes les futiles activités de sa journée, elle commença à lui présenter une version plus critique, plus mondaine, d'elle-même. Utilisant ses instants de tranquillité pendant qu'il était avec ses amis, elle se préparait pour eux de façon à plaire à Bertie. Elle comprit, à cette époque, qu'elle devait payer son dû. Elle prenait un plaisir simple à le contenter. Mais, imperceptiblement, elle devint assez bizarre et perdit beaucoup de sa spontanéité. Les autres la trouvèrent bientôt légèrement inquiétante, alors qu'en fait elle ne quêtait que leur approbation et celle de Bertie. Tout alla bien durant un certain temps. Ensuite, comme elle devenait moins sûre d'elle, elle chercha des informations dans les livres, des œuvres de fiction qui lui enseigneraient davantage sur la société qu'elle ne pouvait découvrir elle-même. Elle s'alimenta plus ou moins à ces deux sources, ayant parfois l'impression d'être en avance et, plus souvent, en retard. Se fondant sur ce qui lui paraissait un savoir immuable, elle ne se rendait pas compte que la vie avait changé, ou que des projets auxquels elle n'avait pas accès étaient mis en place. Elle avait compris que Bertie était un animal avide de mondanités sans toutefois mesurer jusqu'où cette animalité l'entraînerait. Elle fut véritablement stupéfaite d'apprendre qu'il était fasciné par Mousie, du seul fait qu'elle ne figurait pas dans sa liste de personnages. Les hommes qui tombaient amoureux de leur secrétaire, même s'ils avaient la décence ou la prudence de promouvoir celle-ci à un poste supérieur, représentaient, aux yeux de Blanche, des personnages appartenant à un autre genre littéraire, qu'elle ne lisait précisément pas. Elle supposait que cette littérature mineure était aussi puissante et aussi envahissante que le folklore car, elle exceptée, tout le monde semblait la connaître.

De sorte que, après l'événement, persuadée qu'elle n'avait pas appris les bonnes leçons, elle décida tristement d'en apprendre d'autres. Mais elle n'avait plus guère confiance dans les livres, qui l'avaient mal préparée, et elle s'orienta vers une discipline différente. Les tableaux lui enseignaient une autre histoire. Ils contenaient également des principes moraux, mais de nature moins troublante ; elle découvrait, et commençait à percevoir dans la vie, l'antinomie existant entre le devoir et le plaisir. D'un côté celui qui obéit, et de l'autre celui qui est libre. Cela semblait former, et elle était contrainte d'en tenir compte malgré elle, une ligne de partage entre les mondes chrétien et païen, alors qu'elle avait pensé que l'un avait simplement supplanté l'autre. Aussi cherchait-elle constamment des analogies dans le monde réel, qu'elle finissait par trouver, notamment dans le cercle de ses relations clairsemées, tout en se demandant s'il était trop tard pour apprendre la plus importante de toutes les leçons : comment faire pour que tout s'arrange. Pour l'instant, elle restait dans le doute.

Songeant de nouveau à Patrick, elle se dit que si elle l'avait épousé ils seraient probablement toujours mariés, étant donné qu'il semblait lire le même genre de littérature qu'elle. Puis elle pensa que les soirées passées auprès des harpes avaient réussi à extorquer leur rançon : Patrick était maintenant un célibataire, et le resterait à jamais quel que puisse être son statut conjugal. Elle ne croyait pas qu'il se marierait, ni même qu'il en aurait envie. « Je vous aimais, Blanche », lui avait-il confié sobrement lorsqu'elle lui avait annoncé son prochain mariage. Mais elle se demandait si les sentiments de Patrick étaient vraiment compatibles avec le côté pragmatique du mariage, ou s'il le concevait, de façon erronée, comme un reflet de l'harmonie divine. Elle ne l'avait, pour sa part, jamais envisagé ainsi : le mariage était à ses yeux une forme d'éducation supérieure, identique aux études universitaires qu'entreprennent les autres femmes. Et elle se disait qu'à sa grande époque elle aurait brillamment obtenu son diplôme. Mais Patrick, lui, se serait attendu à ce qu'elle soit reçue avec mention tous les jours de l'année. Et comme elle mesurait exactement, à présent, l'étendue de sa propre ignorance, elle était doublement soulagée de ne pas s'être présentée à l'examen.

« Comme je suis contente de vous voir, s'exclama-t-elle. Dites-moi vite comment vous allez. »

Mais il est parti, songea-t-elle. Bertie est parti. Et

elle éprouva une douleur intense avant de réussir à produire son sourire le plus mondain.

Patrick, circonspect, constata que Blanche n'avait pas tellement changé, hormis une imperceptible perte de vitalité : même silhouette droite, même attitude lointaine. Il se dit de prendre garde à ne pas se laisser de nouveau troubler. Elle n'avait pas de mauvaises intentions, n'ayant jamais été calculatrice, mais elle devait sûrement se sentir très seule. Il accepta un verre de vin provenant d'une bouteille plus qu'à moitié vide, étonné qu'elle ne lui propose pas cet excellent xérès dont il se souvenait. Il remarqua que les franges du tapis étaient emmêlées ; à part cela, tout était en ordre.

« Quelle mine éclatante, déclara Blanche d'un ton enjoué. Vous avez pris des vacances ?
– Quelques jours dans la région des lacs, comme d'habitude, répondit-il. Un peu d'escalade. »

Même ses vacances étaient ardues et austères. Blanche revit en pensée les feuilles poussiéreuses d'un palmier, dans les jardins de Nice, tandis que, assise sur un banc, elle tendait béatement son visage au soleil. Le soleil est Dieu, songea-t-elle. Mais elle se borna à murmurer : « J'ai besoin d'un conseil, Patrick, à propos d'une de mes jeunes amies. » Elle n'a donc pas d'ennuis personnels, pensa-t-il en se préparant à écouter.

D'être racontée, l'histoire de Sally acquérait une apparente simplicité, n'était plus qu'une question de documents appropriés. Blanche omit délibérément certains détails, tels que la résistance d'Elinor à la situation, mais souligna que l'enfant devait habiter chez sa grand-mère parce qu'il n'y avait plus d'argent à la maison.

« Pourquoi n'y habitent-elles pas toutes les deux ? » demanda Patrick.

Blanche répondit que la question n'était pas là.

« On peut néanmoins se la poser », insista Patrick.

Cela ne débutait pas très bien. Peut-être qu'en laissant Sally formuler les choses à sa manière, tout se passerait mieux. Blanche avait fait son possible, de toute façon, et une certaine lassitude commençait à la gagner : elle aurait préféré que Patrick et Sally règlent cette affaire ensemble, pour redevenir libre d'aller voir Sally de temps à autre au lieu de ces contraignantes visites presque quotidiennes. Quelle tristesse, se dit-elle. Tout cela parce que je croyais pouvoir aider la petite fille. Et peut-être aussi qu'elle pourrait m'aider.

« Si vous le permettez, Patrick, je vais téléphoner à cette amie, puisque j'ai la chance de pouvoir vous voler un peu de votre temps, ce soir. »

Patrick jeta un coup d'œil à sa montre.

« Ne me dites pas que vous partez déjà. Vous me rendriez, ou plutôt vous rendriez à Sally un immense service en lui donnant votre avis. Face à face. Ensuite, je ne vous demanderai plus rien. »

« Sally, déclara-t-elle, je vous appelle parce que j'ai ici un ami susceptible de vous conseiller. Je crois vous avoir déjà parlé de lui. Patrick Fox. Je me demandais si... vous ne pourriez pas passer un petit moment ? Je suis certaine que ce ne sera pas inutile. Et que nous pourrons tout régler. »

Elle détestait le ton de gouvernante qu'elle venait de prendre, détestait le léger frisson d'irritation qu'elle éprouva en raccrochant le combiné, détestait l'entreprise sociale apparemment immensément difficile consistant à mettre en rapport deux êtres à la conversation aussi incompatible que Patrick Fox et Sally Beamish. Elle se sentit épuisée à l'idée d'avoir à tenir la barre durant la rencontre. Mais elle avait tort de s'inquiéter. Une demi-heure plus tard, Sally arriva gracieusement, vêtue d'une étrange robe d'un vert acide qui lui tombait presque aux chevilles et semblait retenue aux épaules par des courroies. Elle ne s'était pas encombrée de l'attirail que les femmes transportent ordinairement avec elles et, bien qu'elle eût probablement une clé dans sa poche – à moins qu'elle n'ait simplement laissé la porte entrouverte ? –, elle avait les mains libres. Elle se déplaçait sans bruit dans ses sandales romaines. Son apparente légèreté, l'aisance désinvolte avec laquelle elle évita les obstacles du salon de Blanche, où elle n'avait pourtant jamais pénétré, venaient renforcer son aspect vaguement irréel. Patrick se leva lentement, avec une expression proche de l'incrédulité, et le visage de Sally s'éclaira d'un sourire archaïque. Elle s'assit élégamment dans un vaste fauteuil et, toujours souriante, se prépara à lui accorder toute son attention, comme si c'était lui qui devait lui exposer son cas et non l'inverse. Blanche ressentit les prémices d'une légère migraine.

Deux heures plus tard, tandis qu'elle préparait des sandwichs et du café dans la cuisine, car la conversation avait suivi un cours particulièrement oblique et ils semblaient prêts à rester la nuit entière, Blanche s'étonna du caractère étrange de cette soirée très remplie, en se félicitant d'avoir mené à bien son entreprise. Mais beaucoup plus tard elle disparut dans sa chambre, pendant qu'ils continuaient à parler et, posant son front contre la vitre froide de la fenêtre, tenta de discerner les contours du jardin dans la nuit. Il y avait quelque chose d'inaliénable dans ces heures nocturnes, ces méditations dont nul n'était témoin. L'essence de son être, l'enfant solitaire qui était en elle, les instants de solitude dérobés et l'obscurité semblaient représenter tout ce qui lui restait, comme si le monde diurne était réservé aux autres, elle-même n'étant qu'une créature de la nuit, et quand elle ouvrit sa fenêtre à la pure froideur de la terre endormie elle accomplit un rite essentiel, ou plus exactement essentiel pour elle, en affirmant son silence contre l'autorité obstinée de leur intarissable babil.

7

La mère de Blanche avait eu pour autre devise : « Ne rien remettre au lendemain. » Qu'un tel principe régisse une vie si peu mouvementée paraissait difficilement explicable. Mais Blanche, à présent plus isolée et plus oisive que jamais, le trouvait salutaire. Contrairement à sa mère qui se levait rarement avant 10 h 30 et se changeait deux ou trois fois par jour, Blanche était prête dès 9 h 15, son programme énergiquement établi. Ayant accompli l'acte héroïque consistant à se lever, elle se trouvait déjà, à cette heure-là, vêtue de pied en cap, avait fait son ménage, rapidement parcouru le journal, et sa deuxième tasse de café n'était plus qu'un souvenir. Ne pas avoir d'obligations semblables à celles des autres femmes suscitait chez elle une vague culpabilité : partir travailler dans un bus bondé et faire ses courses en rentrant le soir aurait apaisé sa conscience. Elle enviait ces femmes et parcourait parfois des livres de cuisine pour mieux se représenter le dîner qu'elles préparaient. Blanche, elle, mangeait sans plaisir ni intérêt ces temps derniers, et le souvenir des somptueux repas qu'elle avait confectionnés naguère lui semblait maintenant manquer de substance, comme si le divorce était venu les annuler en dépréciant leur signification et en ternissant leur réputation. Ses repas actuels – une unique côtelette, une sole solitaire – évoquaient davantage pour elle des natures mortes que des aliments. On pouvait les acheter négligemment, sans attirance, et les préparer tout aussi machinalement. Elle rêvait de titanesques rôtis de bœuf, d'hécatombes de légumes, de pâtisseries aux fruits, de crème renversée. Elle s'était un moment demandé si, sous prétexte de soulager Sally, elle n'emmènerait pas Elinor déjeuner chez elle, ainsi qu'elle l'avait fait à deux reprises avec un inégal bonheur, mais elle dut bientôt abandonner cette idée. Lorsqu'elles étaient ensemble, Sally et Elinor paraissaient se nourrir exclusivement de spaghettis, de tartines et de pommes vertes. Les propositions de Blanche furent repoussées en riant ; une fois de plus, elle avait mal évalué la situation. Si la misère réclame d'être soulagée, le désir réclame d'être satisfait, et ce sont là deux choses bien différentes, sinon opposées. Blanche souhaitait apporter sa contribution à tous les niveaux, y compris, le cas échéant, celui de l'argent. Sally désirait retrouver le luxe, la facilité, et le divertissement. Contrairement à Blanche qui raisonnait par rapport au présent (« Ne rien remettre au lendemain »), Sally vivait entièrement dans le passé, un passé qu'elle rêvait de retrouver à l'identique dans le futur.

Assise dans le sous-sol de Sally en compagnie de Patrick, et écoutant une fois de plus le récit des jours passés embellis par le rire de la réminiscence, Blanche s'interrogeait sur le retour d'Elinor. L'argent, à son avis, avait cessé de constituer un problème majeur, puisque la situation allait bientôt être réglée, et Blanche avait l'impression que dépanner Sally – ainsi qu'elles avaient choisi de formuler les choses – n'était que pure formalité. Blanche s'était demandé si Patrick agissait de même ; elle supposait qu'un homme avait les coudées plus franches face à ce genre de choses, et il semblait assumer nombre de responsabilités dans cette histoire.

« Patrick a dit qu'il passerait peut-être ce soir », avait un jour déclaré Sally d'un ton distant, négligent, et Blanche en avait conclu que sa présence n'était pas souhaitée. Elle paraissait pourtant nécessaire à Patrick, qui avait le sens de la propriété et lui téléphonait parfois de son bureau pour lui demander de le rejoindre chez Sally.

La façon dont Patrick se comportait dans cette situation intéressait vivement Blanche, tout en ravivant ses souvenirs les plus mélancoliques. Patrick et Sally avaient tous deux changé depuis qu'ils se fréquentaient, et Blanche avait souvent l'impression de jouer le rôle de la duègne ou du chaperon, sa présence conférant une note de respectabilité à ce qui aurait pu paraître, à première vue, une association *louche*. En compagnie de Patrick et, inévitablement, de Blanche, Sally redevenait l'héroïne de ces fêtes terminées depuis longtemps, plus resplendissante qu'elle ne l'avait jamais été en la seule présence de Blanche, et mentionnait nombre de personnes que Patrick semblait connaître ou dont il avait au moins entendu parler. Une grande partie de la vie de Sally s'était déroulée dans le sud de la France, ainsi qu'à Paris, où elle avait acquis l'essentiel de sa garde-robe. Patrick témoignait d'un grand intérêt pour ces régions, alors que Blanche savait qu'il préférait hanter des lieux au climat plus tempéré et aux paysages plus austères : la Norvège, les monts Grampians, les îles Hébrides. Sally est attachée aux biens de ce monde, songeait Blanche ; elle revendique le droit de fasciner. En présence de Patrick, elle devenait capricieuse, exprimait des opinions, des goûts, proférait des sottises. Elle revendiquait également le droit à certaines extravagances et parvenait à les rendre légitimes. Patrick acquiesçait et tout, de ce fait, semblait doublement justifié. Sally était très vorace, ou alors très naturelle : Blanche n'arrivait pas à trancher. A parler du passé de la sorte, elle devenait aérienne, impondérable. Son éducation l'avait ainsi faite. Qu'elle ait bénéficié, à l'image de Mousie, de l'amour d'un père indulgent, ou que son mystérieux époux absent, au charme romantique bien que légèrement moite, lui ait prodigué toute la force de son adoration, Sally avait l'apparence accomplie de qui a toujours été dans son droit. Elle détenait sur ce point un peu d'avance sur Mousie, mais appartenait manifestement à la même famille.

Il y avait en Sally une sorte d'ouverture à l'amitié, mais une amitié fondée exclusivement sur l'amusement. L'altruisme ne l'intéressait pas, ne la stimulait pas. Blanche avait compris que les sentiments qu'elle portait à Elinor reposaient sur une forme de camaraderie spasmodique, s'exprimant par à-coups ; et c'était la raison pour laquelle l'enfant, dans une certaine mesure, lui faisait confiance. La petite fille résistait uniquement, en fait, à sa frivole quête de plaisirs, son désir de divertissements, sa promptitude à accepter les invitations, sa disponibilité. Blanche pensait qu'en tant que mère, fût-elle putative, Sally était vraiment semblable aux nymphes ; elle fournirait un abri temporaire à la fillette et lui enseignerait comment rester en vie mais, de toute évidence, s'en tiendrait là. A sept ans, Elinor ne devrait compter que sur elle-même ; à dix ans, elle recevrait une éducation sexuelle ; à quinze ou seize ans, il lui faudrait quitter définitivement la maison. Son refus de parler était lié à la prescience du sort qui l'attendait.

Et le principe même de génération serait bradé, car Sally n'abandonnerait jamais sa place. Sa place, c'était d'être jeune, d'être le centre d'attraction. De telles mères, Blanche ne le savait que trop, engendraient la confusion, la solitude. Elle pensa à Mrs. Duff, qui n'avait pas d'enfant et qu'elle avait surprise un jour, les yeux pleins de larmes, contemplant un bébé près du bureau de poste. Blanche, qui se rendait à l'hôpital, avait salué sa voisine comme d'habitude puis, alarmée, lui avait pris le bras. « Mrs. Duff, avait-elle murmuré, tout va bien ? » Celle-ci, devant cette gentillesse abstraite et routinière, s'était tamponné les yeux d'un mouchoir à l'éclatante blancheur. « J'aurais tant voulu un enfant, avait-elle balbutié. Et maintenant il est trop tard. » Oui, avait songé Blanche, tu aurais fait une bonne mère, toujours attentive, toujours ravie. Les choses lui semblaient procéder du hasard, d'un travail à la six-quatre-deux. La cruauté d'un monde qui distribuait les enfants à des mères qui ne leur convenaient pas plongea brièvement Blanche dans une sorte de deuil, qu'elle ajouta humblement à tous les autres.

Et pourtant Sally Beamish la prenait manifestement pour une femme privilégiée, ainsi sans doute que Patrick. Ils estimaient qu'elle ne manquait de rien et n'avait pas besoin d'aide. Blanche se rendait compte que sa réticence à exprimer les plaintes qu'elle aurait été en droit de formuler la rendait très ennuyeuse. Elle ne mentionnait jamais son mari et semblait de ce fait ne rien éprouver. Elle protégeait ses souvenirs, qui devenaient de plus en plus fragiles, et on l'accusait d'être renfermée. S'il leur arrivait de parler d'elle, se disait-elle, c'était probablement de façon brumeuse, incertaine, et en ne la définissant que par rapport à son argent, celui qu'elle possédait (ce qui évitait de s'inquiéter pour elle), ou celui qu'elle était susceptible de dépenser (ce qui la rendait pénible mais nécessaire). Avoir réussi à s'endurcir passait à leurs yeux pour de la mesquinerie, alors que c'était l'aboutissement de nombreuses résolutions, quelques-unes de nature héroïque.

Et Patrick, pour qui elle avait naguère beaucoup

compté, du moins le supposait-elle, la considérait à présent avec indifférence et témoignait d'un empressement frisant la fatuité lorsque, assis dans le vieux fauteuil des années cinquante et regardant Sally s'installer posément sur sa *chaise longue*, il satisfaisait sa curiosité du passé de Sally sous prétexte d'évaluer la situation. Selon Blanche, les femmes aussi persuasives que Sally devaient être rares dans son entourage, et la voir manquer de toutes les qualités qu'il possédait lui-même stimulait sans doute son imagination en lui offrant une forme de vacances inhabituelles, avec des éléments de luxe qu'il n'était pas en mesure d'inventer tout seul. Blanche était persuadée qu'ils ne s'étaient livrés à aucun écart de conduite, mais elle savait également que c'était dans l'air, l'essence même du face-à-face. Sally, experte en la matière, harcelait Patrick sur sa vie sédentaire et ordonnée avec une nonchalance étudiée ; Patrick répondait avec ravissement à ses taquineries et, très vite, ils échangeaient alors des propos si futiles, si décousus que Blanche regardait par la fenêtre en se disant que, n'eût été son désir de revoir Elinor, elle les aurait quittés sur-le-champ pour ne jamais remettre les pieds dans ce sous-sol.

Cela s'était déjà produit en deux occasions depuis que Blanche les avait présentés l'un à l'autre, deux soirées passées à les écouter flirter, une façon pour Sally de réaffirmer ses propres talents, de réutiliser des styles de conversation utiles dans le passé et, pour Patrick, un mode d'acceptation prudente mais ravie de ce discours nouveau pour lui. Ce fut à la troisième occasion, après un coup de fil de Sally lui demandant de passer et de prévenir Patrick qui semblait à Blanche augurer une autre soirée gâchée, que la situation sembla se modifier. Ayant répondu la première à cette convocation, Blanche trouva Sally inhabituellement déprimée, retranchée dans son ancienne indifférence brumeuse, et elle pensa que quelque chose s'était sans doute produit, que le présent avait dû réussir à oblitérer le passé une nouvelle fois par sa cargaison d'ennui et de désenchantement. L'information était de nouveau floue et l'apathie noyait les traits affaissés de Sally. Lorsque Patrick arriva avec, au grand soulagement de Blanche, une bouteille de vin, Sally trouva l'énergie de resplendir brièvement pour lui avant de retomber dans une profonde méditation, relevant ses cheveux à partir de la nuque ainsi que Blanche l'avait vue faire à l'hôpital. Au bout de quelques minutes, une certaine tension s'installa et Blanche comprit que Patrick n'était pas en mesure d'y faire face.

« Sally, dit-elle, quelque chose ne va pas ? »

Sally soupira. « Paul revient, répondit-elle. La semaine prochaine.

— Mais c'est magnifique, s'écria Blanche.

— Vous trouvez ? Pas cette fois, en tout cas.

— Mais pourquoi ? insista Blanche. Quel est le problème ?

— Le problème, c'est que... » Sally alluma une cigarette. « Le problème, c'est qu'il n'a pas un sou. Le problème – elle tira furieusement sur sa cigarette –, c'est que le charmant Mr. Demuth ne veut pas le payer.

— Je ne comprends pas, dit Blanche. Pour quelle raison ?

— Il prétend que Paul lui doit de l'argent. »

Patrick, à son tour, s'exclama : « Je ne comprends pas. »

« Paul a dû avoir certains frais. Il ne peut pas vivre de l'air du temps. Ni lui ni personne, d'ailleurs. Il a peut-être tiré des chèques sur le compte de Demuth. Rien de mal à ça : il l'aurait remboursé. Mais Demuth affirme maintenant que Paul a détourné des fonds. Quel culot ! Ils vont tous arriver, ils débarquent tous les trois,

Demuth menace de faire un procès à Paul et je ne sais pas ce qui va se passer. »

Elle soupira de nouveau, apparemment d'ennui. Il y eut un silence ; Blanche et Patrick s'efforçaient, chacun à sa manière, de s'adapter à l'information. Blanche, à sa grande surprise, n'était pas choquée : elle avait soupçonné dès le début qu'il se passait des choses étranges, que la surface désordonnée de la vie de Sally recouvrait une très grande irrégularité. Patrick, lui, semblait profondément troublé, moins toutefois par le délit de Paul, si délit il y avait, que par ses éventuelles répercussions pour Sally.

« Ma chère petite, dit-il. Ma chère petite. » Son visage revêtit ensuite une expression gênée : il commençait à se demander quel rôle il jouait dans cette histoire, et ce qu'on risquait de lui demander pour simplement en sortir.

« Je ne vois pas comment nous pouvons vous aider », déclara Blanche en reconnaissant sa défaite, une défaite qu'elle n'avait pas prévue.

« Pourrais-je voir la lettre ? » Patrick avait déjà retrouvé une voix plus guindée, plus officielle.

Sally, de ses petits doigts hâlés apparemment peu faits pour les tâches pratiques, lui tendit une feuille à en-tête de l'hôtel Ritz, couverte d'une écriture penchée et impétueuse, si rapide, si pressante qu'elle en était presque illisible. Apparemment soulagé de constater qu'il ne parviendrait pas à la déchiffrer, Patrick tendit la lettre à Blanche avec gratitude. Blanche réussit à lire une ligne : « ... veut garder ta fourrure qui, dit-il, lui revient de droit... » ainsi que quelques mots isolés : « monstre », « insulte », « pauvre cher ange ». La signature était molle, mais massivement soulignée : « Ton Paul ». Blanche déposa soigneusement la lettre sur la table roulante, murmura : « Excusez-moi un instant », disparut dans la cuisine et glissa trois billets de dix livres sous le couvercle de la théière. Elle savait parfaitement que c'était un geste vain et masochiste, seule façon pour elle d'apaiser une conscience qui refusait de s'engager plus avant. Il lui paraissait évident que Paul avait envoyé de l'argent à Sally, que cet argent ne lui appartenait pas et que son employeur s'en était rendu compte. Peut-être d'autres extravagances avaient-elles été commises, dont ils ne savaient rien. Sally avait déclaré que Paul adorait la vie luxueuse, et son charme romantique laissait présager qu'il n'était pas fiable. Mais c'est souvent le cas avec les beaux ténébreux, se dit Blanche. C'est précisément ce qui les rend romantiques. Paul n'était pas obligatoirement un personnage aussi douteux qu'il en avait l'air. Et si ce Demuth était trop soupçonneux ? Paul avait peut-être tenu une comptabilité très stricte, et les choses s'étaient gâtées au moment de faire les comptes, de départager ce qui était encore dû et ne l'était pas. Et si Paul était le genre d'homme à combler sa femme de cadeaux luxueux, en dépit de ses protestations ? Peut-être lui envoyait-il ce qu'il estimait être son salaire ? Sauf qu'il n'était pas salarié : seules ses dépenses lui étaient remboursées. Et cela plaidait en faveur du fait que les Demuth lui tenaient la bride haute, qu'ils avaient des raisons de le surveiller.

Et que faisait Mrs. Demuth dans l'histoire ? Une femme de son âge ne manquerait pas de prendre le parti d'un jeune homme aussi séduisant que Paul. A moins que... Blanche se dit qu'elle devait cesser d'émettre des hypothèses aussi sordides, même si, techniquement parlant, les précédents historiques et bibliques étaient légion. Sally, elle le savait, ne serait pas en mesure d'élucider cet aspect des choses, d'autant qu'elle était retournée à ses silences pesants et insatisfaits, ne terminant pas ses rares phrases, reproduisant l'attitude qu'elle avait eue au début avec Blanche. Le sourire de Patrick avait disparu ; ses propositions galantes restaient en suspens. Blanche se rendit soudain compte que c'était un homme d'un certain âge, qui prenait du poids, ne pouvait plus passer pour un bon parti et, elle le voyait bien, n'était pas du tout à la hauteur de la situation. Elle éprouva, en même temps qu'une immense lassitude, un profond écœurement, pas envers Patrick, ni même envers Sally, mais envers elle-même. Elle avait pensé pouvoir faire du bien, autant à elle qu'à cette petite famille, et elle avait fait moins que le nécessaire. Elle avait cru pouvoir se montrer utile, comme il sied aux créatures du monde de la Chute, alors qu'elle n'avait cessé d'être fascinée par la liberté de ceux qui n'ont pas de lois, qu'elle observait comme un espion. Ses contributions, bien qu'utiles, s'étaient avérées inadéquates sur tous les plans. Et elle s'était comportée sans la moindre dignité tout au long de cet imbroglio. C'était ce qui lui faisait honte, lui faisait mal. Sa position d'apitoiement l'avait conduite à agir stupidement. De plus, elle avait été égarée par le sourire archaïque et ce qu'il représentait, contrainte de révéler sa véritable nature. Elle décida de mettre un terme à tout cela.

« Je dois partir », dit-elle, peut-être un peu trop brusquement. Patrick la dévisagea, surpris.

« Blanche a été vraiment chic, déclara Sally en posant sur elle un regard pensif. Ne vous inquiétez pas pour nous. Patrick trouvera une solution. Je ne vais pas très bien ce soir, c'est tout. » Un silence. « Surtout avec Nellie qui revient après-demain. »

Je vois, songea Blanche, qui s'immobilisa une fraction de seconde. Bien entendu. On n'est pas à bout de ressources. Mais elle les salua et quitta la pièce.

La nuit était humide, oppressante, un orage s'annonçait. Elle parcourut les quelques rues qui la séparaient de chez elle perdue dans d'incohérentes pensées. Il lui vint à l'esprit qu'elle n'avait jamais été abusée ; tout au plus surprise. Éternellement étonnée par les appétits des autres, les extrémités où ils les entraînaient. Et elle avait été assez naïve pour prendre cela pour de l'égoïsme, alors qu'il s'agissait de la vie même, dans toute la brutalité de ses besoins et de ses pulsions. C'était cette leçon-là qu'elle n'avait jamais apprise, étant trop disciplinée et trop prudente, espérant obtenir la récompense de sa scrupuleuse bonne foi. Bien que de plus en plus consciente des appétits des autres, maintenant aussi perceptibles que le grondement du tonnerre au loin et l'orage qui allait éclater, à un moment imprécis mais inévitable.

Dans sa chambre, elle alluma la lampe de chevet, se dévêtit et, contemplant le jardin depuis la fenêtre, s'efforça de retrouver son calme. Dans une sorte de torpeur, elle se dit que tous ses efforts aboutissaient à la tristesse. De sorte qu'elle n'avait aucun moyen de savoir s'ils étaient ou non valables. Elle supposait que sa tristesse était une question de tempérament ou plutôt un accident de naissance, comme si, dans une gigantesque loterie, il avait été décidé que la jouissance de sa propre volonté lui serait refusée. Et, par une étrange ironie du sort, elle n'en avait pas eu conscience avant d'atteindre un certain âge. Enfant, à l'égal de tous les enfants, elle avait pensé que le monde lui appartenait autant qu'aux autres, et, une fois adulte, elle n'avait pas eu de raison particulière de remettre en question son bonheur. La vérité s'était imposée récemment, comme si elle pouvait enfin la percevoir. La suprême liberté des autres ne lui était apparue que dernièrement. Le trouble qu'elle ressentait à la National Gallery, l'étrange malaise qu'elle avait éprouvé devant le sourire archaïque des « kouroi » du musée d'Athènes lui semblaient le témoignage décisif de ses imperfections. J'aurais pu sauver ma vie, songea-t-elle. Mais j'ai été trop faible, entravée par une mythologie qui n'était pas la bonne.

Elle prit sur ses étagères un dictionnaire de la mythologie ayant appartenu à son grand-père, et rechercha ce qu'on y disait d'Hercule. Ce colosse, cette brute, avait accompli des actions qui, dans le monde antique, passaient pour des miracles. On les appelait communément les douze travaux, mais elle découvrit qu'il en existait davantage, dénommés travaux secondaires, comme s'ils avaient proliféré dans son sillage. A moins d'un an, Hercule étrangle les deux serpents que Junon avait envoyés pour le faire périr. A dix-huit ans, il engrosse en une seule nuit les cinquante filles de Thespios, « ce qui lui donna cinquante fils ». Il tue l'hydre de Lerne ; il saisit à la course la biche de Cérynie aux pieds d'airain. Dans la forêt de Némée, il écorche un lion dont ni le fer, ni le bronze, ni la pierre n'entamaient la peau. Il triomphe de Diomède, roi de Thrace, et le fait dévorer par ses propres juments. Il capture le sanglier d'Érymanthe ; il abat les oiseaux du lac Stymphale ; il arrête le taureau de Crète. Il écrase son rival Achéloos, qu'il combat pour conquérir Déjanire. Il trucide Busiris, roi d'Égypte. Il étouffe le géant Antée en lui brisant les côtes. Il s'empare de magnifique façon des pommes d'or des Hespérides. Il défait Géryon, roi d'Ibérie, et s'approprie son superbe troupeau. Il arrache la peau du visage du hideux Cacus, fils de Vulcain, dont la bouche crachait des flammes. Il terrasse Lacinius et édifie sur les lieux du combat un temple dédié à Junon. Il dompte les Centaures. Il nettoie les écuries d'Augias. Il délivre Hésione et tue le monstre marin. Il triomphe de la reine des Amazones. Il descend aux enfers pour en rapporter le chien Cerbère. Il abat d'une flèche le griffon-vautour qui dévorait le foie de Prométhée. Il extermine Cygne, lors d'un duel à cheval. Il massacre les fils ailés de Borée. Il traverse victorieusement le brûlant désert de Libye et les sables mouvants des Syrtes. Il prend la vie d'Eurytos, roi d'Œchalie, et emmène captive la princesse Iole. Cela, toutefois, sonna sa fin car, lorsque Déjanire l'apprit, elle lui fit parvenir une tunique empoisonnée qui causa son trépas. « Après sa mort, il fut accueilli parmi les dieux et passa pour être l'égal du soleil. » Donc le soleil est vraiment Dieu, se dit-elle.

Tout au long de cette sombre nuit elle ne cessa de réfléchir. Le lendemain, elle s'habilla avec soin et se rendit à l'hôpital selon son habitude. C'était l'un de ses jours de bénévolat et elle ne voyait pas de raison de modifier les choses. Elle effectua consciencieusement son travail, quitta l'institution en fin d'après-midi et, sur le chemin du retour, s'acheta une bouteille de meursault.

Baignée et changée, elle s'assit et attendit Bertie, bien qu'il n'eût pas dit qu'il viendrait. Elle l'attendait quand même. Elle savait qu'il allait bientôt partir pour la Grèce et qu'il passerait lui dire au revoir. Elle songea que ces visites, du point de vue de Bertie, n'étaient pas vraiment nécessaires. Un an s'était écoulé depuis leur divorce et à aucun moment elle ne s'était comportée comme une folle furieuse, de sorte que ce genre de surveillance ne semblait plus utile. Et comme elle ne l'avait jamais accablé de reproches – même si son antipathie à l'égard de Mousie n'était nullement dissimulée – Blanche supposait qu'il se déplaçait par sollicitude, pour voir comment elle allait. Elle ne se trouvait pas très exaltante, ces temps-ci, persuadée que la tristesse avait affaibli sa vivacité d'esprit ; c'est pour cette raison qu'elle prenait soin de se faire belle et de lui offrir à boire.

« A ma connaissance, tu es la seule à penser qu'on peut boire du vin rouge avec un gâteau, dit-il en se servant. Délicieux, vraiment. C'est au citron ?

– L'acidité est neutralisée, répondit Blanche. Et puis la pâte fait éponge, on peut boire davantage. A mon avis, servir du vin à table, c'est le gâcher.

– Et à quoi as-tu passé ta journée ? demanda Bertie en s'installant confortablement, non sans balayer quelques miettes sur sa chemise.

– Bertie, déclara Blanche, tu es dans un piteux état. Tu aurais besoin d'une coupe de cheveux, et même un adolescent hésiterait à porter une chemise aussi voyante. Il n'est pas indispensable de te laisser aller, tu sais. Lorsqu'on arrive à un certain âge, il incombe à chacun de rester très soigné.

– Il incombe à chacun, vraiment ? Je vais te dire, Blanche : j'ai bien trop à faire en ce moment pour me lorgner dans la glace toutes les cinq minutes.

– Je n'y suis pour rien, que je sache. Et qu'est-ce qui t'occupe donc tellement ? Qu'as-tu fait aujourd'hui, par exemple, à part enfiler cette chemise délirante et partir au bureau ? Es-tu descendu aux enfers pour en rapporter le chien Cerbère ? As-tu exterminé les oiseaux du lac Stymphale ? Délivré Hésione et tué le monstre marin ? Ou engrossé les cinquante filles de Thespios ?

– Certainement pas, répondit Bertie. Il reste une autre bouteille de ce vin ?

– Oui, attends une minute. J'ai l'impression, Bertie, que tu mènes une vie plutôt facile comparée à celle d'Hercule.

– Et quelle raison aurais-je de comparer ma vie à celle d'Hercule ?

– Parce qu'il a donné la preuve qu'on pouvait être un meurtrier et en tirer gloire.

– Tu crois que je suis un meurtrier ? » demanda

Bertie. Et en même temps il pensait : « Ça y est. C'est exactement ce que j'ai réussi à éviter, et peut-être aussi ce que je suis revenu chercher. » Il s'était préparé à un affrontement mais à présent, à une heure si tardive, il avait complètement oublié ce qu'il avait prévu de répondre. Ses arguments bien étudiés, soigneusement revus par Mousie, lui étaient tout simplement sortis de la tête.

« Je suppose que tu as fait ce dont la plupart des hommes rêvent, et que beaucoup finissent par accomplir. Et je t'accorde qu'il a dû te falloir un certain courage. Tu es un homme conventionnel, Bertie, tu as horreur des histoires. »

Bertie, qui avait eu son lot d'histoires, soupira.

« Je me rends bien compte, reprit Blanche, les joues légèrement embrasées, que je suis une femme limitée. Ou, plus exactement, une femme au charme limité. Je dois être du genre prudent, ou majestueux, comme tu me l'as dit un jour. Rien de commun avec ces femmes qui se trémoussent en gloussant et semblent exercer un tel effet sur les hommes. Je te croyais trop intelligent pour te contenter de ce genre de choses, c'est tout. Je me trompais. C'était exactement ce que tu voulais. D'ailleurs je ne t'ai peut-être jamais vraiment plu.

– Oh si, s'exclama Bertie. Tu m'as vraiment plu.

– Mais tu m'as quittée. »

Bertie soupira. « J'avais envie de tout recommencer. C'est aussi simple que ça. Je voulais tout revivre, l'excitation, l'anxiété, et même le bouleversement. C'était vivifiant, merveilleux. Pour te dire la vérité, puisque nous nous parlons franchement, je ne m'attendais pas à être obligé de te quitter. C'est Mousie qui...

– Je vois. Et tu ne pensais pas que c'était de l'ordre du possible ? Dans l'état merveilleux où tu étais.

– Je me disais que tu pourrais comprendre. Tu m'avais toujours compris.

– Je viens de te prouver à quel point je te comprends. J'aurais peut-être pu pardonner si je ne m'étais pas sentie tellement rejetée. Tous tes horribles amis qui trouvaient la situation si drôle et ne songeaient qu'à vous inviter tous les deux à dîner. C'est d'eux que j'ai divorcé, autant que de toi. J'ai cru que je m'en sortirais mieux en oubliant le passé.

– Et tu y es parvenue ? A t'en sortir ?

– Non, dit-elle. Non, je n'y arrive pas. Je ne crois pas en être capable. Je suis encore plus dérangée depuis que tu m'as quittée. Je n'ai pour compagnie que des matrones vertueuses, ou les quelques éclopés qu'il m'arrive de rencontrer. Je suis devenue une personne censée se satisfaire des bonnes œuvres. Je n'ai rien contre, mais je me dis parfois que, si je ne m'en chargeais pas, de toute façon quelqu'un d'autre s'en occuperait. Et c'est tellement atroce de rentrer dans une maison vide. Je ne peux pas te dire à quel point. Bien sûr, il reste toutes ces merveilleuses solutions dont tout le monde me parle. Il y a toujours la National Gallery, dit-elle en se mouchant. Et d'une certaine façon, on s'attend à ce que je me débrouille seule. J'ignore pourquoi. On s'attend à ce que je puisse me passer de vacances, d'anniversaires, de Noëls, toutes ces choses dont disposent les gens réels en trois dimensions. Moi, on s'attend à ce que je ne m'y intéresse pas.

– Tu pourrais te remarier, murmura-t-il en l'étudiant attentivement. Barbara m'a dit que tu avais revu Patrick Fox.

– Patrick ? Tu me conseilles d'épouser Patrick ?

– Il était très épris de toi.

– Patrick ? Mais comment pourrais-je l'épouser ? Je suis toujours amoureuse de toi. »

Ils se regardèrent, médusés.

« Bertie, dit Blanche, ne reviens plus. C'est trop facile de passer de temps en temps et d'en conclure que je vais bien. Et c'est trop facile pour moi de me dire que je te reverrai. D'ailleurs je ne crois pas que tu pourras revenir, pas après ce soir. Il me faudra trouver le courage de ne plus rien savoir de toi.

– Et je ne saurai plus rien de toi, moi non plus ?

– C'est comme ça, dit-elle. Nous devons nous tenir à cette décision. Il ne faut qu'un peu de force.

– Mais tu viens juste de me dire que je n'étais pas Hercule.

– Tu ne supporterais pas d'avoir un dossier comme le sien. Pense à ta conscience.

– Je ne peux pas te dire adieu, Blanche.

– Mais si. D'ailleurs, tu me l'as déjà dit une fois. » Pourtant, songea-t-elle, c'est la seconde qui est mortelle.

Un peu plus tard, la porte refermée sur lui, elle resta un moment immobile et contempla les restes du gâteau qu'il avait tant apprécié. J'ai oublié d'ouvrir une autre bouteille, se dit-elle, avant de s'asseoir et de fondre en larmes.

8

« Alors quand elle m'a dit qu'elle partait en Cornouailles avec sa sœur, je n'ai pas fait d'objection. » Miss Elphinstone parlait depuis le seuil du salon, chiffon à poussière d'une main, chandelier en argent de l'autre. « Vous comprenez, je n'allais pas discuter avec elle. Je me suis contentée de lui faire comprendre que je gardais mes commentaires pour moi. Quand quelque chose me déplaît, je l'ignore. »

Blanche écoutait miss Elphinstone sans enthousiasme, tout en ayant l'air parfaitement attentive. C'était le moment ou jamais de faire appel aux fameuses ressources qu'on lui prêtait. L'été s'avançait, révélant sa face vide à ceux qui n'étaient pas partis. Chaque matin le soleil, couvert d'un voile de brume blanche, se levait sur le jardin et planait sans trop d'assurance sur le reste de la journée, avant de flamboyer avec une relative intensité vers 5 heures en donnant l'impression que le temps était au beau fixe. Mais les journées demeuraient incertaines, traversées de violentes et soudaines averses, que Blanche entendait crépiter sur les feuillages du jardin dès l'aube. Elle se levait hébétée de fatigue, l'esprit vide, pour affronter une journée dont les exigences semblaient accrues au lieu d'être atténuées par l'habitude. Les amis partis envoyaient des cartes postales. Barbara et Jack, sur le point de rejoindre leur cottage, téléphonaient leurs instructions sur la façon de nourrir le chat en leur absence. Blanche imaginait Bertie en Grèce.

« Et qu'allez-vous faire de vos journées quand je serai là-bas, Blanche ? demanda miss Elphinstone. Je ne m'en vais qu'une semaine, notez bien. Juste le temps de vous faire sentir combien je vous manque, pas vrai ? » Et elle adressa à Blanche un très gentil sourire avant d'aller ranger ses affaires dans son fourre-tout de cuir, l'argent de ses congés payés soigneusement posé près de ses gants de caoutchouc, le clafoutis aux cerises que Blanche avait confectionné pour son départ couronnant délicatement le tout.

Ce serait une journée ennuyeuse. Blanche se disait qu'il lui faudrait téléphoner à Sally même si, curieusement, elle n'en avait pas envie. Cette petite aventure était terminée, et peut-être Patrick était-il le seul à pouvoir y apporter une conclusion. Elle éprouvait un sentiment de tristesse devant sa propre incapacité mais conservait suffisamment de bon sens pour savoir que, dans ce genre de situation, les complications ne manquent jamais de se multiplier. Elle avait l'impression que personne, dans l'entourage de Sally, n'avait le brutal courage de la mettre face aux problèmes du présent. De toute façon, il s'agissait maintenant de se concentrer non plus sur Sally mais sur son mystérieux époux, que Blanche n'avait nul désir de rencontrer. J'avais seulement envie de connaître Elinor, se dit-elle ; ses parents n'étaient que d'indispensables notes en bas de page, tandis qu'Elinor constituait le texte principal. Et je crois que je ne la reverrai plus. Dans son désarroi, elle pensait à l'enfant avec une grande tristesse.

Au début de l'après-midi, après le départ de miss Elphinstone, quand le silence régna de nouveau dans la maison et dans les rues alentour, le téléphone sonna. « Bonjour, Blanche, déclara chaleureusement Sally.

Comment allez-vous ? » Blanche marmonna qu'elle allait bien. « Nellie et moi aimerions beaucoup que vous veniez prendre le thé. Nellie a vraiment hâte de vous revoir », reprit Sally. Il y avait dans sa voix une légèreté factice que Blanche perçut malgré le ton amical de sa proposition. Un peu comme si quelque chose dérangeait Sally et qu'elle ne pouvait traduire sa gêne que par l'attitude qui lui était la plus habituelle : l'allégresse. Blanche, dans le même temps, éprouva une certaine crainte devant cette allégresse. Le sentiment de peur qu'elle connaissait si bien l'envahit de nouveau. Fréquenter Sally lui paraissait signifier la perte de ses propres aptitudes car derrière cette gaieté se profilaient des exigences auxquelles elle était censée répondre sans les comprendre. Sally, ayant étiqueté Blanche comme quelqu'un qui ne lui correspondait pas, était conduite par nécessité à se servir d'elle. Blanche en avait parfaitement conscience. Sa crainte provenait du sentiment d'être impitoyablement traquée ainsi que d'un sentiment plus ancien et, durant un instant, elle revit le rêve fait quelque temps auparavant où, des plumes blanches dans les cheveux, elle ramait dans une barque pendant que sa mère, vêtue de mousseline de soie, lui jetait un regard amusé. C'est ridicule, se dit-elle. Personne ne me poursuit. Il est même possible que je me prête à cette situation, tout comme je me pliais aux petites manœuvres de ma mère, ce qui expliquerait les plumes blanches. Mais elle savait que ce rêve, comme le fait d'y penser en cet instant, exprimait profondément son besoin d'être celle qu'on sauve, elle que l'indifférence des autres avait réduite à un comportement de galérien.

Elle n'ignorait pas l'indifférence de Sally. Blanche n'était ni assez amusante, ni assez indiscrète, ni assez riche pour recevoir de véritables confidences de sa part. Sally la considérait comme un très lointain avant-poste des services d'assistanat social, sans doute parce qu'elle avait rencontré Blanche à l'hôpital. Pour Sally, les offrandes déposées sous le couvercle de la théière représentaient probablement une forme de réparation officielle pour sa situation difficile, qu'elle ne mettait pas en question, qu'elle ne songerait en fait jamais à remettre en question. Elle considérait cet étrange revers de fortune comme une sorte d'accident découlant directement de l'influence de Saturne ou d'une autre configuration astrale. Son principal souci consistait à traverser cette mauvaise passe sans s'encombrer de responsabilités, afin d'atteindre aisément des moments plus heureux, au moindre coût. Blanche savait que, l'heure venue, elle partirait sans laisser de traces, comme si ses pas étaient véritablement aussi impalpables que ceux des nymphes ou des dryades auxquelles elle ressemblait tant.

L'enfant, c'était autre chose. La petite fille était d'essence terrestre. Dès qu'elle l'avait vue tendre ses efforts pour utiliser correctement la cuillère scintillante de l'hôpital, Blanche avait compris qu'Elinor connaissait déjà tout de la souffrance et des difficultés. L'allégresse de la mère accroissait le sérieux de l'enfant. Blanche estimait à présent que le plus inquiétant, chez Sally, était son absence de gravité, même si ses propres projets la préoccupaient considérablement. Elinor, elle, ne semblait rien attendre, comme si grandir était déjà trop difficile pour elle, et que, à trois ans ou un peu plus, elle portait un fardeau plus lourd que sa mère n'en porterait jamais. Et ce tempérament différent, transmis sans doute par les gènes de sa véritable mère, morte d'avoir cessé de lutter, l'opposait implacablement à Sally, dotée de l'aisance trompeuse d'une femme capable de faire n'importe quoi, mais à qui manquait la nostalgie de la femme désirant un enfant.

Blanche avait depuis longtemps congédié Paul, l'absent, que son insignifiance, supérieure encore à celle de sa femme, disqualifiait à ses yeux. Le charme juvénile qui se dégageait de la photo que Blanche avait vue s'était transformé, dans son esprit, en quelque chose de suppliant, d'hésitant, de gêné. Elle pressentait à distance le caractère enjôleur de cet homme. Elle décelait dans son regard mouillé et brillant le jeune et beau romantique qui, tombé amoureux de Sally, lui avait tourné la tête avec de luxueux cadeaux et avait écarté toutes les difficultés, abandonnant son bébé à sa mère pour mener une vie d'apatride sans la moindre responsabilité jusqu'à ce que, devant la menace de faillite, il se décide à accepter, comme une bonne plaisanterie, l'emploi offert par ce ridicule Américain, s'engageant à passer un an près de lui afin de gagner suffisamment d'argent pour disparaître à nouveau et mener avec Sally une existence d'enfant qui s'amuse. Que ces jeux soient invisibles, anonymes, en pays étranger, et requièrent la présence d'une « foule » immédiate les rendaient d'autant plus irréels, en même temps que mythiques. Blanche estimait que le mari était probablement dénué d'intérêt, inférieur à sa femme, et contraint de s'engager dans des entreprises audacieuses, sinon douteuses, à seule fin d'attirer son attention. Peut-être même sentait-il se relâcher l'attention de Sally et derrière le masque de son ardeur juvénile, il devait en être terrifié.

Blanche marchait sous un soleil brumeux qui semblait la nimber de buée étincelante, et des vapeurs s'exhalaient des buissons et des arbustes qui avaient déjà viré au vert assombri du plein été. Elle se disait que, du temps où elle était modestement installée sur un banc à l'ombre d'un palmier poussiéreux dans les jardins publics, Sally et ses amis, eux, se réveillaient probablement très tard dans une chambre du Carlton, du Negresco, du Martinez ou de l'hôtel en vogue à ce moment-là, après une fête qui avait duré jusqu'à l'aube. J'ai toujours eu des plaisirs trop simples, songea Blanche, et c'est par le cynisme qu'on obtient des concessions. J'étais assise là, dans ces jardins, heureuse de tendre mon visage au soleil, sachant qu'une heure plus tard je retournerais à l'hôtel pour retrouver Bertie, et tenant ce moment pour une telle récompense qu'elle me permettait d'affronter l'épuisante soirée à laquelle je ne pouvais me dérober, obligée d'être pleine d'esprit devant ses amis au restaurant. Et pendant ce temps-là, sans aucun doute, Sally et ses amis, dans un restaurant semblable, se préparaient à une autre nuit blanche, mais, du fait de leur jeunesse, ne ressentaient aucune lassitude à la perspective d'une soirée où ils devaient donner une nouvelle représentation. Et peut-être que dans la journée, quand je me levais de bonne heure pour parcourir la plage aux sables antiques, je délimitais l'endroit où Sally et ses amis viendraient s'allonger en gémissant plus tard dans l'après-midi. Sally incarne le genre de femme que les hommes admirent, et les divertissements qu'elle propose correspondent davantage à leurs goûts que mes pauvres passe-temps. C'est pour cela que je ne lui parle jamais de mes propres vacances dans le Midi ; j'évite les réflexions que mes confidences pourraient susciter, tant dans son esprit que dans le mien. J'évite d'y faire face.

Blanche n'ignorait pas qu'elle avait déjà établi une dangereuse équation entre Sally et Mousie, et entre Elinor et elle-même. Il s'agissait moins de la lutte entre le vice et la vertu – car elle s'attribuait un moins beau rôle – qu'entre l'efficacité et la futilité ou la vitalité et l'inertie. Et, quelque part au milieu de ces principes conflictuels, elle situait l'homme, non engagé, aisément leurré, *volage*. Elle savait également que ses visites à la National Gallery, destinées à la sauver d'un nocif apitoiement sur soi, avaient en fait renforcé ces principes et accentué leur opposition. Elle y avait contemplé d'une part le monde d'après la Chute et ses lugubres effigies – les vierges spectrales, les saints en proie à la souffrance, les martyres injustifiés – et de l'autre les insouciants excès mythologiques de ceux qui ignoraient, ou n'avaient pas besoin de savoir, qu'il existait une autre convention. Il lui semblait à présent que leurs sourires moqueurs l'avaient conduite à ce stade de sa vie, et que, après avoir dit adieu à Bertie, elle s'était de nouveau abandonnée à l'ordre qu'elle ne cessait de contester. En cet instant précis, tandis qu'elle marchait dans la rue tranquille à laquelle le calme de l'après-midi restituait l'apparence de la banlieue qu'elle était jadis, Bertie était peut-être en train d'adorer le soleil dieu, sur cette île où l'attendaient probablement les fastes de quelque réception. Elle aperçut au loin Mrs. Duff, céleste incarnation du devoir et de l'obéissance, qui tirait un orgueil légitime de ses préoccupations d'épouse, n'était jamais visitée par des pensées subversives mais se soumettait avec bonheur aux liens de la félicité conjugale.

Ses rencontres avec les païens (car c'était ainsi qu'elle les nommait, tout en ayant conscience de l'impropriété du terme) avaient conduit Blanche à cette médiocre situation. Elle marchait prudemment dans la rue bordée d'arbres, chaussée de prudentes sandales grises, avec pourtant un autre gâteau dans son sac à provisions. Elle était tellement perdue dans ses pensées qu'elle croisa sa voisine en souriant machinalement et, après coup, garda l'image des mots avides qui n'avaient pas eu le temps de se former sur les lèvres de Mrs. Duff. En descendant les quelques marches qui conduisaient au sous-sol de Sally, elle inspira profondément l'air chargé de poussière et d'odeurs de la Tamise, puis sonna. Sally vint ouvrir immédiatement, vêtue de ce qui ressemblait à une longue tunique sans manches d'un jaune orangé, ornée d'une ceinture très lâche à hauteur des hanches. Elinor, dès qu'elle vit Blanche, recula dans la pénombre de la pièce.

« Nellie ! s'écria Sally en riant. Viens ici tout de suite ! Tu te souviens de Mrs. Vernon, quand même. C'est elle qui t'a donné le livre sur les trains que tu aimes tant. »

Elinor resta immobile, au milieu de la pièce, semblant réfléchir. Elle paraissait plus âgée, plus grande, légèrement différente. Son séjour chez sa grand-mère avait l'air d'avoir ébranlé une assurance jusqu'à présent inébranlable et, quelques instants plus tard, elle s'approcha de Sally et lui prit la main.

« Je n'y comprends rien, reprit Sally sans cesser de rire. Je crois qu'elle nous a oubliées. On dirait qu'elle ne sait plus où elle est. Elle me suit tout le temps, c'est la première fois qu'elle fait ça. » Elle se pencha vers l'enfant et lui pinça le menton. « Elle doit avoir peur que je l'expédie encore là-bas, sans doute. Bien qu'il y ait peu d'espoir que je puisse la garder, ajouta-t-elle à mi-voix à l'intention de Blanche. Pas avec ce que nous avons sur le *tapis* en ce moment.

– Alors ma chérie, dit Blanche, s'inclinant elle aussi vers l'enfant et croisant son regard hésitant et fermé, tu t'es bien amusée ? » Pas de réponse, naturellement ; rien n'avait changé. « Tu es contente d'être revenue à la maison avec Sally ? » Elinor détourna la tête et, voyant le sac à provisions de Blanche, s'approcha pour en inspecter le contenu. Lorsqu'elle trouva le gâteau, elle jeta à Blanche un regard interrogateur et, forte de son acquiescement, alla le déposer précautionneusement sur une chaise avant de retirer son enveloppe de papier d'aluminium. J'ai oublié de lui apporter un cadeau, songea Blanche avec un regret qu'Elinor partageait manifestement. La petite fille, une fois le gâteau déballé, le repoussa et sortit de la pièce en courant. « Elinor, s'écria Blanche, horrifiée par ce qu'elle allait dire, il y a une petite pièce d'or cachée dans mon sac. Tu crois que tu vas la trouver ? Sally s'en servira pour t'acheter un cadeau, demain, quand elle t'emmènera faire les courses. » Elinor revint à pas lents, prit le sac de Blanche, en retira portefeuille, agenda et mouchoir, trouva le petit porte-monnaie à mailles d'argent que Bertie avait acheté chez un antiquaire dans le temps, et entreprit de l'ouvrir. Bientôt, cinq pièces dorées furent soigneusement mises de côté. Sally, de retour avec la théière scandinave, éclata de rire. « Tout le portrait de son père, dit-elle. Elle est excitée comme une puce à l'idée que Paul va rentrer. Quand est-ce que papa revient ? » demanda-t-elle. Elinor s'approcha de la photo de son père et y déposa un baiser. Cette enfant a été soudoyée, se dit Blanche, non sans froncer immédiatement les sourcils devant une pensée aussi malveillante.

Elles s'installèrent pour boire le thé dans les tasses fleuries et réparées, Elinor sur sa petite chaise, le gâteau de Blanche, abandonné dans son emballage, toujours posé sur une autre.

« Vous l'avez vu ? demanda Blanche.

— Non, murmura Sally dont rien ne paraissait pouvoir ternir l'allégresse. Il est toujours bouclé au Dorchester avec les Demuth. Mais il a téléphoné, évidemment.

— Vous ne pouvez pas aller au Dorchester ?

— Impossible de laisser Nellie toute seule. Et je ne peux pas non plus l'emmener, parce que ce dont nous avons à discuter n'est vraiment pas de son âge. » Sally se mit à rire.

« Je peux m'occuper d'elle si vous voulez...

— Gentil de votre part, mais ce n'est pas la bonne solution. Non. En fait, la bonne solution, c'est que quelqu'un aille parler aux Demuth. Leur dire que Paul est un type formidable et qu'il ne recommencera plus à être vilain. »

Blanche déposa très lentement sa tasse dans la soucoupe.

« Et qui pourrait s'en charger ? demanda-t-elle.

— Eh bien vous, par exemple, Blanche.

— Vous plaisantez, Sally ? Je ne connais même pas votre mari.

— Mais vous nous connaissez, nous. Et vous êtes quelqu'un qui a une position sociale. Non, Nellie, ne touche pas au gâteau. C'est le gâteau de Blanche.

— Voyons, Sally, comment pourrais-je parler aux Demuth, que je ne connais pas non plus, et leur affirmer que Paul est formidable alors que, si je comprends bien, il a été vilain, comme vous dites ?

— D'accord, répondit Sally, désinvolte. Ce n'était qu'une idée. N'en parlons plus. Nous trouverons autre chose. » Puis, installant l'enfant sur ses genoux, elle ajouta : « Je vous ai déjà raconté la fois où, à Cannes, nous nous sommes trouvés sans un sou ? Ce qu'on a pu se marrer ! » Et Blanche entendit à nouveau le récit de la vie de Sally dans le midi de la France, inépuisable, ponctué d'éclats de rire et de baisers à Elinor, détendue à présent dans les bras de sa mère et posant sur Blanche un regard sans curiosité, sa petite main étalée sur la cuisse couleur souci de Sally. « Sauf qu'à cette époque nous avions des amis pour nous tirer de là. Sinon, nous y serions toujours. C'est pas vrai ? » demanda-t-elle à Elinor. Elinor, contre toute attente, sourit.

C'est une véritable torture, se dit Blanche, la torture des rappels interminables. Elle va me raconter ses vacances, ses soirées, comment elle s'amusait avant d'avoir l'infortune d'être transférée ici, jusqu'à ce que je demande grâce. Elle me le répétera tant que je ne consentirai pas à aller voir les Demuth, une démarche apparemment sans importance à ses yeux, le genre de course dont des personnes aussi ennuyeuses que moi s'acquittent parfaitement. Tant que je n'aurai pas cédé, elle continuera à m'assaillir de son monologue habilement déguisé en conversation. A moins qu'elle ne soit réellement très malheureuse, que tout ce discours ne constitue une sorte de dérobade, une fuite pathologique devant la réalité présente. Mais, en regardant Sally, son visage reposé et maquillé, ses vêtements à la mode, Blanche avait du mal à s'en convaincre. L'inertie de l'enfant, son obéissance nouvellement acquise, sa fatigue lui semblaient beaucoup plus inquiétantes que l'apparente allégresse de Sally, peut-être épouvantablement authentique. Elinor avait déjà les paupières lourdes de sommeil. Voilà, se dit Blanche, une réaction que je peux comprendre : l'horrible somnolence qui succède à la souffrance, le sommeil macabre qui saisit sans prévenir, dont on se réveille la bouche sèche et les membres crispés, sans savoir quel jour on est. Mais Sally qui est indifférente aux risques de la situation, ou plutôt non, que ces risques dotent presque d'un pouvoir supplémentaire, Sally qui se souvient d'autres risques dont elle a triomphé par des moyens que j'ignore fait peut-être partie de ces individus très rares qui possèdent une véritable personnalité de délinquant. Peut-être se satisfait-elle de l'excitation des risques évités à la dernière seconde, des gains illégaux, des départs en avion vers la liberté, des fuites de toutes sortes. Une attitude de légèreté, comme les personnages mythologiques. Et, tout comme eux, dénuée de scrupules.

« Sally, dit-elle, vous vous rendez bien compte qu'il

m'est impossible d'aller parler aux Demuth, n'est-ce pas ? Je ne les connais pas plus que Paul, et j'ai l'impression qu'il a agi sans beaucoup de discernement. Je crois qu'il devra régler cette affaire lui-même. »

Sally haussa les épaules. « Je pensais que vous étiez douée pour ce genre de choses. Après tout, votre mari était diplomate, non ? »

Blanche la regarda, stupéfaite. « D'où vous est venue une telle idée ? Mon mari est dans l'immobilier.

– Pourquoi ne me l'avez-vous pas dit ?

– Cela ne me paraissait pas important », murmura humblement Blanche.

Sally éclata de rire, tirant Elinor de sa somnolence.

« Et moi qui vous prenais pour quelqu'un de la haute ! » s'exclama-t-elle.

Blanche se dit que la jeune femme manquait simplement de tact, bien qu'elle se sentît blessée, moins par l'erreur de Sally que par sa totale absence de curiosité. Comment avait-elle pu croire une chose pareille sans même vérifier si c'était vrai ? Et comment imaginait-elle pouvoir tirer profit d'une vague impression, d'une idée sans fondement ? Quelqu'un de la haute, vraiment ! Non qu'elle l'ait réellement pensé, estimait Blanche. Ce qu'elle croyait avoir perçu, c'était le pouvoir de l'argent. Elle avait l'impression que le pouvoir l'aiderait tout autant que l'argent. Un raisonnement parfaitement illusoire.

« De toute façon, reprit Sally, je suis sûre que, de la haute ou non, vous sauriez vous débrouiller avec les Demuth. Ils ne verraient pas la différence.

– Moi si, en tout cas, répondit Blanche, les joues empourprées. Je n'ai rien à faire avec les Demuth, vous savez. Si Paul s'est mis dans une situation embarrassante, il lui appartient d'en sortir.

– Ce serait tellement mieux si quelqu'un pouvait parler en son nom. J'avais l'impression que vous nous aimiez bien, c'est tout. Vous aviez l'air de vous plaire ici. »

Blanche considéra la pièce, le gâteau dont personne n'avait voulu sur la chaise, le regard ensommeillé d'Elinor, sa menotte sur la cuisse de Sally, son indifférence.

« Je vous aime beaucoup, toutes les deux, c'est certain, dit-elle. Mais quel genre d'argument convaincant, au sujet de Paul, pourrais-je bien utiliser avec les Demuth ? Ils le connaissent, après tout, et moi pas. Ce serait malhonnête...

– Malhonnête ? reprit Sally. Mais non. Vous pourriez le faire pour Nellie, par exemple.

– Et vous ? Pourquoi ne pas le faire pour elle ?

– Les Demuth seraient plus impressionnés par quelqu'un dans votre genre, déclara Sally. Quelqu'un de plus âgé », ajouta-t-elle.

Il y eut un bref silence. « Ne rien remettre au lendemain », songea Blanche. « Je ne pense pas pouvoir vous aider, conclut-elle d'un ton ferme. Si vous souhaitez l'intervention de quelqu'un de plus âgé, pourquoi ne pas demander à Patrick ? Mais je suis certaine, tel que je le connais, qu'il dira que Paul est seul responsable de ses actes.

– L'ennui, avec Patrick, c'est qu'il ne veut jamais s'engager. Je veux dire d'une façon générale, bien entendu. Je ne lui en ai pas parlé. Mais j'ai l'impression qu'il fait partie de ces hommes inhibés et terrorisés qui sont affreusement coincés sur le plan sexuel.

– Le plan sexuel ? Il n'y a aucun rapport, dit Blanche.

– Non, je parle d'une façon générale. C'est quelque chose qui le fascine, et pourtant il part en courant dès qu'il en est question. Non, Patrick a déjà assez de problèmes. En fait, il n'est qu'un vaste problème. A propos, il a dit qu'il passerait peut-être ce soir. »

Ses traits s'étaient de nouveau affaissés, conférant à son visage une expression d'écœurement et de lassitude. Elinor dormait profondément. Blanche avait l'impression qu'elles pourraient toutes deux rester ainsi, à l'abandon, jusqu'à l'arrivée de sauveteurs. Une mouche, constata-t-elle, s'était posée sur le gâteau.

« Vous pourriez peut-être lui en parler quand même », dit-elle en se levant pour prendre congé.

La pièce semblait figée, délaissée, et commençait à ressembler au palais de la Belle au bois dormant. Sally et Elinor, tout à fait immobiles, avaient l'air d'ignorer Blanche pour l'éternité. Les tasses sales, la petite pile de pièces confectionnée par Elinor, le gâteau sur la chaise évoquaient silencieusement d'inutiles stratagèmes. Arrivée à la porte, Blanche se retourna. Sally, l'enfant endormie sur ses genoux, leva mollement la main en signe d'adieu.

Il n'en est pas question, se dit Blanche en arpentant furieusement des pavés que l'éclatant soleil de 5 heures rendait poussiéreux. Il faut trouver une solution. Je ne peux pas débarquer au Dorchester et affronter ces étrangers en leur débitant un éloquent plaidoyer sur la veuve et l'orphelin, dans la grande tradition du XIXe siècle. Patrick devra s'en charger ; cela l'aidera peut-être à vaincre ses inhibitions. D'ailleurs c'est peut-être exactement ce que le médecin lui a prescrit. Où sont passées les assistantes sociales ? Jamais là quand on en a besoin. Il est impossible que je sois la seule personne au monde capable d'accomplir cette mission aussi douteuse qu'hypocrite. Et au Dorchester, pour couronner le tout. Plaider devant un homme tellement bizarre qu'il a dû engager quelqu'un pour mener les discussions à sa place. Ce que Sally a failli obtenir de moi, évidemment. Plaider devant cette Mrs. Demuth pour qu'elle sorte le renard roux de la fourrière. Me rendre complètement ridicule pour récupérer la fourrure d'une autre femme. C'est de ma faute, bien entendu. Ai-je vraiment cru que Sally me fréquentait simplement pour mon ennuyeuse compagnie ? Et moi, étais-je parfaitement innocente en recherchant la sienne ? Pourtant, je ne peux m'empêcher de l'admirer. Elle est vraiment admirable, à sa manière. On ne peut même pas lui reprocher d'être une mauvaise mère : il suffit de voir comment Elinor se collait à elle, aujourd'hui. Les élucubrations auxquelles je me livre, diviser les gens en deux catégories et m'obstiner à vouloir en savoir davantage sur celle dont je suis exclue, ont fini par me rendre un peu folle. Et Elinor avait les mains sales ; ce n'est qu'une petite fille, innocente, qui n'a rien à voir dans tout ça. Mais qui sait quand même ce qui se passe.

« Patrick, dit-elle au téléphone, il paraît que vous passez voir Sally tout à l'heure. Je me disais que vous pourriez peut-être venir chez moi ensuite. Je vous préparerai une omelette. Il faut que nous parlions. Nous devons prendre une décision. »

Et elle qui croyait que mon mari était diplomate ! Comme si j'avais l'habitude de jouer les plantes vertes à son côté pour apaiser des ethnies en conflit. Comme si je n'étais pas capable de me débrouiller seule, songea-t-elle en se faisant couler un bain.

Après tout, songea Blanche, j'ai éprouvé pour elles deux un intérêt véritable. Elles ont exercé une extrême fascination sur moi. Une leçon de choses. D'ailleurs à quoi d'autre aurais-je pu occuper mon temps ? Je les ai étudiées comme si elles représentaient un enseignement susceptible d'être appliqué à mon propre cas. Et je les ai tellement étudiées que j'ai un mal fou à abandonner. Quitter cette histoire avant son terme. Je crois vraiment que Patrick aurait pu faire quelque chose. C'est manifestement une affaire d'homme. Quoi qu'on en dise, nous sommes toujours dans un monde d'hommes. Et si les Demuth sont de telles brutes, il est certain qu'un homme les impressionnerait davantage.

Elle se brossa soigneusement les cheveux et passa une robe de toile bleu sombre, mi-longue. Elle sortit une bouteille de sauternes et s'en servit un verre, en se félicitant de si bien maîtriser la situation. Elle parlerait sérieusement avec Patrick et, le cas échéant, l'accompagnerait au Dorchester. De cette façon, sa conscience serait apaisée, l'honneur et la dignité saufs. Derrière la fenêtre, le bleu intense du ciel vira lentement au blanc ; elle supposa que cela tenait lieu de crépuscule. Au deuxième verre de sauternes, Blanche attendait impatiemment la soirée qui s'annonçait.

Patrick, lorsqu'il arriva, arborait son habituelle expression de gravité, en dépit de ses joues légèrement, très légèrement, rouges. Il s'assit et refusa le verre qu'elle lui proposait.

« Je m'occupe de l'omelette dans une minute, Patrick, déclara Blanche. Avec une salade, du pain et du beurre, et un peu de groseilles à la crème. Ça ira ?

– C'est très gentil à vous, Blanche.

– Ce n'est qu'une simple omelette, Patrick.

– A dire le vrai, je n'ai pas faim du tout. Sally m'a offert du thé et un délicieux gâteau. »

Blanche emplit de nouveau son verre. « C'est justement de Sally que je voulais vous parler, Patrick. Il faut faire quelque chose.

– Elle m'a mis au courant.

– Au courant ?

– De votre proposition si généreuse.

– Ma proposition ?

– Oui. Aller parler aux Demuth. »

Blanche le regarda.

« Ce n'est pas très classique, bien évidemment. Mais loin d'être inutile.

– Patrick, murmura lentement Blanche, ce que j'ai proposé, ou ce que je croyais avoir proposé, c'est que vous alliez voir les Demuth. Pas moi.

– Non, non. Totalement exclu. Je ne peux pas me permettre une telle démarche, compte tenu de ma situation au ministère. D'ailleurs ce serait peu judicieux.

– Pourquoi serait-ce moins judicieux de votre part que de la mienne ? Nous ne les connaissons pas, ni l'un ni l'autre. Ils ne nous connaissent pas non plus. Ils ne risquent pas de prendre des renseignements sur notre compte, vous savez.

– Je vous assure, Blanche, j'en ai longuement parlé avec mon analyste et...

– Votre analyste ? Vous êtes en analyse ?

– Oui. J'y vais deux fois par semaine. Elle pense, mon analyste pense, que je dois éclaircir seul ma relation à Sally. Ou alors avec elle.

– Comme c'est commode. Et quelle est la nature de votre relation à Sally, si je puis me permettre ?

– Je ne confierais cela à personne d'autre, Blanche, mais je vous considère comme une vieille amie. Je suis (un silence éloquent) affectivement impliqué.

– Vous voulez dire que vous êtes amoureux d'elle ?

– C'est loin d'être aussi simple. Nous venons de mondes très différents. Et c'est une femme mariée. Non, c'est davantage de l'ordre... (nouvelle pause) d'une attirance émotionnelle.

– Soyez plus clair, Patrick.

– Le fait qu'elle appartienne à un milieu si différent, sans doute. Elle a l'air de tellement s'amuser. (Patrick paraissait nostalgique.) Toutes ces soirées, toutes ces fêtes. J'ai l'impression qu'elle n'est pas faite pour la brutale réalité, celle que vous et moi sommes capables d'affronter.

– La vie n'est pas un night-club, Patrick. »

Il ne réagit pas. « J'ai le sentiment très fort de vouloir lui épargner tout cela. C'est là, je crois, que réside mon implication.

– Mais votre analyste affirme que vous ne devez pas agir.

– Tout à fait. Elle est très ferme sur ce point. Il y va de mon équilibre affectif.

– Et le mien ? »

Il la regarda. « Pourquoi serait-il menacé ? Vous n'êtes qu'un observateur, un spectateur. Je vous connais bien, vous voyez. Vous savez être très froide, très distante. »

Tu n'as pas dû te priver de parler de moi avec ton analyste, songea Blanche. Je me demande si, en cette occasion, il y allait également de ton équilibre affectif. Sans doute que non, conclut-elle après réflexion.

« Et à quelle date avez-vous décidé que j'accomplirais cet exploit ? demanda-t-elle en déposant devant lui une superbe omelette décorée d'un brin de persil.

– Ils seront absents ce week-end. Il paraît que Demuth veut acheter une maison de campagne ; Paul doit l'emmener en visiter quelques-unes. Mais si vous pouviez téléphoner, disons par exemple, lundi ? »

Blanche se mit à rire. « Si seulement j'avais un analyste pour m'empêcher de faire des choses de ce genre, dit-elle. Elle est chère ? J'ai l'impression qu'elle vaut bien l'argent que vous lui donnez, en tout cas. Au fait, avec quel argent vit Sally ? Non, ne répondez pas. Elle est comme la Danaé de la mythologie et sa pluie d'or. L'argent lui tombe du ciel.

– Cette omelette est délicieuse, Blanche », déclara Patrick d'un ton légèrement affaibli.

Blanche le regarda gentiment. « Et à qui dois-je faire mon rapport ? Sally ou vous ?

– A Sally, évidemment. Ma place est à l'arrière-plan.

– Comme vous voudrez, Patrick, dit Blanche. Un peu de café ? »

9

Brutalement, du jour au lendemain, l'été devint torride et étouffant. Blanche, le matin, se réveillait dans un fourmillement de chaleur, et la lumière métallique provenant de la fenêtre ouverte lui blessait les yeux. La canicule était donc là. Tout le monde était parti ou, comme Patrick, avait astucieusement pris ses distances et plus rien n'incitait Blanche à sortir se promener, vêtue avec soin, souriant avec soin, ni à poursuivre ses visites à la National Gallery. Allant et venant lentement dans son salon, elle souhaitait presque le retour de l'hiver. On sait où on en est, en hiver : on s'adapte aux rigueurs de la température ; les exercices et la nourriture remplissent pleinement leur fonction. Cet été, tellement différent de ceux que sa mémoire chérissait, était bizarre, énervant, alourdi par une lumière stridente et poussiéreuse qui ne voulait pas s'en aller. Chaque matin, l'écho de la dernière voiture quittant la rue mourait dans le vide ; chaque soir l'air s'épaississait, les oiseaux se taisaient et un orage bienfaisant semblait sur le point d'éclater. Chaque matin, tandis que Blanche allait chercher son journal, régnait une heure de fraîcheur factice ; en fin d'après-midi, lorsqu'elle ressortait acheter les ingrédients d'un dîner de moins en moins soigné, les gens dans les magasins disaient : « Il nous faudrait une bonne averse. Ça rafraîchirait. » Mais curieusement l'orage n'éclatait jamais et l'atmosphère restait aussi pesante.

Rien n'invitait Blanche à sortir de chez elle. Aucun appel téléphonique ne venait rompre son silence. Parfois, elle avait l'impression de ne plus disposer d'aucun mot, rendue muette par la certitude que, en d'autres lieux, il existait d'autres activités. Assise dans son salon obscur, rideaux tirés en prévision du soleil de l'après-midi, et entourée de livres ouverts et bientôt rejetés, ses rêveries acquéraient un éclat exactement semblable, pensait-elle, à l'image de la réalité. Songeant à l'univers des vacances auquel les autres avaient accès et qui paraissait lui être interdit, elle voyait tous ceux qu'elle avait aimés lui sourire comme sur une photo, nimbés d'un halo étincelant. « Pourquoi ne pas nous rejoindre, Blanche ? semblaient-ils dire. On ne peut pas prendre contact avec nous, naturellement, et nous ne pouvons pas lancer d'invitations ; il faudra te contenter de nous imaginer. Nous sommes tous là. Nous t'enverrons peut-être une carte postale de temps en temps, et nous ne manquerons pas de tout te raconter à notre retour. Tu nous trouveras un peu différents, bronzés, plus jeunes que dans ton souvenir. Tellement en forme que tu auras l'air très pâle en comparaison, plus pâle que tu n'imaginais. C'est ainsi que tu te sentiras quand nous te montrerons nos photos. Et toi, qu'as-tu fait pendant ce temps ? Des choses intéressantes ? Tu as rencontré des gens ? Tu aurais besoin de vacances. Pourquoi n'essaies-tu pas de partir un peu ? De faire un effort ? » Mais les efforts qu'elle accomplissait n'avaient généralement aucun rapport avec ceux que les autres attendaient d'elle. Et Blanche était trop fière pour le leur dire.

Quelque part dans la partie active de la ville presque vide se trouvaient les Demuth, qu'elle devait contacter.

Sans raison précise, elle imaginait un couple monstrueux, obèse, coléreux, aussi fatigant que des enfants, illogique, méfiant, peu sympathique – le genre de personnes qu'on préfère éviter. Elle les voyait corrodés par l'argent et pourtant pingres, contrariés par leur propre ignorance, rageurs, toujours prêts à critiquer. Elle se représentait de grossiers capitalistes, des personnages de la république de Weimar, exhibant des bijoux tape-à-l'œil. D'une façon ou d'une autre elle aurait à les convaincre, au mépris de leur intime conviction et de la sienne, de continuer à utiliser les services de ce douteux factotum dont dépendait manifestement l'obtention des privilèges sociaux dus à leur fortune. Sally, bien évidemment, n'avait fourni sur eux aucun renseignement, à part qu'ils étaient riches et injustes. Blanche avait à peine remarqué le caractère enfantin de ce détail, les ayant, pour sa part, imaginés beaucoup plus corrompus, plus compliqués et, surtout, plus hostiles. Elle aurait besoin de toutes ses réserves de savoir-faire pour contrer leurs arguments fondés sur la puissance et la vindicte, elle qui se sentait dépourvue d'envergure, de substance, manquant de l'assurance nécessaire pour se justifier, et *a fortiori* pour justifier les actions d'un autre. Elle reporta plusieurs jours de suite le coup de téléphone puis, exaspérée par sa propre inertie, finit par composer le numéro et obtint directement la suite de Mr. Demuth. Une voix claire et agréable, à l'accent légèrement artificiel, lui répondit ; elle supposa qu'il s'agissait de Paul. Elle imaginait Mr. et Mrs. Demuth lourdement affalés dans des fauteuils trop rembourrés tandis que leur agile employé vaquait à toute occupation exigeant énergie ou mouvement. Elle prit rendez-vous pour 6 heures, le soir même.

Lorsqu'elle sortit de chez elle, du salon aux rideaux tirés où elle avait l'impression d'être assise depuis une éternité, la chaleur était épouvantable. Une lumière jaunâtre, d'aspect presque malsain, planait sur ce qui l'entourait, bien qu'elle concentrât son attention sur les rues peu familières. Après de si nombreuses journées de réclusion, prendre l'autobus représentait une véritable aventure, mais la longue attente à l'arrêt lui donna l'impression que tout le monde était parti, et qu'elle n'était séparée des Demuth que par le grondement dénué de sens d'une circulation assez modérée. Le bus, lorsqu'il arriva, lui sembla paré des charmes de la nouveauté et, une fois assise, elle constata que son cœur battait plutôt fort. Par cette chaleur, elle se sentait mal à l'aise dans ses vêtements. A Knightsbridge, des hordes de touristes tournoyaient aux abords de Harrods ; un marteau piqueur émettait des messages urgents et péremptoires. Tout le monde, à l'évidence, se trouvait réuni là. Elle avait oublié que les gens travaillaient encore. Ils attendaient le bus qui les reconduirait chez eux, visages mous et résignés, leurs sacs posés à leurs pieds. De nouveau elle envia ces femmes et ces jeunes filles fatiguées, envia le contexte dans lequel elles vivaient, le foyer qu'elles allaient rejoindre, épuisées. Le contraste entre son quartier tranquille et le centre bruyant était étourdissant, écrasant. Elle avait déjà hâte de rentrer chez elle, de retrouver son humble cérémonial nocturne qui, ces temps derniers, débutait de plus en plus tôt. Il lui arrivait de se coucher avant la nuit. L'énervante lumière jaunâtre diffusait une vague menace, tout comme la circulation intense de Park Lane. Elle s'arma de son sourire le plus courtois, en regrettant de n'avoir pas bu un verre avant de sortir de chez elle.

Dans le hall du Dorchester, de prodigieuses gerbes de fleurs décoraient des alcôves baignées d'une lumière artificielle presque exactement semblable à celle de la rue. Une fois dans l'ascenseur silencieux, Blanche se sentit oppressée. Une brève panique l'envahit à l'idée de tout ce qu'il lui restait à accomplir avant de retrouver la sécurité de son appartement. J'ai été trop seule, trop longtemps, songea-t-elle ; cela m'a fragilisée. L'envie de tourner les talons, de laisser tomber cette affaire qui, après tout, ne la concernait pas, commençait à la tenailler, mais avant que son doigt n'atteigne le tableau de commandes, la porte s'ouvrit et Paul apparut.

Elle supposa, en tout cas, qu'il s'agissait de Paul. Sourire chaleureux, charmant, il lui tendait la main. Il était plus corpulent qu'elle ne l'avait imaginé, plus grand, plus robuste. Et sans doute plus âgé. Un homme d'environ trente-cinq ans, coupe de cheveux très étudiée, costume safari de coton clair. Il n'avait pas l'air d'un employé. Ni d'un mari. Il avait l'air totalement provisoire, comme un personnage de théâtre. Peut-être à cause du sourire, songea Blanche, ce sourire radieux, et de sa tête penchée. Il paraissait en excellente santé, sans le moindre souci. Mais le sourire, avec ce qu'il impliquait d'infantilisme, de naturel, d'obligeance, et qui témoignait d'un désir de plaire dénué de toute probité, lui sembla tout à coup inquiétant, de même que sa façon de tenir sa tête légèrement penchée de côté. C'était la position qu'avait choisie Van Gogh pour son angoissant portrait d'acteur, un homme dont la chevelure extrêmement fournie, les sourcils, la tête raide et inclinée donnaient une impression de folie. Paul, lui, n'était manifestement pas fou, ou alors tout le monde l'était. Il y avait simplement bien longtemps que quelqu'un lui avait adressé un sourire aussi religieusement vorace. Elle remarqua, comme il se retournait pour ouvrir la porte de la suite, qu'il portait des souliers fort coûteux.

Le salon tapissé dans lequel il la fit entrer, exempt

de toute poussière et orné d'une profusion de fleurs, témoignait d'une opulence pastélisée proche du factice ; la ressemblance avec le monde du théâtre s'accentua, de même que la claustrophobie de Blanche. Lorsque Mrs. Demuth apparut, presque immédiatement, avec une exquise politesse, on aurait dit qu'elle aussi entrait en scène.

« Mrs. Vernon ? demanda-t-elle d'une mélodieuse voix de petite fille. Asseyez-vous, je vous en prie. Mon mari est au téléphone. Il nous rejoint tout de suite. »

Au premier regard, Mrs. Demuth donnait l'impression d'être douloureusement préoccupée et mal à l'aise dans son cosmopolitisme. C'était une grande et forte femme à la bouche mécontente, d'un rouge sanglant, et au regard étonné. Vêtue d'un caftan de soie verte qui nimbait de reflets glauques ses cheveux à l'improbable blondeur, elle était couverte de bijoux d'or. Sur ce point, au moins, Blanche ne s'était pas trompée. Tout le reste la déconcerta. Il se dégageait de Mrs. Demuth une simplicité à laquelle Blanche ne s'était pas attendue. Elle semblait avoir besoin de protection, comme si, en dépit de son maintien altier et de son regard direct, elle souffrait de quelque subtile infirmité. La simplicité transparaissait dans ses sandales en chevreau doré, ses mains minuscules, l'odeur de parfum et d'alcool que répandait chacun de ses gestes, et le mouchoir bordé de dentelle dont, de temps à autre, elle se tamponnait le menton. Il semblait évident à Blanche que cette femme, élevée pour être oisive, avait été épousée pour son argent et humiliée depuis lors. Tout comme certains ne parviennent jamais à absoudre leurs créanciers, Mr. Demuth ne lui avait jamais pardonné d'être l'unique femme riche et disponible capable de le tirer d'affaire à une époque difficile de sa vie passée. L'ennui qu'elle lui inspirait était proportionnel à la prospérité qui entourait ses activités depuis leur mariage. Oisive et innocente, Mrs. Demuth ne semblait pas comprendre pourquoi elle était malheureuse. Blanche l'imagina, délaissée par ses âpres amies qui lui préféraient son mari, se gavant pensivement de petits gâteaux dans des salons déserts. Sur ses poignets enflés et enfantins, les bracelets d'or avaient une lourdeur minérale.

« Tellement gentil de votre part d'être venue », dit-elle. Elle gardait une trace d'accent, pas vraiment français, peut-être belge. « Bernard est en ligne avec les États-Unis. Nous allons rentrer y passer six mois. Paul, cher Paul, offrez donc à boire à Mrs. Vernon. Prendrez-vous un peu de champagne ? J'en bois toujours à cette heure-ci. C'est excellent pour les chutes de tension, le saviez-vous ? » Paul, souriant toujours, se dirigea avec un empressement juvénile vers le seau à glace posé sur une petite table et déboucha une bouteille en expert. Mrs. Demuth entendit le bruit mat du bouchon qui sautait avec un soulagement manifeste, et se tamponna le menton de son mouchoir. « Il fait chaud ? demanda-t-elle. Nous ne sommes pas sortis, aujourd'hui. Tous ces voyages m'épuisent terriblement. Et Londres est tellement bruyant, à côté de Paris.

– Paul vous accompagnera en Amérique ? s'enquit Blanche en acceptant une coupe de champagne, qu'elle tenait pour un breuvage inférieur lui donnant toujours la migraine.

– Je l'espère beaucoup, oui », répondit Mrs. Demuth, manifestement émue. Elle tendit la main et Paul la serra entre les siennes, souriant toujours. « Paul est comme un fils pour moi, vous comprenez. Je ne sais pas ce que je ferais sans lui. »

La richesse, de toute évidence, l'avait réduite à l'impuissance. Ses grands yeux, ses mouvements tristes exprimaient une supplication muette et égarée que seule pouvait combler l'assurance souriante de Paul. Elle serait toujours, songea Blanche, mal à l'aise avec des hommes de son âge, leurs ordres et leurs espoirs, et passerait sa vie à rechercher une relation de nature moins exigeante et dépourvue de sexualité. Elle se tamponna le menton et tendit son verre à Paul, qui le remplit en souriant. Il jeta un regard interrogateur à Blanche, dont les tempes commençaient à battre ; quelque chose en lui invitait à la complicité, comme s'ils étaient tous deux unis dans l'entreprise consistant à apaiser et protéger Mrs. Demuth. Mais je ne suis pas là pour ça, se dit Blanche, comme le mal de tête poursuivait son sinistre parcours vers son œil gauche. Je ne crois pas, en tout cas.

« J'ai vraiment hâte de rentrer à la maison, reprit Mrs. Demuth, sans le moindre intérêt pour la raison de la visite de Blanche. Nous habitons un endroit merveilleux, à Long Island. Vous connaissez ?

— J'y suis allée avec mon mari, il y a quelques années », répondit Blanche, qui fut interrompue par l'arrivée d'un petit homme râblé portant un costume clair et des lunettes aux verres fumés.

« Et voilà, Colette ! s'exclama-t-il. Tout est réglé, j'espère que tu seras contente. Ton bateau part la semaine prochaine. Autant te dire que ça n'a pas été simple. Ils prétendaient qu'il ne restait plus de place ; comme si j'allais les croire ! Il m'a fallu, dit-il en consultant sa luxueuse montre extra-plate, exactement vingt-cinq minutes pour les faire changer d'avis.

— Mais c'est fabuleux, Bernard. Quand partons-nous ?

— Tu pars. Moi, je reste. Je te rejoindrai par avion un peu plus tard, quand j'en aurai terminé ici. Je ne peux pas me permettre, tu devrais le savoir, de perdre mon temps à jouer au ballon sur le pont, ou à participer aux soirées dansantes organisées par le capitaine.

– Mais, Bernard...

– Je t'en prie, Colette. La discussion est close. Bonsoir, ajouta-t-il en saluant Blanche de la tête. Vous êtes sans doute Mrs. Vernon. Je suis à vous dans un instant. Un autre coup de fil à passer. Venez avec moi, Paul.

– Bernard... » murmura Mrs. Demuth, désemparée. Mais il était déjà parti, laissant dans son sillage une impression de violence. Rien de ce qu'il avait dit n'était déplacé et pourtant chacun de ses mots renfermait un sarcasme apparemment sans motif. Il avait lui aussi une trace d'accent, et il était probablement d'origine européenne. Son aspect impeccable portait la griffe des fournisseurs les plus coûteux de divers pays. Derrière les verres teintés qui masquaient son regard, Blanche avait détecté un esprit toujours furieusement au travail afin d'être en avance sur les autres, ainsi que la frustration de ne rencontrer qu'une faible opposition. C'était un homme manifestement peu doué pour la vie de famille, dans la mesure où celle-ci ne correspondait pas à la dynastie dont il avait un jour rêvé. Contrairement à sa femme, il n'acceptait aucun substitut. De toute évidence il détestait Paul, précisément pour la raison qui amenait son épouse à l'adorer : Paul et Mrs. Demuth faisaient indiscutablement partie d'une même famille, à laquelle Bernard Demuth était irréductiblement étranger. Quelle vie il doit mener, songea Blanche en dépit de sa migraine, dans l'atmosphère sirupeuse où Paul et Mrs. Demuth se sont si douillettement lovés. Et pourtant il lui déplaisait tout autant que Paul. Mr. Demuth, elle le savait, était dur, impatient, cruel. Très éloigné du rustre primitif qu'elle avait imaginé. Elle comprenait à présent que la fonction de Paul consistait à débarrasser Mr. Demuth de sa femme. Elle se les représentait, partant tous les deux faire du lèche-vitrines faubourg Saint-Honoré, achetant quelques vêtements que Mrs. Demuth ne porterait sans doute pas. C'était probablement de ces expéditions qu'avaient été rapportés de petits cadeaux destinés à Paul ou à Sally. Qui sait si même le manteau de renard roux ne venait pas de Mrs. Demuth, un présent qui avait peut-être provoqué un conflit avec son mari ? Et l'argent émanait certainement de la même source car son expérience conjugale avait enseigné à Mrs. Demuth, résignée, que toutes les attentions se paient. Était-ce ce qui expliquait l'accusation de détournement de fonds, ou le détournement en question n'était-il qu'un euphémisme pour désigner un vol pur et simple ? Le beau Paul constituait un précieux capital pour une femme esseulée et vulnérable ; aussi longtemps qu'il s'occupait d'elle avec la dévotion qu'aucun fils ne pourrait lui prodiguer et que ne lui témoignerait aucun amant, il pouvait faire ce qu'il voulait de son temps libre. Pourtant Blanche sentait que Paul et Mrs. Demuth avaient également en commun leur apparente – ou réelle – absence de sexualité. La vie leur avait fait peur ; ils ne recherchaient plus que l'approbation et étaient prêts à en payer le prix.

Blanche toussota et se redressa, son mal de tête venant maintenant troubler la vision de son œil gauche. « Je suis ici pour vous parler de Paul, déclara-t-elle d'un ton ferme. J'imagine que vous savez à quel point il manque à sa femme et à sa petite fille. » Au moment où elle prononçait ces mots, elle se demanda s'ils étaient vrais. Elle poursuivit : « Sally, son épouse, m'a laissé entendre qu'il y avait quelques problèmes, et elle espère profondément qu'ils pourront être réglés. » Mrs. Demuth se tamponna le menton et lança un regard éperdu autour d'elle, cherchant de l'aide. « Des problèmes d'ordre pécuniaire », reprit Blanche. Elle avait conscience qu'il serait très difficile de parler d'argent avec Mrs. Demuth, qui prétendait n'y rien connaître, et tout aussi difficile d'en parler avec Mr. Demuth, qui très certainement tenait des comptes au centime près.

« Tout cela est tellement stupide », murmura Mrs. Demuth, et Blanche s'aperçut qu'elle était légèrement ivre. Elle avait sans doute commencé à boire dès le début de l'après-midi. Et la surveiller pouvait également faire partie du travail de Paul. « Paul chéri, s'écria-t-elle, venez donc donner encore un peu de champagne à Mrs. Vernon. » Lorsque Paul surgit sans bruit et remplit le verre de Mrs. Demuth, Blanche refusa d'un signe de tête assez douloureux. « Je vous ai commandé un délicieux petit dîner », lui dit-il. C'étaient les premières paroles qu'elle l'entendait prononcer. « Un club-sandwich, comme hier soir. Nous allons passer une soirée tranquille.

– Tous les deux ? demanda-t-elle anxieusement.

– Tous les deux. Bernard doit sortir. »

Ils semblaient infiniment soulagés à cette perspective. Blanche vit s'éloigner toute possibilité de discussion sensée. « Pourrais-je dire un mot à votre mari ? demanda-t-elle. Avant qu'il ne parte.

– Je doute qu'il ait le temps, répondit Paul en se plaçant sous la protection vacillante de Mrs. Demuth. Il doit voir quelqu'un à 7 heures.

– Mais j'aurais tellement voulu pouvoir rassurer Sally, lui dire que tout va bien. Tout va bien, Paul ? » demanda Blanche, prête à tout pour rentrer chez elle avant que sa migraine ne la terrasse. Elle n'en avait pas éprouvé d'aussi violente depuis longtemps : l'atmosphère confinée de la pièce, l'acidité du champagne, le grondement étouffé mais continu de la circulation devenaient cauchemardesques. Elle aurait voulu retrouver dans ce salon le calme plat du sous-sol de Sally.

« Bien sûr que tout va bien », affirma Mrs. Demuth.

« Dites à Sally de ne pas s'inquiéter », déclara Paul. Et, de nouveau, leurs mains s'étreignirent.

« Vous pouvez annoncer à Sally que son mari rentrera au domicile conjugal la semaine prochaine, dit Mr. Demuth en revenant dans la pièce. Je vais devoir m'en séparer. Je ne peux plus m'offrir ses services. Ce jeune homme est devenu hors de prix.

– Mais, Bernard... gémit Mrs. Demuth. Tu sais bien que je ne peux pas me passer de lui. Surtout si tu ne m'accompagnes pas aux États-Unis. Comment pourrais-je me débrouiller ?

– Tu te débrouilleras, un point c'est tout », dit-il. C'était un discours qu'il avait dû tenir assez souvent, sans le mettre en application. Bien que proche des soixante-dix ans, c'était un homme furieusement résolu, et sa décision semblait clairement arrêtée. Il trouvait probablement avantageux d'avoir Paul à domicile, même si cela lui revenait cher. Blanche comprit que l'argent importait moins à Demuth que le fait que Paul n'ait pas l'honnêteté de reconnaître la situation. Il aurait préféré que Paul fasse alliance avec lui plutôt qu'avec sa femme. Outre le fait que tous deux l'irritaient constamment, il était, en tant qu'homme d'affaires, vexé que son employé ait choisi d'être totalement redevable à son épouse et non à lui. Ce n'était pas ce qu'il avait prévu. Il s'était heurté à l'affabilité insipide de Paul, son refus d'admettre le moindre comportement douteux, tout ce qui risquait d'altérer l'image de sa bonne conduite filiale. Paul, comme son écriture, n'était pas seulement mou, mais débordait d'euphémismes. Ces euphémismes, de pensée comme de conduite, avaient finalement vaincu l'obstination pragmatique de Mr. Demuth.

« Mais, Bernard... reprit Mrs. Demuth, deux minuscules larmes glissant lentement sur ses joues maquillées, sa bouche sanglante un peu barbouillée. (Toutes ses phrases, apparemment, commençaient ainsi.) Qui ouvrira la maison ? Qui s'occupera des bagages ? » Elle ne demanda pas quand il la rejoindrait, ne tenant pas particulièrement à le savoir. Blanche songea aux diverses formes d'absence en jeu. Mr. Demuth serait absent pour Mrs. Demuth. Paul serait absent pour Sally. Et, d'après ce qu'elle en voyait, personne n'en serait gravement perturbé. Paul, certainement apeuré derrière le masque lisse de son sourire, préférait ne pas s'interroger sur sa vie et continuait sans doute d'espérer la grosse rétribution finale qu'il n'avait cessé d'escompter ; en attendant, il se placerait sous la tutelle de Mrs. Demuth, dont l'état critique exigeait ses soins continuels. Blanche comprit également que, si Mrs. Demuth avait besoin de Paul, elle avait perdu la capacité, pour autant qu'elle l'ait jamais eue, de plaider sa cause ou la sienne propre. Dotée de la terrifiante résistance passive des faibles, elle gardait de bonnes chances d'obtenir ce qu'elle voulait, mais cela risquait d'excéder le temps dont disposait Blanche. Pour l'heure, elle devait engager le combat avec Mr. Demuth : derrière elle, Mrs. Demuth, Paul, Sally et Elinor formaient un front de revendications.

« J'ignore où en sont les choses en ce moment, dit-elle prudemment, mais peut-être conviendrait-il que Paul reste encore un peu avec vous. Je suis sûre que les différends pourraient être aplanis sans trop de difficultés. Et je sais que Sally en serait très soulagée.

– Sans intérêt, répliqua Mr. Demuth. Et que les choses se règlent ou non, ce n'est pas ça qui me soulagera, moi. Boucle-la, Colette, ajouta-t-il comme Mrs. Demuth laissait échapper un gémissement. Tu es aussi coupable que lui. Le laisser dépenser mon argent ! Tu le prends pour qui, au juste ? »

Blanche sentit qu'une rage énorme, fondée sur une accumulation de griefs, commençait à gronder comme un orage imminent, semblable à celui qui menaçait au-dehors et n'éclatait jamais. « Si je puis aider en quoi que ce soit, murmura-t-elle. Financièrement parlant, je veux dire.

– Voyons, Mrs. Vernon, Blanche, vous n'y pensez pas, intervint Mrs. Demuth. Vous permettez que je vous appelle Blanche, n'est-ce pas ? Paul m'a expliqué quelle véritable amie vous êtes pour sa famille. Ne pensez plus à cette histoire d'argent. J'en ai suffisamment, après tout. » Elle jeta à son mari un regard en coin.

« Ça tombe bien, dit-il. Parce que tu vas en avoir besoin. Moi, je ne le paie plus. Si tu veux l'employer, à ton aise. Tel sera le contrat, dorénavant. Qu'il t'accompagne aux États-Unis, s'occupe d'ouvrir la maison et t'aide à t'installer. Et puis c'est tout. Je financerai son retour en Angleterre, et, s'il se conduit correctement, il aura peut-être une petite prime. A part ça, terminé. Plus de Paris, plus de Cap-Ferrat, plus de Venise et, surtout, plus de courses dans les magasins. C'est clair ? »

Mrs. Demuth saisit la main de Paul. « Vraiment, Bernard, dit-elle, je ne comprends pas pourquoi tu te mets dans des états pareils. » Maintenant qu'elle avait obtenu ce qu'elle voulait, elle prétendait ne plus rien comprendre. Autre point commun avec Paul : sa passion des solutions à court terme, qui reposait sur une incapacité foncière d'envisager l'avenir. Se tirer de difficultés ponctuelles était leur seule préoccupation. Il était clair, à voir la légère détente de Paul, presque imperceptible sinon à un œil entraîné, qu'il ne s'était pas vraiment inquiété ; la bataille, manifestement, était gagnée d'avance. Aussi longtemps que Mrs. Demuth conserverait le contrôle de son propre argent, la situation pourrait durer. Et tous en étaient d'accord. La violence de Demuth ne reposait pas seulement sur le mépris qu'il portait à Paul et à sa femme, mais également sur son désir de les transformer en individus respectables ; incapable de les obliger à réfléchir correctement, il déplorait surtout de ne pouvoir les contraindre à s'intéresser à autre chose qu'à leurs propres besoins. Il désespérait d'eux. Depuis longtemps, sa femme était source d'affliction. Engager Paul avait constitué un moyen de venir à bout du problème. Et, à présent, Paul le rendait fou, car il ne savait plus comment s'en débarrasser. Et s'en débarrasser signifiait avoir à nouveau sa femme sur le dos. La rage servait de combustible à ses mouvements, empourprait son visage coûteusement hâlé. Bien que laid, c'était à sa manière un homme séduisant. Paul, de son côté, avait adopté la pose gracieuse d'une ballerine au repos, main sur le dos du fauteuil de Mrs. Demuth, tête légèrement inclinée de côté. Souriant toujours, il présentait une façade radieuse. Il faisait si totalement partie de Mrs. Demuth qu'il ne remercia même pas Blanche de sa visite. Elle se dit qu'elle aurait probablement droit, le moment venu, à une pression de la main, façon conspirateurs. La complicité, voilà ce qu'on attendait d'elle. Elle s'obligea à un dernier effort.

« Je crois que Sally s'inquiétait pour son manteau de fourrure », dit-elle en portant la main à son œil gauche, de plus en plus douloureux.

Plus elle y réfléchissait, plus elle pensait que Paul devait être doté d'un goût cxcellent. La sensibilité féminine, qui, sous son aspect de candeur juvénile, constituait l'essence même de sa personnalité, lui permettait une vision éclairée de la mode féminine et des couturiers. Mrs. Demuth était probablement incapable de dialoguer créativement avec lui sur ce plan ; leurs têtes ne se rapprochaient en de graves conciliabules que lors de débats mineurs concernant accessoires, bijoux, et autres foulards. Pour les visées plus ambitieuses, autant que pour satisfaire son désir de magnifier l'apparence d'une femme, Paul utilisait l'absente Sally, décrivant à Mrs. Demuth son style et sa beauté, jusqu'à ce que Mrs. Demuth, fascinée par cette chronique essentiellement féminine, tombe d'accord avec lui pour enrichir la garde-robe de Sally. L'acte de donner, d'agir en mécène, les apaisait et, de quelque obscure façon, les satisfaisait tous deux. Leur bonté s'en trouvait confirmée. Mrs. Demuth y trouvait une preuve supplémentaire de son désir de plaire ainsi que – elle se pensait digne d'être aimée – de sa capacité à y parvenir. Paul y voyait la confirmation, après de nombreux doutes, de ses lettres de créance en tant que mari. Un mari est celui qui part affronter le monde et rapporte des trophées à sa femme. Grâce au manteau de fourrure, il lui avait rapporté le plus primitif des trophées.

Blanche, avec l'acuité de perception que lui conféraient généralement ses migraines, se dit que le manteau de fourrure était associé à une position morale encore plus douteuse que les précédentes et regretta immédiatement d'en avoir parlé. Il était clair, à voir Paul contempler la fenêtre d'un regard vide et Mrs. Demuth faire tourner lentement, avec application, ses bracelets autour de ses poignets, qu'ils auraient préféré laisser cette question dans les limbes où ils enfouissaient toutes les choses désagréables ou conflictuelles. Paul, les yeux mouillés de larmes, pourrait remercier Mrs. Demuth de lui avoir donné le manteau avant même qu'elle n'ait pris conscience de s'en être défaite, mais cela se passerait au cours d'une de leurs entrevues intimes, et sans témoin. Blanche savait que tout arrangement qu'elle finirait éventuellement par leur arracher serait dépourvu de valeur ; elle estimait toutefois que mener l'affaire à son terme était une question d'honneur, car dès qu'elle aurait rempli les obligations imposées par sa conscience, elle pourrait enfin s'effondrer dans le nirvana de son lit et laisser la migraine prélever sa monstrueuse dîme, trois jours durant. Pendant cette période, elle était incapable de supporter la moindre idée discordante, car toute pensée carillonnait dans le désordre de ses sensations et devait être annulée au plus vite.

« Le manteau ? répéta-t-elle, d'une voix moins assurée.

– Ah oui, le manteau », murmura distraitement Mrs. Demuth, comme si elle ne parvenait pas à se souvenir de quel manteau il s'agissait.

« Ne vous en faites pas pour le manteau, déclara Paul. Nous trouverons une solution. » Il semblait apprécier cette phrase tout autant que Sally. Sans doute leur avait-elle souvent servi à se rassurer mutuellement, à moins qu'elle n'ait représenté une sorte de « mantra » les autorisant à repousser, sinon à annuler, toute entreprise d'importance.

« Quel manteau ? » demanda Mr. Demuth depuis le seuil de la porte, sans que personne ne l'ait entendu revenir. Silencieux, Mr. Demuth possédait la capacité de surprendre, d'inquiéter. Blanche se dit que c'était un homme de pouvoir, face auquel une femme timorée ne faisait pas le poids. Derrière ses verres fumés, Mr. Demuth avait l'air prêt au combat, maudissant le sort de lui imposer cette piètre chère, mais néanmoins attentif à toute atteinte à ses droits. « Si tu parles de la fourrure que tu as achetée à Paris, Colette, elle part directement aux États-Unis, c'est évident. Tu n'en as pas besoin ici. » Il désigna la fenêtre, et le ciel d'un jaune maintenant écœurant.

« Bien entendu, murmura Mrs. Demuth en hochant

mollement la tête. Ne t'en fais donc pas. Paul s'en occupera. »

Mr. Demuth hésita. « Au revoir, dit-il à Blanche en lui tendant la main. J'espère que vous transmettrez les informations que vous êtes venue chercher. » Il paraissait l'englober dans un mépris généralisé et, estimant que la conversation n'avait plus de raison d'être, il tourna les talons et quitta la pièce.

« Et voilà, s'écria Mrs. Demuth, visiblement soulagée. Tout est réglé. Paul, reconduisez donc Mrs. Vernon. J'ai été ravie, déclara-t-elle à Blanche. Et n'oubliez pas d'embrasser de ma part cette mignonne petite fille. Paul m'a montré des photos. Et dites bien à Sally qu'elle n'a aucune raison de s'inquiéter. Tout va pour le mieux. » Elle parut vouloir se lever, changea d'avis, et retomba dans son fauteuil. « Paul va vous reconduire », répéta-t-elle en le cherchant des yeux. Mais Paul avait déjà quitté la pièce.

Il attendait dans l'entrée, le manteau sur le bras. « Si vous pouviez l'emporter. » Il lui fit un clin d'œil. « Et embrassez-la bien », ajouta-t-il.

« Non, murmura Blanche. Je ne peux pas. »

« Paul ? Paul ? Où êtes-vous ? Mrs. Vernon est partie ? » demanda Mrs. Demuth depuis le salon. Blanche, le lourd manteau sur le bras, vit la porte se refermer sur elle. Un peu étourdie, au bord du malaise, elle se dirigea vers l'ascenseur, ayant du mal à suivre le couloir sans vaciller. Dans le hall, rempli de gens sur le point d'aller dîner et que l'intense chaleur de l'orage qui menaçait rendait étouffant, elle tendit le manteau à un garçon d'étage. « Voudriez-vous monter ceci dans la suite de Mr. Demuth ? demanda-t-elle. On me l'a remis par erreur. »

10

Dehors, ciel plombé et relents d'égouts. Le soir tombait et Park Lane, à travers la vision troublée de Blanche, semblait un maquis chaotique dont elle ne savait comment sortir. Voitures et autobus fondaient sur elle mais toujours pas le moindre taxi : elle n'en avait pas vu devant l'hôtel et si grande était son envie de s'enfuir qu'elle n'avait pas pensé à en attendre un. Tandis qu'elle descendait lentement la rue dans une sorte de reptation, s'aidant du mur des immeubles, elle sentait encore la masse chaude et ondoyante du manteau que Paul lui avait mis dans les bras. La crainte que, dans sa voracité foncière, il ne s'obstine à la poursuivre dans la rue, convaincu qu'avec un peu de persuasion il obtiendrait d'elle cet anodin petit service, venait étouffer la violence de ses réactions. Elle protégeait son œil gauche de la main, autant contre Paul que contre la migraine qui lui vrillait la tempe. Elle avait hâte de rentrer chez elle, une hâte déchirante qu'elle n'avait jamais encore ressentie. Ce salon aux rideaux tirés, ce jardin rafraîchissant sur lequel elle avait projeté tant de pensées désenchantées en le comparant au jardin de sa mémoire lui paraissaient maintenant aussi lointains qu'un rêve, mais un rêve d'ordre et de droiture, qui contrebalancerait l'écœurante fadeur morale de l'aventure dans laquelle elle s'était si infortunément lancée.

Blanche, avançant pas à pas vers Park Lane, dans l'odeur des gaz d'échappement et l'aveuglante lumière de l'orage qui n'éclatait toujours pas, s'obligea à imaginer le lit aux draps blancs qui l'attendait et se vit, pénitente en longue robe immaculée debout près de la fenêtre, soulevant le rideau d'une main, attendant les premières gouttes de pluie. Il faut que je rentre avant l'averse, se dit-elle, sans savoir comment elle y parviendrait.

Les visions les plus surprenantes lui traversaient l'esprit. Alors qu'elle avait désespérément besoin d'images de réconfort, d'aide, de pardon et même – pourquoi pas ? – du visage d'une mère compatissante ou de celui de ces obscurs saints qui, loin de rechercher le martyre, se satisfont de leur humble destinée, elle ne voyait que les nymphes et les déités qui, dans le monde de l'art, habitent apparemment le même univers céleste, voyageant sur des nuages qui semblent plus rapides quand le poids des prières et de l'espoir des mortels ne vient pas les alourdir. Dans le ciel éternellement bleu, elles naviguent, insensibles aux besoins des humains, au-dessus des déserts mérités, laissant sur terre les pèlerins en quête d'une lueur de salut. Toujours en mouvement, comme propulsées par l'énergie thermique provenant des aspirations de tous les déchus, les obscurs, les sans-importance. Et les dieux, eux, avancent au rythme ample de leur musculature idéale vers de nouvelles unions illicites, ou alors combattent, luttent, s'élèvent, s'installent, s'intègrent au cosmos dont ils sont l'incarnation, avec sur le visage l'ardeur des commencements du monde. Rien, là, de la confusion d'Adam et Ève, mièvres et stupidement honteux, s'abandonnant sans enthousiasme à leurs instincts pour être immédiatement et sévèrement réprimandés : les dieux sont des pillards sans scrupules, des enjôleurs qui sèment leurs enfants à la volée, ne recherchent que le plaisir, triomphent de leurs rivaux et, sans cesse, s'en vont ailleurs. Blanche ne percevait aucun message clair dans tout cela, si ce n'est une énorme, une gigantesque opposition de principes, un conflit qui retient l'attention de la race humaine mais qu'on rationalise en le classant dans les mythologies mineures. Relevant la tête avec difficulté, elle distingua les bus pesants et brinquebalants, haletant aux feux rouges comme autant d'animaux, vit l'humble et douloureuse avancée de l'armée des salariés rentrant chez eux, l'aveuglante et abominable lumière jaune. Lorsqu'elle atteignit le bord du trottoir, à Hyde Park Corner, elle s'arrêta, comprenant qu'elle n'irait pas plus loin. Elle resterait là, s'il le fallait, jusqu'à ce que la nuit tombe, que les rues se vident ; elle résisterait jusqu'à ce que les secours, sous forme de taxi, viennent la chercher.

Le tonnerre grondait au loin. Dans le jardin d'Éden, Adam et Ève paraissent étrangement inconscients des merveilles de la création, sournoisement préoccupés par la partie inférieure de leur individu. Blanche pensa que tous les actes accomplis dans cet état d'esprit sont teintés de honte ; énergie et félicité sont nécessaires pour en faire des lois de la vie. Peut-être est-ce la leçon, songea-t-elle avec l'impression d'être au seuil d'une découverte majeure, bien que trop épuisée pour la comprendre. Elle se rendait compte que l'énergie et la félicité dispensent des conclusions mais ne les fournissent pas ; elles représentent la force motrice qui, d'une façon ou d'une autre, doit être capturée, domestiquée. Le désir d'un havre de repos représente une inévitable contrainte. Naguère, elle avait cru être à elle-même son propre havre, et s'y était réellement abritée. Mais au-delà de ce lieu de repos, il y avait le leurre, l'excitation du mouvement inépuisable, des possibilités infinies, du devenir, de la transformation. Tandis qu'elle prenait prudemment appui sur la rambarde qui la séparait de la circulation encore intense, fermant l'œil gauche et, par instants, lorsqu'elle se sentait plus faible, l'œil droit également, Blanche pensait aux lugubres Adam et Ève, promulgateurs du décret de la Chute, mais aussi aux stratagèmes parfois sordides des dieux, ces prédateurs impitoyables, manipulateurs roués, géniteurs insouciants, propagateurs d'une pensée supérieure en même temps que de délits inférieurs. Pour un esprit sceptique, éclairé d'avoir frôlé la sagesse la plus élevée, la famille Beamish, dans une certaine mesure, pouvait être qualifiée de mythique. Mais si la seule option consistait à attendre anxieusement un signe de pardon, parmi ces différents principes, lesquels étaient les plus contestables ?

Elle comprit qu'elle n'avait plus grand-chose à faire avec les Beamish : en réalité, ils n'avaient plus besoin de ses services ; sa seule présence était susceptible d'assombrir d'ennui leurs visages. Par son comportement même, elle s'était rendue superflue. La petite fille était tristement livrée aux caprices insouciants de ses parents. Et pourtant la tristesse était peut-être, elle aussi, superflue ou simplement déplacée. Venue au monde dans des circonstances troublantes, voire démoralisantes, Elinor était déjà assez forte pour choisir son propre destin. Avec le temps, ses parents cesseraient d'être importants, disparaîtraient comme poussière d'étoiles ou, plus simplement, poursuivraient leur route. Le monde appartenait aux jeunes, aux rusés, aux impénitents endurcis. Blanche, sous le ciel menaçant, accorda une pensée à Elinor et lui souhaita une dimension et une densité mythologiques. La charade équivoque à laquelle elle venait d'assister n'apportait-elle pas la preuve du déclin des pouvoirs, des progrès de la corruption, de l'efficacité réduite à néant ? N'était-ce pas le signe qu'Elinor aurait besoin de toutes ses capacités pour, forte et impitoyable, triompher des circonstances qui avaient présidé à sa naissance ?

Car Blanche jugeait étrangement restrictive la vie d'éternelle liberté revendiquée par Paul et Sally, et pensait que l'âme vieillissante, sans parler du corps vieillissant, a besoin d'un havre de repos qu'elle mérite bien. Elle comprit aussi que le temps dissipé durant la jeunesse constitue parfois la seule liberté que l'on aura jamais ; c'est pourquoi les dieux sont toujours jeunes. Hormis Jupiter, se dit Blanche ; mais c'est l'exception qui confirme la règle. Pour le reste, il suffit de devenir des étoiles, pétrifiées mais lumineuses, et dotées du pouvoir de guider les marins. Peut-être conviendrait-il que Paul et Sally disparaissent de la vue des mortels, comme ils en avaient sans doute l'intention, discrètement et sans laisser de traces, en léguant uniquement à leur fille l'image-souvenir de leur souriante désinvolture. A la perspective du continuum d'insouciance lié à certaines formes de comportement, Blanche frissonna dans la moiteur irritante ; quelque part au-dessus de son œil gauche flottait l'aveugle fixité du sourire archaïque. Elle attendit un signe de grâce susceptible de dissiper ses terrifiantes visions, mais rien ne vint.

Le temps passait. Il y avait bien une heure qu'elle avait quitté l'hôtel, peut-être une heure et demie. Le ciel jaunâtre s'assombrissait ; de grosses gouttes de pluie tombaient par instants pour cesser presque aussitôt. Le sol surchauffé absorbait immédiatement l'humidité, mais un souffle d'air moite provenait de temps à autre de Hyde Park. Dans son état d'esprit bizarre, presque illuminé, et l'aérienne irréalité que confère parfois la douleur violente, Blanche tentait de trouver le repos et pencha la tête par-dessus la rambarde. Personne ne semblait trouver cela étonnant, il y avait suffisamment de folie ambiante pour absorber son attitude aberrante. Le spectacle d'une femme impeccablement vêtue contemplant, fascinée, les flancs palpitants de l'autobus 36 et inclinant la tête, de temps à autre, comme dans une sorte de prière, ne provoquait aucun mouvement de consternation. Nul ne s'arrêtait avec sollicitude, ni ne pressait le pas en détournant les yeux ; personne en fait ne se hâtait, chacun passant devant elle dans une sorte de transe hypnotique. Soulagée de constater qu'il existait d'autres mondes, que la danse perpétuelle des atomes se poursuivait en dépit de sa propre passivité, Blanche s'accordait un instant de répit. Lorsqu'elle put supporter d'ouvrir les yeux, elle ne vit qu'un ciel assombri et, de l'autre côté de la vaste avenue, un flot de voitures pressées d'éviter l'orage.

Le taxi, lorsqu'il arriva, semblait aussi épuisé qu'elle ; il se rangea en tressautant devant la rambarde où elle s'appuyait gauchement. Dans la voiture flottait une odeur violente, les cendriers pleins à ras bord rivalisant avec un puissant désodorisant. Elle se sentit de nouveau prise de malaise et porta la main à sa gorge, comptant douloureusement les minutes qui la séparaient du havre de son domicile. Elle était incapable, à présent, de tourner la tête. La nuit tombait ; il était peut-être 9 heures. L'air chargé d'électricité attisait l'énervement du chauffeur qui, tout en faisant des embardées, marmonnait sans cesse et donnait de fréquents coups de poing sur le volant. Elle avait de la chance, lui dit-il, il venait de terminer sa journée et rentrait à Putney. Mieux valait ne pas être dehors par un temps pareil. « Vous vous sentez bien ? lui demanda-t-il. J'ai trouvé que vous aviez un drôle d'air. Me serais pas arrêté sinon. Je vais vous conduire chez vous en quatrième vitesse », assura-t-il en klaxonnant. Blanche, au prix d'un effort intense, parvint à ouvrir la bouche. Très gentil de votre part, dit-elle. Des larmes coulaient de son œil droit.

Dans sa rue tranquille, maintenant plongée dans l'obscurité, une lueur d'un jaune doré éclairait les fenêtres. Très lentement, soutenant son front de la main, Blanche descendit du taxi, tendit quelques billets au chauffeur et entreprit de négocier les marches de son immeuble. De lourdes gouttes tombaient à nouveau, avec un bruit sifflant ; un vent abrasif s'était levé. « Mrs. Vernon ? » dit une voix. « Mrs. Vernon ? Vous vous sentez bien ? » Blanche, se retournant avec d'infinies précautions, distingua Mrs. Duff qui lui adressait des signes, un objet blanchâtre à la main. « Tout va bien ? Mon mari a oublié son journal dans la voiture et je suis allée le chercher. Je ne voudrais pas vous déranger, mais vous m'avez l'air un peu étrange. Qu'est-ce qui ne va pas ? » Mrs. Duff scrutait anxieusement le visage de Blanche. « Migraine », chuchota Blanche. Une main jaillit. « Appuyez-vous sur moi. Laissez-moi vous aider à chercher votre clé. Ne vous en faites pas. Ne vous en faites pas. Vous êtes chez vous, à présent. »

Blanche capitula et se livra à l'infinie compassion de Mrs. Duff, dont la main assurée la guida jusqu'à l'immobilité étouffante de sa chambre, jusqu'à son lit, et ouvrit une fenêtre au vent qui soufflait et aux gouttes d'averse intermittentes. Elle sentit qu'on lui retirait ses souliers, qu'on lui pressait un linge humide sur le front. Puis un blanc, pendant lequel tout s'annula, une sorte de malaise ; peut-être dormit-elle un peu. Elle eut ensuite conscience d'une conversation à mi-voix : Mrs. Duff était revenue avec son mari, le dentiste, dont elle ne s'écartait jamais longtemps. Un mouchoir de soie sombre – contribution du dentiste – vint couvrir l'abat-jour de la lampe de chevet et, dans le lointain, on remplit une bouilloire. Quelques instants plus tard, dans la lueur glauque de la lampe voilée, Blanche vit le visage de Mrs. Duff, calme et embelli par la sollicitude. Une odeur d'infusion caressa ses narines, et une tasse s'approcha de ses lèvres. « Buvez », murmura Mrs. Duff. Ainsi que : « Il faut dormir, maintenant. » Puis : « Je passerai demain matin. Je garde la clé. » « Viens, Philly, entendit-elle le dentiste déclarer. Elle va s'endormir. »

Mais elle ne dormit pas. Elle se sentait dériver dans une sorte d'inconscience, comme lentement aspirée au plus profond d'une sombre galerie. Devant elle scintillait le sourire aveugle et figé des « kouroi ». A un moment donné, elle parvint à se lever, se dévêtir et enfiler sa chemise de nuit. Elle s'effondra ensuite sur les oreillers, les mains jointes en un geste évoquant la prière. Elle crut voir par instants des éclairs, incapable de savoir s'ils se situaient derrière la vitre ou dans sa propre tête. Elle percevait l'obscurité du jardin, lourds feuillages secoués par le vent, infimes frémissements, clochette au collier du chat dédaigneux. Un peu plus tard, constatant qu'elle pouvait ouvrir les yeux, la gratitude l'envahit, et les « kouroi » disparurent, emportant avec eux leur sourire éternel. Elle se releva et se dirigea en chancelant vers la fenêtre ; son visage rencontra un peu de fraîcheur. Bruits de la nuit, ordre rétabli de l'univers. Le sommeil la fuyait toujours, mais elle s'en moquait. Cette nuit lui avait été donnée, elle en chérissait et en louait chaque minute. Vers l'aube, quand le ciel s'éclaira de gris blanchâtre, elle retrouva sa clarté d'esprit. Et, sur le coup de 5 heures, elle s'endormit.

Lorsqu'elle se réveilla, elle éprouva un bref sentiment d'extrême bien-être. Puis les élancements sourds reprirent, et elle comprit qu'elle abordait la deuxième phase de sa migraine. Mais elle saurait y faire face : elle avait dépassé le point critique. Il lui suffirait de tenir jusqu'au soir pour, l'expérience le lui avait enseigné, sombrer dans un profond sommeil. Elle commença vaguement à regretter sa nuit blanche, encore troublée par les étranges intuitions qui l'avaient précédée. Elle se résigna à l'idée de passer la journée au lit et attendit impatiemment, avec une confiance enfantine, la visite de Mrs. Duff. Il y avait des cachets à prendre, mesures ordinaires et satisfaisantes pour triompher de la douleur. Elle rêva, à l'instar d'un malade cloué au lit depuis des mois, de l'instant où elle prendrait un bain, changerait de chemise de nuit. A l'horrible soirée avait succédé le calme, la libérant de toute obligation imaginaire. Le comportement de Mrs. Duff lui sembla présenter la simplicité nécessaire aux actions utiles et elle perçut, dans la vie qu'elle avait menée ces dernières semaines, une succession de folies sur lesquelles elle préféra, pour le moment, ne pas s'interroger.

Il y eut un bruit de clé dans la serrure, puis des pas étouffés, le murmure de la bouilloire qu'on remplissait. Sa porte s'ouvrit lentement et Mrs. Duff apparut, efficacement vêtue de bleu marine, avec une rigueur quasi médicale. Elles se sourirent. « Je ne sais comment vous remercier... » murmura Blanche. « Me remercier ? Me remercier ? protesta Mrs. Duff. C'est la moindre des choses de la part d'une voisine et – elle rougit – d'une amie. » « Une très bonne amie », confirma Blanche. Mrs. Duff resplendit de joie. « Vous allez boire un peu de thé ? demanda-t-elle. Pour avaler les cachets que vous utilisez dans ces cas-là ? » « Ils sont dans le tiroir de la coiffeuse, répondit Blanche. Et venez en prendre une tasse avec moi, je vous en prie. »

Cette invitation rompit le silence jusqu'alors héroïque de Mrs. Duff, mais il y a toujours un prix à payer et Blanche ne l'ignorait pas. Durant l'heure qui suivit, elle l'entendit parler de ce que son mari aimait ou n'aimait pas, de projets de vacances d'hiver aux îles Canaries (« Mais il a horreur des voyages, je vais devoir le bousculer un peu »), de sa sœur qui vivait à Oxford et avait souffert pendant l'adolescence de migraines dont elle était maintenant débarrassée (« Moi, en revanche, je n'en ai jamais eu de ma vie, c'est une chance, non ? »), de la chambre à coucher qu'elle voulait retapisser (« Je le ferai moi-même, bien entendu »), et de sa vie chez sa mère qui, à la surprise de Blanche, avait été une modiste ayant pignon sur rue. Ces révélations avaient pour Blanche le charme d'un conte de fées et, en dépit de ses maux de tête, elle contemplait, fascinée, les sourcils gracieusement arqués de Mrs. Duff, ses yeux bleus légèrement globuleux, sa bouche mobile dont les coins, dès qu'elle cessait de parler, s'affaissaient mélancoliquement sans qu'elle en ait conscience. Blanche se souvenait, naturellement, de ce désir d'enfant jamais comblé, même si Mrs. Duff et son mari formaient un couple uni, qui n'avait jamais cessé de l'être. Cette pensée, manifestement, ne cessait de tourmenter Mrs. Duff, dont les yeux s'emplirent de larmes. « Je vous ai vue avec cette petite fille, dit-elle, et j'ai cru, pendant quelques instants magnifiques, que tout était rentré dans l'ordre. Vous savez ce que je veux dire. Vous n'avez pas été très heureuse, n'est-ce pas ? » Elle s'essuya les yeux. « Pardonnez-moi. Il y a des choses dont on ne se console pas, je le sais, reprit-elle en soupirant. Mais, passons. Vous avez besoin de vous changer les idées. Vous voulez que je téléphone à quelqu'un de votre part ? » « Non, répondit Blanche qui ferma les yeux et se sentit soudain épuisée. Tout le monde est parti. »

Persuader Mrs. Duff d'aller vaquer à ses occupations ne fut pas tâche aisée mais Blanche finit par y réussir. En promettant de repasser dans la soirée, Mrs. Duff empocha la clé de Blanche, saisit son élégant sac d'été et partit. Une fois seule, Blanche s'allongea avec soulagement, mais le sommeil ne vint pas. Les souvenirs évoqués par Mrs. Duff semblaient pourtant avoir chassé les démons archaïques qui la hantaient, la laissant vaguement pensive, avec l'envie de voir d'autres personnages remplir son horizon. Le désir, aussi, d'une conscience irréprochable. Si j'avais été une épouse comme Mrs. Duff, songea-t-elle, Bertie et moi n'aurions fait qu'un ; au lieu de ça, j'ai filé de mon côté, et par timidité, je suis devenue une espèce d'originale. Je n'ai pas dû être facile à vivre, même si j'ai sans doute été quelqu'un d'intéressant. Tournant son regard vers la fenêtre, elle vit des rideaux de pluie déportés par le vent ; l'orage n'avait pas éclaté et menaçait ailleurs. Le ciel d'averse, les feuillages lourds et sombres de l'été finissant semblaient opacifier l'atmosphère de la chambre, rendre l'air immobile. Pourtant la température avait considérablement baissé ; l'automne paraissait proche. Les ténèbres qui, la veille au soir, lui avaient obscurci l'esprit étaient peut-être celles de la nuit, et non des visions évanescentes suscitées par sa migraine. *Je redoute l'hiver parce que c'est la saison du confort*, songea Blanche. Pour se revigorer elle imagina Mrs. Duff enfant, jouant avec les chapeaux de sa mère, dorlotée par les filles de l'atelier et s'extasiant devant les belles dames qui venaient essayer leurs coiffures. Elle possède cette intense féminité qui lui vient d'avoir grandi dans un univers de femmes, se dit Blanche : un monde de confidences, de secrets, de remèdes échangés. Et cela a préservé son innocence. Elle ignore tout des aspects douteux de la féminité, ses côtés de conspirateur, ses stratégies. Je suis sûre qu'elle ne s'est jamais abaissée aux jugements critiques sur les autres femmes qui déforment tant la pensée féminine ; et encore moins à cette chose répugnante qui consiste à faire semblant d'être désolée pour ses amies en présence d'un homme. Certaine aussi qu'elle n'a jamais eu besoin de parler d'une autre femme à son mari, sournoisement, pour tester ses réactions, car de toute évidence elle seule existe pour lui. Philly, c'est ainsi qu'il l'appelle. La petite Philly, essayant les chapeaux des belles dames. Il a probablement imité sa mère en lui donnant ce nom, de sorte qu'une chaîne affective ininterrompue l'a nourrie sa vie entière. J'aurais beaucoup aimé pouvoir être une petite fille, moi aussi ; cela m'aurait peut-être appris à être plus souvent gagnante. Mais il fallait compter avec ma mère, sa hâte que je grandisse pour m'occuper de tout, et ses rappels incessants de mes lourds devoirs. Ne rien remettre au lendemain.

C'est exactement ce que j'ai fait, songea-t-elle avec lassitude. Et voilà où j'en suis. Même pas la conscience nette.

Le reste de la journée s'écoula lentement, en silence. Il pleuvait dru, menu, et elle entendait les gouttes tomber sur les feuilles. Vers 5 heures elle se leva, les yeux douloureux et brûlants, protégeant machinalement sa tête de la main. Avec précaution, elle prit un bain et se changea puis, en frissonnant, retourna au lit. Elle se disait que la migraine durerait peut-être un jour de plus ; ensuite, elle s'offrirait le luxe d'une journée de convalescence. Elle commença à attendre le retour de Mrs. Duff. Lui avoir donné sa clé la remplissait de confiance, comme un enfant qui sait qu'on s'occupera de lui. Elle attendait même avec impatience que tombe la nuit, qu'on tire les rideaux et qu'on allume la lampe toujours recouverte du mouchoir de soie verte de Mr. Duff. Lorsque le téléphone sonna, elle en fut stupéfaite ; elle ne s'attendait pas au moindre appel. La bulle de maladie dans laquelle elle se trouvait enfermée semblait exclure toute communication avec le monde extérieur. La douleur avait monopolisé sa concentration. Pour toute question d'ordre pratique, elle était absente.

« Blanche ?

– Barbara ! Quand êtes-vous revenue ?

– Cet après-midi. Il faisait si mauvais, ma chère Blanche, que nous n'en pouvions plus. Sans parler de ce terrible orage, hier soir. Cela a valu à Jack une autre crise, et nous avons préféré rentrer, au cas où il irait plus mal. Vous allez bien ? Vous avez une drôle de voix.

– Migraine. Je serai sur pied dans un jour ou deux.

– Oh ! ma pauvre, je vous plains. Vous n'en aviez pas eu depuis longtemps, non ? Au moins depuis l'histoire de Bertie. » Un silence. « Vous devriez vous mettre au lit. Je passerai demain. Vous avez des courses à faire ?

– Je suis déjà couchée, en fait. Et je n'ai plus de clé. Ma gentille voisine a gardé la mienne. J'irai très bien demain, ou après-demain. Quel plaisir de vous entendre. Mais, si vous voulez bien, je ne vais pas parler plus longtemps. Ma propre voix me fait l'effet d'un coup de canon.

– Pauvre amie ! Heureusement que je suis rentrée. Je vous appelle demain. Si vous avez besoin de quoi que...

– Merci beaucoup. Bien contente de vous savoir là. Mes amitiés à Jack. »

La lumière s'alluma dans le couloir. Mrs. Duff était de retour. Elle portait maintenant une robe de soie à rayures ; elle se changeait probablement chaque soir, afin d'être à son avantage pour accueillir son mari. Elle entra dans la chambre, resplendissante, l'air important, avec une tasse de thé et quelques morceaux de toast tartinés de confiture ; elle resta près du lit pendant que Blanche se forçait à les avaler. Lorsque le téléphone sonna de nouveau, Mrs. Duff alla répondre d'un bond, écouta un moment en silence puis déclara d'un ton solennel : « Mrs. Vernon est souffrante. Puis-je lui transmettre un message ? »

« Un certain Mr. Fox, dit-elle à Blanche. Il semblait très énervé. Il aimerait que vous le rappeliez. »

Il aimerait peut-être, songea Blanche, mais je m'en garderai bien. Qu'il téléphone à son analyste, s'il est énervé. Celle qu'il faudrait que je contacte, en réalité, c'est Sally. Mais, à cette seule idée, elle se sentit épuisée. Dès que j'irai un peu mieux, se promit-elle. Quand je saurai exactement ce que je vais lui dire. Car, si elle se souvenait de tout ce qui s'était passé à l'hôtel, elle était loin d'en avoir fait la synthèse. L'affaire n'était pas réglée, et elle ne savait comment s'y prendre.

Mrs. Duff déposa une carafe de citronnade près du lit. « Mon mari ne jure que par ça. Je la prépare moi-même, bien entendu. Et je vous ai mis un poulet froid et une salade de fruits dans le réfrigérateur. J'imagine que vous serez affamée demain. Vous avez besoin d'autre chose pour ce soir ? »

Mrs. Duff, Blanche s'en rendait compte, avait hâte de rentrer chez elle pour préparer le dîner de son mari : ses engagements les plus anciens étaient prioritaires. Après son départ, le silence envahit de nouveau la chambre. L'obscurité était tombée très vite ; cette atroce journée allait s'achever. Les feuillages s'égouttaient dans le jardin. La migraine se traduisait maintenant par une lourdeur dans les yeux et une extrême sensibilité de la peau du visage et du crâne ; pas question de se brosser les cheveux pour l'instant. Rester au lit constituait la seule solution, mais Blanche commençait à s'y sentir moins bien. La tristesse de l'enfance était revenue, et la tristesse encore plus grande de la maturité noyait ses pensées de mélancolie, du désir d'être consolée. Dans cette situation, sans témoins, sa vivacité d'esprit ne lui était d'aucun secours. Elle ne lui servait qu'au bénéfice d'autrui, bien entendu, et seule l'alimentait une mauvaise sorte de fierté. Elle comprenait à présent que la véritable fierté se nourrit de plaisir ; la véritable fierté implique de la témérité, de la bravade, de la confiance en soi. Rien de commun avec la façade derrière laquelle on se blottit, perplexe, à l'image d'Adam ou Ève et leur misérable dilemme, éternels enfants d'un père aléatoire qu'ils étaient trop inexpérimentés pour défier. Elle se sentait épuisée par cet implacable enchaînement. A mauvais début, mauvaise fin. C'étaient en réalité des personnages telles Sally et Mousie qui avaient de la fierté, affrontant les combats de ce monde en ne se défendant qu'avec leurs propres armes, alors que Paul, maintenant qu'elle y songeait, adoptait exactement l'attitude irréfléchie et propitiatoire qui vouait à l'échec sa quête de puissance. Paul, dans une certaine mesure, était Adam. Son problème consistait à s'être trompé de mythologie. Sally (qu'elle devait absolument appeler) se trouverait d'autres compagnons ; Paul resterait prisonnier de Mrs. Demuth, Mr. Demuth toujours dans les parages pour le châtier. C'était une situation sans issue.

Et je dois arrêter d'inventer des histoires à ces gens, de me perdre dans de fausses analogies, de les réifier et d'en faire des figures mythologiques, se dit-elle. J'ai cessé d'aller à la National Gallery mais, depuis, tout se passe dans ma tête. C'était précisément ce qui rendait Bertie fou d'irritation.

Quand elle aurait retrouvé ses forces (et à cette idée elle se sentit plus faible que jamais), elle téléphonerait à Sally et lui rendrait compte très simplement de ce qui s'était passé. Elle pourrait peut-être même faire un peu plus. Laisser encore une ou deux contributions sous le couvercle de la théière, mais, puisqu'elle soupçonnait que les fonds provenaient d'une autre source, autant ne pas en prendre l'habitude. Peut-être faudrait-il envoyer Sally rejoindre Paul en Amérique : c'était une éventualité fort coûteuse, mais il ne semblait possible d'échapper à la spirale de ce dilemme que par des actes aussi radicaux que d'acheter deux billets d'avion. Elle n'irait quand même pas jusque-là ? Probablement que si. Tout indiquait que sa conscience ne saurait être apaisée par un acte de moindre importance. Patrick aurait peut-être une meilleure idée, bien que, le connaissant, il ne puisse s'agir que d'une solution privilégiant la non-intervention. En ce moment même, Patrick sortait peut-être de chez Sally pour se rendre chez son analyste, ou *vice versa*. La petite fille qui n'avait jamais parlé en présence de Blanche, ni d'ailleurs de quelqu'un d'autre, était celle qu'il fallait sauver. Mais Blanche se rendit compte à nouveau qu'elle s'identifiait trop à Elinor, et que l'enfant avait encore la possibilité d'apprendre les leçons que Blanche, elle, n'avait jamais pu assimiler.

Avec d'infinies précautions, elle s'approcha du téléphone et composa le numéro de Patrick. Il répondit immédiatement, comme s'il attendait son appel.

« Patrick ? dit-elle, d'une voix qui lui parut trois fois plus aiguë que d'ordinaire. C'est Blanche. Je crains de n'être pas très en forme. Je ne resterai pas très longtemps au téléphone, si vous le permettez. » Le récepteur bourdonna d'un silence empli d'excitation.

« Quelles nouvelles ? demanda Patrick après une brève pause, comme pour lui laisser le temps de se rétablir.

– Difficile à dire. J'ai rencontré ces personnes ; ce sont des gens très ordinaires, fort respectables. Mais c'est une drôle d'histoire. Je crois qu'ils vont garder Paul encore un peu, l'envoyer aux États-Unis. Je n'ai vraiment pas grand-chose à voir là-dedans. D'ailleurs il n'en a jamais été autrement, vous le savez. En tout cas, je n'ai aucune intention d'aller plus loin.

– Je vois, murmura Patrick d'un ton sombre.

– J'appellerai Sally, bien sûr, dès que je me sentirai mieux. Et ensuite j'estime que c'est à vous de jouer, si vous pensez pouvoir l'aider. Mais, curieusement, je ne vous le conseille pas. Écoutez, nous en reparlerons demain ou après-demain, quand j'aurai retrouvé mes esprits. Pour l'instant, je ne peux vraiment pas en dire plus.

– Je vous suis redevable, Blanche, murmura Patrick, sur le même ton sombre. J'ai pris quelques décisions, de mon côté. Je vous en parlerai très bientôt.

– Bonsoir, Patrick », dit Blanche avant de reposer l'appareil avec soulagement.

Derrière les vitres, une nuit noire était prématurément tombée. Après sa conversation avec Patrick, l'absence de bruit redevint si marquée que Blanche remua délibérément dans son lit afin de s'assurer que ses propres mouvements échappaient au silence. Heureusement, se dit-elle, que je n'ai pas les nerfs fragiles. Lorsqu'elle entendit la clé dans la serrure, elle faillit joindre les mains dans un geste de gratitude. Mrs. Duff était revenue, en bon Samaritain qu'elle était, pour lui dire bonsoir. Mais lorsque la porte s'ouvrit, miss Elphinstone apparut, vêtue de sa gabardine bleu marine, un capuchon de plastique protégeant sa coiffe, nimbée de son habituelle expression de distinction prétendument ecclésiastique.

« Bonsoir, Blanche, dit-elle. J'ai terminé mes visites à l'hôpital et je me suis dit que j'allais faire un saut chez vous. Nous avons eu un temps affreux ; rien de tellement mieux par ici, à ce que je vois. Plus noir que les ténèbres d'Égypte, dehors. » Elle se dirigea rapidement vers la fenêtre et ferma les rideaux. La chambre devint immédiatement plus supportable. Blanche s'assit dans son lit et ôta le mouchoir de soie qui recouvrait l'abat-jour de sa lampe de chevet. « Si nous prenions une tasse de thé ? proposa-t-elle. Je suis très contente de vous voir.

– Bonne idée, ça me fera du bien », déclara miss Elphinstone avec un certain bon sens, avant d'aller remplir la bouilloire.

« Vous avez l'air d'avoir besoin de repos, reprit-elle en revenant avec un plateau. Couchée à 9 heures. Et un beau poulet dans le frigo, que vous n'avez même pas mangé. Ce n'est pas un de vos plats, à propos.

– J'ai eu une terrible migraine, répondit Blanche. J'irai mieux demain. Vous savez ce que c'est. Mrs. Duff m'a apporté le poulet. Elle a été adorable. »

Miss Elphinstone pinça les lèvres et avala une gorgée de thé, pensive. « Je viendrai demain vous donner un coup de main, dit-elle. Pas besoin de vous lever si vous n'êtes pas en forme. Faudra bien que vous mangiez un peu avant de repartir en manœuvres. Une chance que je sois rentrée, pas vrai ? »

Elle retira de son fourre-tout de cuir un carton qu'elle tendit à Blanche. « Voilà quelque chose qui va vous intéresser. » C'était la photographie en couleurs, légèrement floue, d'un groupe de huit à dix femmes ; on ne devinait celles qui étaient sur les côtés que par leurs coudes et une partie de l'épaule. « Bourton-on-the-Water, devant le Sanctuaire. C'est le groupe des femmes. Évidemment, si une certaine personne avait pris la peine de reculer un peu, nous serions toutes sur la photo. Je préfère ne pas citer de noms, conclut-elle fermement. Mais quelle occasion ratée. Surtout qu'ensuite, la pellicule a été voilée. Enfin, c'est une autre histoire.

– Vous êtes vraiment très bien », déclara Blanche avec sincérité, car miss Elphinstone trônait au milieu du groupe, son fourre-tout de cuir au bras, son sourire mondain rehaussé par un gigantesque chapeau de paille. « Les autres ont l'air si mal fagotées, à côté de vous. » Il y avait en effet une sorte d'élégance héroïque dans l'attitude de miss Elphinstone : elle aurait pu diriger une mission dans le sud de l'Inde si elle l'avait décidé. C'était une femme de l'Empire britannique. Capable de sauver une vie du seul fait d'apparaître, comme elle venait de le faire, sur le seuil d'une porte.

« Je peux vous dire que tout a été parfaitement réussi, affirma miss Elphinstone en reprenant la photo, qu'elle examina d'un regard critique avant de la ranger. Mais nous n'avons pas été gâtés, côté temps. Et question logement, c'était plutôt approximatif. Je pense que l'année prochaine, nous retournerons à Devizes. Et vous, qu'avez-vous fait de vos journées ?

– Pas grand-chose, répondit Blanche en s'adossant voluptueusement à ses oreillers. Rien qui vaille la peine d'être raconté. Bien contente de reprendre la vie normale. » Elle se rendait compte que ses conceptions de la réalité avaient subi une sérieuse érosion. Il était temps de reprendre pied, quelles qu'en soient les conséquences. Sinon, ce serait la dérive, et c'était exclu. Le travail n'est pas terminé, se dit-elle. Mais le sommeil commençait à l'envahir ; à travers ses paupières mi-closes elle distinguait la silhouette chapeautée de miss Elphinstone, immobile près de la porte. Lorsqu'elle pensa que miss Elphinstone était partie, elle avait déjà fermé les yeux.

11

Baignée et habillée, Blanche prit dans sa bibliothèque le *Philèbe* de Platon et y lut que la vie de plaisir doit être mêlée de sagesse et la vie de sagesse mêlée de plaisir mais qu'un troisième élément, vers lequel tendent à la fois la raison et le plaisir, constitue l'ingrédient final du souverain bien. Après s'être dit, le cœur serré, qu'elle aurait choisi le plaisir si elle avait eu le choix, elle reposa le livre. La vie de plaisir la fit inéluctablement penser à Sally. Elle composa son numéro, entendit qu'on décrochait, puis un long silence, et on raccrocha. Cela s'était déjà produit plusieurs fois. Elinor, supposa Blanche, devait prendre le téléphone et rester sans parler. Rien à faire ; il lui faudrait aller là-bas. L'idée ne l'enthousiasmait pas ; je ne suis pas vraiment de taille, songea-t-elle en se préparant à sortir pour la première fois depuis la rencontre avec les Demuth au Dorchester. Mais, comme toujours après une migraine, elle se sentait extraordinairement bien, il faisait un temps frais et venteux, et elle avait besoin de changer d'horizon. Patrick, nerveux mais prudent, n'augurant rien de bon des informations qu'il détenait, ne lui avait rien dit. Elle supposait pourtant que Sally, avec ses instincts d'une acuité surnaturelle, avait déjà eu vent de la situation et n'avait guère besoin de la confirmation de Blanche. Elle se dirigea néanmoins vers la Tamise et le sous-sol de

Sally où, songea-t-elle, la vie de sagesse empiétait fort peu sur la vie de plaisir, ce qui prouvait que Sally était dans un état plus heureux et plus primitif que celui, quelle qu'en soit la durée, envisagé par Socrate et ses amis.

Cette fois, elle s'y rendait les mains vides, à l'exception d'un petit livre pour Elinor. Aujourd'hui, décidat-elle, on réglerait les comptes une bonne fois pour toutes. Elle débordait de vigueur et d'énergie, se sentait pleine de gros bon sens, vaguement brutale. La venue des vents d'automne l'avait soulagée des langueurs de l'été. Depuis la rue, à travers les vitres sales, elle aperçut plusieurs vêtements abandonnés sur le canapé qui servait de lit ; aucun signe de présence humaine. Personne ne répondit lorsqu'elle sonna. Après avoir déposé l'album d'Elinor contre la porte, elle rebroussa chemin, légèrement déçue. Elles font probablement des courses, songea-t-elle, ou sont peut-être à l'hôpital. N'ayant rien de mieux à faire, elle s'y rendit à son tour et inspecta la salle d'attente des consultations. Personne. Elle rentra chez elle en se demandant distraitement si Patrick était de nature religieuse – les hommes aussi anxieux que lui le sont souvent – et s'il considérait le sauvetage de Sally comme une forme de devoir moral. Platon laissait entendre que l'honneur est un élément essentiel de la vie heureuse et que le plaisir autant que la sagesse tendent vers le désir de l'acquérir. Elle se demanda alors si l'honneur était compatible avec la combinaison des mouvements de l'âme. Un point vraiment obscur.

Blanche effectua quelques achats sans idée arrêtée, s'attardant dans la rue ensoleillée. Rentrée chez elle, elle découpa le poulet, confectionna un aspic et mit au four une tarte aux pommes. Elle composa une nouvelle fois le numéro de Sally mais n'obtint pas de réponse. Pensivement, elle appela Patrick à son bureau. « Patrick, dit-elle, pourriez-vous passer ce soir ? J'ai préparé un repas léger. Si je propose ce soir, c'est que j'ai décidé de partir un peu, à mon tour. C'est possible ? Parfait. Vers 7 heures ? »

Elle avait décidé de partir au moment même où elle le disait. Mais pourquoi pas ? C'était évident. Elle avait bien le droit de prendre des vacances, elle aussi ; septembre était un mois magnifique, et octobre plus encore. Dans le Sud, le soleil automnal resplendirait d'une chaude lumière dorée ; la foule se serait dissipée, les enfants seraient en classe. Elle franchirait les Alpes et irait en Italie ; elle irait à Munich et à Vienne s'asseoir dans les jardins publics ; elle irait à Paris et se promènerait dans le parc du château de Versailles. Rêveusement, elle sortit un indicateur de voyages. Un éventail de possibilités s'offrait soudain à elle, qu'elle passa le reste de l'après-midi à étudier. Progressivement, les images se précisèrent dans son esprit. Elle imagina le parc de Versailles, toujours désert dans ses parties les plus éloignées, les feuilles mordorées accumulées au pied des statues, l'eau immobile des bassins de pierre que nul jet d'eau ne venait plus troubler, où se reflétait la course sublime des nuages paresseux. Elle irait à Paris, mangerait des glaces chez Berthillon, lirait les dernières parutions à la terrasse des cafés, dînerait seule de bonne heure, et passerait de longues nuits de sommeil réparateur. Et ensuite, se dit-elle en refermant le catalogue, je descendrai bien entendu dans le Midi. Bien entendu. Et si je reste assise sous les palmiers, seule, pendant que tout le monde fait la sieste, et si je n'ai personne à retrouver le soir, quelle importance ? Le soleil est Dieu.

« Patrick, dit-elle en remplissant leurs verres, avez-vous une idée de ce que vous allez faire au sujet de Sally ? Vous paraissez très malheureux pour un homme affectivement engagé. Mais j'imagine que c'est fréquent.

– En fait, je pensais l'emmener en vacances, répondit-il, mal à l'aise.

– Quelle bonne idée, déclara Blanche d'un ton qu'elle espéra neutre. J'espère que vous êtes prêt à dépenser beaucoup d'argent. » Patrick eut l'air choqué. « J'ai du mal à croire que vous envisagez de la conduire dans la région des lacs. J'ignore comment vous passez vos vacances d'habitude, mais je me représente un tableau assez spartiate. Auberges de campagne, repas de paysan frugal, ce genre de choses. Pas du tout le style de Sally. Elinor, naturellement, se retrouvera de nouveau à la consigne, chez sa grand-mère. Où aviez-vous l'intention d'aller ? demanda-t-elle poliment, après un silence lourd de questions sans réponse.

– J'avais songé à Marbella, murmura-t-il, gêné. Ou à Ischia.

– Et que ferez-vous en de tels endroits, Patrick ? Pas vraiment votre tasse de thé, comme on dit.

– Je ferai ce que Sally voudra. » Il paraissait de plus en plus malheureux.

« Patrick, murmura gentiment Blanche. Est-ce honorable ? Ne jamais oublier que l'honneur est le bien suprême. Le plaisir auquel ne se mêle aucune sagesse est apparemment ce que recherchent les ignorants. Son attrait n'est nullement garant de bonne conscience.

– J'ai de la bonne conscience à revendre, protesta-t-il. Je travaille dur. Je n'ai pas de dettes. J'ai passé des années à faire les trente-six volontés de ma veuve de mère.

– Je vous croyais très attaché à elle.

– En tout cas, elle a exigé ma présence bien plus longtemps que je n'ai eu besoin de la sienne. Je suppose que c'est une conduite honorable de ma part.

– Pas tout à fait, répondit Blanche. C'est le devoir. On ne choisit pas toujours ses devoirs.

– On nous enseigne d'honorer nos père et mère.

– Là-dessus, je n'ai jamais su jusqu'où il convenait d'aller. La plupart des parents de la Bible auraient été insupportables. J'ai remarqué qu'on ne nous parle pratiquement jamais des filles de Job. Elles ont dû mener une existence de chien. De plus, les messages de la Bible sont loin d'être clairs. Certains sont même carrément subversifs. Songez à Urie le Hittite, l'époux de Bethsabée. Qu'avez-vous fait d'autre pour rehausser votre standing, comme dirait Sally ?

– Selon vos propres critères, pas grand-chose, Blanche. Vous avez toujours cultivé l'insolence. Mais je me suis efforcé d'être... concerné. Vigilant. Je n'ai pas été, je crois, sans bienveillance.

– Votre phrase comporte deux négations. L'important, c'est de savoir si vous avez été bienveillant. Et j'imagine que, oui, bien sûr, vous l'avez été. Mais je n'ai aucune raison d'avoir l'air de porter un jugement sur vous. Je ne vous juge pas, Patrick. Je me borne à constater ce que vous faites. Je connais bien le sujet. Vous avez une situation assurée. On vous respecte au bureau. Vos revenus sont stables. Vous avez fait votre devoir. Vous avez honoré votre mère et sans doute bien d'autres personnes. Et voilà que maintenant vous voulez vous conduire de façon répréhensible. Vous avez envie de commettre des actions douteuses. Vous rêvez de provoquer des commentaires scandalisés. Vous avez besoin d'être – quel est le mot déjà ? – "vivifié" par tout cela. Vous ne pensez qu'à jeter vos principes aux orties, et même ceux des autres. Et vous avez raison, bien entendu. Quant à savoir si ce que vous faites est bien ou non, c'est une autre affaire. Votre vie, voilà ce que vous cherchez à retrouver. Vous êtes en quête d'autonomie.

– Vous me comprenez bien, Blanche.

– Ce que je ne comprends pas, c'est pourquoi les hommes agissent ainsi avec certaines femmes et non avec d'autres. Vous pourriez peut-être me l'expliquer ?

– C'est qu'à mon avis ces femmes jouent sur notre anxiété. Les autres, on le sait bien, seront là lorsqu'on rentrera à la maison. On les retrouvera toujours. C'est aussi simple que ça.

– Non, ce n'est pas simple, surtout si on appartient à la catégorie des autres femmes. Quand on voit des hommes perdre toute raison, on se dit : "Pourquoi n'agirais-je pas ainsi, moi aussi ?" Non qu'on ait envie de devenir une briseuse de ménages. Mais on ne sait jamais exactement jusqu'où on peut aller. On attend peut-être de voir jusqu'où les autres sont prêts à aller. Et peut-être n'attend-on pas assez longtemps. On n'ose pas. Ou on n'aime pas attendre. A moins qu'on ne précipite les événements pour apporter sa contribution : envie que les choses aillent plus vite, que tout soit plus simple.

– C'est ce qu'a fait Sally, il me semble.

– Je ne crois pas. Sally, à mon avis, n'a contribué à rien.

– Sally est une contribution en soi.

– Ah, je vois ! Que c'est donc triste.

– Triste ?

– Oui, je trouve. Pour vous, pas nécessairement pour elle. Vous oubliez que toutes les Sally de l'univers sont des spécialistes de la mise au rancart.

– Mais ainsi va le monde, Blanche.

– Mettre au rancart ? Se décharger d'un fardeau ? Vraiment ?

– Si on veut arriver à ses fins, oui.

– Vous voulez dire que la nature nous enseigne à ne

penser qu'à soi ? Et que tout le reste n'est qu'une superstructure, un ensemble de systèmes moraux que nous ont transmis des vieillards ?

– D'une certaine façon.

– Mais s'il en était ainsi, la nature nous prescrirait de nous débarrasser de nos parents lorsqu'ils deviennent ennuyeux, d'assassiner nos rivaux, de prendre ce qui nous fait envie sans tenir compte des autres.

– La nature nous conseille simplement de nous faire plaisir de temps en temps.

– Je le sais, Patrick. Et peut-être êtes-vous prêt à payer le prix.

– Quel est-il ?

– Ça, personne ne le sait. Toute l'astuce est précisément là, vous comprenez.

– Je crois que j'y suis prêt, en effet.

– Dans ce cas, vous feriez mieux de téléphoner à Sally pendant que je m'occupe de la salade. Elle ne répond pas, curieusement.

– Je l'appellerai plus tard, Blanche. De chez moi. » Patrick prit alors l'expression lointaine de celui qui va bientôt communiquer avec les Muses. Il lui téléphonait manifestement chaque soir, puisant un soutien affectif dans ses remarques vagues et elliptiques, émerveillé par leur caractère incongru, persuadé que l'inexplicable renferme un contenu érotique, à base d'intrigues, de faveurs retirées, de punitions distribuées. Extasié à l'idée du danger.

« Je songe à prendre des dispositions pour qu'Elinor bénéficie d'un peu d'argent, dit Blanche lorsqu'elle revint avec le plateau du dîner. Quand elle atteindra ses dix-sept ans. A cet âge-là, il faut pouvoir faire des folies. Évidemment, j'aimerais autant qu'elle puisse l'éviter. L'argent n'a pas d'importance, mais j'ai l'impression d'apaiser ma conscience tout en commettant une action sinistre. C'est ainsi qu'agissent les vieilles dames, elles repoussent les choses tant qu'elles le peuvent. Et comment savoir si Elinor ne ressemblera pas à ses parents ?

— Sally est une excellente mère, vous savez.

— Oui, j'ai même l'impression qu'elle peut être fort drôle. Mais je crois aussi qu'Elinor n'apprécie pas tellement. Elle est beaucoup plus sérieuse.

— Elle n'a que trois ans, Blanche. Nous ne savons pas ce qu'elle deviendra.

— Certes. Mais je n'ai pas l'intention d'attendre pour le savoir. Ce n'est pas ma fille, elle ne le deviendra jamais. Je ne me satisfais pas de substituts. Il me semble, en tout cas. La première fois que je l'ai vue, j'ai pensé qu'elle vivait une grande solitude. Je sais ce qu'est un enfant solitaire. Certaines personnes restent des enfants solitaires toute leur vie. Je crois que j'ai voulu éviter cela. De ce point de vue, je me suis probablement engagée affectivement, moi aussi.

— Je me suis souvent demandé pourquoi vous n'aviez pas d'enfant.

— Moi aussi. » Elle baissa les yeux. « Reprenez un peu de poulet, Patrick. Une gentille voisine me l'a apporté quand j'ai été souffrante. » Elle nota qu'il n'avait pris aucune nouvelle de sa santé, censée être rétablie. Il est vraiment entiché d'elle, se dit-elle. L'intense égocentrisme de Patrick avait constamment fait obstacle à une intimité plus profonde. Jusqu'à ce soir, même s'ils semblaient se parler avec naturel, Blanche avait toujours eu l'impression qu'il tenait toutes remarques d'ordre personnel pour une sorte d'intrusion dans son propre monologue intérieur. Il n'est pas simplement épris, songea-t-elle : il est allé aussi loin qu'il est capable d'aller. Quand ils n'auront plus le téléphone pour les séparer et seront obligés d'avoir des contacts quotidiens, ils se révéleront l'un à l'autre. Et elle comprit alors que Patrick avait rêvé tout cela, que Sally ne partirait jamais avec lui, pas même à Marbella ou à Ischia. Sally avait un instinct infaillible. Elle avait détecté l'égocentrisme, le côté indéniablement « petit-bourgeois », le nostalgique désir de régression ; elle avait détecté, surtout, la totale absence de pratique. Sally avait tout compris ; c'est pourquoi elle était pour l'instant impossible à joindre.

Le bruit d'une clé dans la serrure la ramena à sa propre situation et elle se prépara à divertir Patrick et Mrs. Duff pour le reste de la soirée. Mais c'est Bertie qui apparut sur le seuil de la porte, le teint bronzé et l'air ennuyé.

« Je te croyais malade, dit-il. Barbara m'a dit que tu étais souffrante. Bonsoir, Patrick.

– Patrick est passé voir comment j'allais, répondit Blanche avec une douceur feinte, presque au bord du malaise. Je vais m'asseoir un moment, d'ailleurs. J'ai vraiment été très mal.

– Pas au point de t'empêcher de cuisiner, en tout cas », constata Bertie en lorgnant la tarte aux pommes. Quelques instants plus tard, il s'en servit lui-même un morceau. Personne ne disait rien. Il mangea, maussade, sans laisser paraître sa satisfaction, ainsi qu'on le fait en présence d'un malade.

« Et la Crète, comment était-ce ? demanda Blanche.

– Corfou. Torride. Très bruyant. Il y avait un groupe qu'on connaissait. Enfin presque. Tu sais ce que c'est. Une dizaine de personnes à dîner chaque soir. Formidable, bien sûr. Terriblement agréable.

– Et la villa ? poursuivit Blanche, qui songeait aux dîners d'une dizaine de personnes chaque soir.

– Nous la partagions avec un autre couple, des amis de Mousie. Nous nous sommes fort bien entendus. Heureusement, d'ailleurs, car elle n'était pas très spacieuse. L'ami de l'amie de Mousie était furieux. Il va se plaindre à l'agence. Il a photographié la salle de bains sous toutes les coutures, pour prouver à quel point elle ne correspondait pas aux descriptions. Pour ma part, j'ai essayé de retirer le maximum du séjour. Pas mal du tout, finalement, de vivre à la dure de temps en temps. »

Blanche, qui gardait de Bertie le souvenir d'un homme difficile à contenter, remplissant la salle de bains d'effluves de bois de santal et de citronnelle, s'émerveilla de cette phrase et se borna à déclarer : « Tu es en train de manger le dessert de Patrick, Bertie.

— En effet, répliqua Bertie en s'emparant d'une nouvelle mais décisive part de tarte.

— Je songe aussi à partir un peu, dit Blanche. Je suis dans cet appartement depuis trop longtemps. On n'a pas besoin de moi, ici.

— Que veux-tu dire, Blanche, pas besoin de toi ?

— Je veux dire, Bertie, que si je disparaissais, personne ne s'en rendrait compte. Bien sûr, je suis ravie de te revoir, et vous aussi Patrick, mais je suis certaine de n'être indispensable à aucun de vous. Vous avez tous deux d'autres obligations. Ce qui me laisse très libre. Je vais aller dans le Midi m'asseoir au soleil. Ainsi que Patrick et moi venons de le découvrir, il est essentiel de se faire plaisir. La nature nous y engage. »

Elle commença à entasser assiettes, couteaux et fourchettes sur le plateau, ayant apparemment décidé que le repas était terminé. Patrick entreprit timidement de l'aider ; il se leva et poussa son assiette vers elle. Cela fait, il s'assit de nouveau.

« Naturellement, reprit Blanche d'un ton affable, j'imagine que vous pouvez avoir envie, l'un et l'autre, de passer me voir de temps en temps. Mon hospitalité, bien que modeste, est sincère. Personne ne pourra me reprocher de prétendre que vos visites me dérangent. D'ailleurs, elles ne me dérangent pas. Comme vous l'avez certainement constaté, je ne suis pas débordée. Mais qui peut dire que je n'ai pas envie d'être ailleurs ?

– Vous m'avez invité, Blanche, murmura Patrick.

– Tout à fait. Nous devions discuter de certaines choses. Mais c'est surtout de toi que je parle, Bertie. Tu as l'air de t'attendre à me trouver toujours là, aujourd'hui comme hier.

– Je suis venu parce que Barbara m'a appris que tu étais malade. J'ai pensé que tu avais peut-être besoin de quelque chose.

– Tu te demandais si j'avais besoin de quelque chose ? Quelle prévenance ! Mais tu vois, je me suffis à moi-même, comme toujours. Vous partez, Patrick ? Vraiment ? Je me sens soudain d'humeur tellement sociable. »

Patrick, très sérieux, avait saisi son attaché-case. « Je vous téléphonerai, Blanche, au sujet des projets en question. Vous serez mise au courant dès que possible. Et j'ai parfaitement conscience de ce que je fais, vous savez. »

« Mais ce n'est pas vrai, déclara Blanche lorsqu'elle revint dans le salon après avoir reconduit Patrick. Avec son air de sénateur, on le crédite de plus de sagesse qu'il n'en possède réellement. J'avais raison de m'inquiéter pour lui, dans le temps. Je savais déjà, je crois, qu'il serait toujours incapable de prendre une décision. Et il est maintenant confronté à un choix très important. Quoi qu'il décide, ce sera un échec pour lui. L'efficacité de Patrick cesse au moment d'agir. L'action lui est devenue si étrangère qu'elle prend des allures de catastrophe. Et il en a conscience au plus profond de lui. Il en a simplement assez d'être en sécurité. Je comprends ça très bien.

— On dirait que tu le connais de mieux en mieux.

— Bois quelque chose, Bertie. Je l'ai toujours bien connu. Toujours su combien il souffrait de ses propres insuffisances. Comme nous tous. Je voulais l'aider à se sentir plus assuré qu'il ne pouvait le faire seul, plus assuré qu'il ne méritait de se sentir, pour tout dire. C'était peut-être idiot de ma part. On ne devrait pas essayer de renforcer les mortels. Les dieux sont plus forts que nous.

— Blanche, dit Bertie.

— Non, laisse-moi parler. J'ai beaucoup réfléchi au passé et je vois beaucoup plus clair. Tu étais obligé de me quitter, Bertie. J'avais fait mon temps. L'anxiété qui pousse les hommes à commettre des folies les pousse également à quitter les personnes comme moi. Essayer de te retenir était aussi vain que tenter de me rajeunir de vingt ans. Et j'ai fini par comprendre le système. Une structure évidente, qui crève les yeux. Une seule visite à la National Gallery suffirait à t'en convaincre. Ils y sont tous, là-bas, les bons et les indifférents. J'ai tendance à penser qu'il n'existe pas de mauvais. L'indifférence à la bonté suffit amplement.

— Si tu fais allusion à Mousie, tu te trompes. Mousie est fondamentalement très bonne et très attentive.

— Mousie est une novice, Bertie. Elle utilise des armes de petite fille, tout à fait sommaires. Mousie est fondamentalement timorée. La colère lui fait peur. Pourquoi, sinon, t'enverrait-elle vérifier que je n'ai pas mis ma tête dans le four à gaz ? Pourquoi a-t-elle tant besoin de l'approbation de ses amis ? Pourquoi partager une villa à Corfou alors qu'elle aurait pu t'avoir pour elle seule ? Non, Mousie n'est pas mauvaise. C'est une enfant qui défie les adultes et qui est si charmante qu'ils ne lui donnent pas de correction. Mais les grands enfants sont parfois très dangereux. Les femmes qui s'obstinent à se conduire en petites filles ont tendance à penser que leurs méfaits n'ont pas d'importance. Je dois reconnaître qu'elles s'en sortent généralement fort bien. Tu peux ouvrir une autre bouteille, si tu veux. Patrick a presque vidé la première, on dirait. C'est bien la preuve de sa nervosité.

— Il m'a semblé très calme. Mais ne pourrait-on parler d'autre chose ? J'ai toujours l'impression que tu m'infliges une pénitence.

— C'est pourtant ce que tu viens chercher, Bertie. Rien ne t'y oblige, tu sais. C'est ce que j'essaie de t'expliquer. J'ai compris le système.

— Si seulement tu pouvais la boucler un peu, de temps en temps, Blanche. Tu as toujours trop parlé.

— On parle moins, à Fulham ?

— C'est différent.

— Je vois que les femmes rendent les hommes fous, déclara Blanche en allumant une cigarette. Mais ce que je ne comprends pas, c'est comment certaines arrivent si bien à s'en sortir.

— Ça ne m'étonne pas. Le tire-bouchon est près de ton coude, si tu veux bien me le passer. Je voudrais seulement te faire remarquer que je sors d'une dure journée de travail et que j'apprécierais beaucoup un peu de paix et de silence.

— Les hommes disent tous ça. Même mon père, je m'en souviens. Tu as dîné, à propos ?

— Seulement ce morceau de tarte. »

Blanche se rendit à la cuisine et revint avec l'aspic de volaille, quelques galettes beurrées, une tranche de bleu de Wensleydale et une pêche. Elle disposa le tout sur un plateau qu'elle installa sur les genoux de Bertie. « De quels projets parlait Patrick ? » demanda-t-il, saisissant sa fourchette et lui jetant un coup d'œil en coin qu'elle ne remarqua pas.

« Projets ? Ah, les projets. Écoute, je crois que ce sont des choses qui ne concernent que lui. »

Tout en regardant Bertie manger, ainsi qu'elle l'avait fait si souvent, elle fut consternée de constater qu'elle retrouvait d'anciennes satisfactions familières. Comme si la présence de Bertie validait sa propre existence qui, sans lui, se délitait. Une femme moderne qui se respecte ne peut accepter ça, songea-t-elle. Elle savait aussi que son absence l'avait poussée à d'étranges excès, d'autant plus étranges qu'ils semblaient inoffensifs. Alors que certaines femmes se mettent à boire, à s'empiffrer, à voler dans les magasins, Blanche s'était mise à flirter avec la vie des autres, les bonnes œuvres, et les passe-temps exaltants. Loin d'être dupe, elle avait pourtant accepté ces activités, sans joie et avec un sentiment d'humilité, tentant continuellement, face au souvenir plus vigoureux de son ancienne personnalité, de se disculper pour sa pitoyable contrefaçon de la conduite d'un être de mérite, et s'efforçant autant que possible de s'initier à l'art de l'autosuffisance. Blanche, qui avait traité Mousie de timorée, l'était devenue bien davantage, elle qui savait discerner chez les autres la lutte panique pour la liberté, et était capable d'apprécier, d'admirer ce qu'elle tenait maintenant pour de l'indifférence. Car même si sa place était là, ses services devaient être utilisés ailleurs, malgré les éventuels malentendus, les éventuelles mésalliances, et en dépit du trouble qui l'envahissait à l'idée que rien, dans tout cela, ne l'exaltait réellement. Bertie, qui la regardait, fourchette levée, remarqua son expression sévère, mystérieuse.

« A quoi penses-tu ? demanda-t-il poliment, sachant que c'était le genre de question à laquelle elle fournissait immanquablement de copieuses réponses.

– Je pensais aux vies des autres, dit-elle, qui semblent

toujours tellement séduisantes. Et à quel point cette apparence est trompeuse quand on découvre ce qu'il en est réellement. Mieux vaut sans doute ne pas s'occuper de la vie des autres. Et je pensais probablement aussi aux enfants, à la façon dont ils nous renvoient une image de nous-mêmes. Ou de ce que nous croyons être. »

Mais cela n'intéressait pas Bertie qui aborda enfin le sujet qui le préoccupait.

« Comment vas-tu faire avec Patrick ? demanda-t-il.
— Avec Patrick ? Que veux-tu que je fasse avec Patrick ?
— J'avais l'impression que vous alliez partir ensemble, tous les deux. »

Blanche rit. « Tu le connais vraiment mal. S'il était vraiment question qu'il parte avec moi, Patrick passerait son temps à en débattre avec quelqu'un d'autre. Tu ne penses quand même pas, Bertie...
— Si, justement, répondit-il avec raideur. Je le pense.
— Alors c'est moi que tu connais vraiment mal, dans ce cas. Si je partais avec quelqu'un, ce ne serait sûrement pas Patrick. Je choisirais quelqu'un doté d'un peu plus de — comment dire ? — *d'élan* ? *d'élan vital* ? Patrick est "comme il faut". Tu ne te souviens pas que si ma mère l'appréciait tellement, c'était précisément pour cette raison ? Patrick peut parfaitement s'enticher d'une femme, mais sûrement pas d'une femme telle que moi.
— Pourquoi pas ? Tu es toujours séduisante.
— Mais tu ne comprends donc pas ? Patrick, lui, estime que c'est moi qui suis "comme il faut". Quelqu'un sur qui on peut compter pour se comporter correctement. » Elle se mit de nouveau à rire. « Si tu savais comme j'en ai assez de me conduire comme il faut. Ou d'essayer. » Elle fit un geste en direction de la fenêtre.

« Il y a des gens là-dehors, Bertie, qui ne se conduisent jamais correctement. Tu les connais. Je les connais. Je croyais pouvoir les repérer n'importe où. C'est la faute de la National Gallery, en fait. Toutes ces déesses qui mènent des vies dissolues. Et ouvertement, en plus. Il m'a fallu longtemps pour comprendre que c'est à la portée de n'importe qui, une fois la décision prise. Je ne sais toujours pas si cela requiert de la volonté ou simplement des capacités particulières. Les vies de ce genre ont pour caractéristique d'être inachevées, sans limites fixes, d'échapper à tout contrôle. C'est ce qui leur donne cette dimension mythique, j'imagine. Les autres attendent nos questions ; ils sont apparemment libres.

– Avec qui vas-tu partir, dans ce cas ?

– Je ne sais pas, vraiment pas. Peut-être partirai-je seule en essayant d'en profiter au mieux. J'ai des plaisirs simples, comme tu sais. Ce ne seront pas des vacances comme celles que tu viens de prendre. Il n'y aura pas de dîners en groupe. J'aimais cela, à une époque. Cela doit toujours te plaire, je suppose.

– J'aime bien qu'il y ait du monde, oui.

– Et je présume, dit-elle d'un ton léger en regardant par la fenêtre, que Mousie et toi allez vous marier, un de ces jours.

– Il est vrai que nous y pensons. »

Il y eut un silence car, pour Blanche, c'était la fin de tout. Il la regarda attentivement. « Quand comptes-tu partir ? demanda-t-il.

– Dès que possible. Encore une ou deux choses à régler, une ou deux histoires compliquées, et ensuite je pourrai m'en aller. Je chercherai sans doute un endroit où m'installer. C'est peut-être le mieux. Oui, c'est ce que je vais faire. Tu pourras reprendre cet appartement, bien sûr. Tu l'as toujours beaucoup plus apprécié que moi.

– Tu as l'air de te débarrasser très facilement de ton passé.

– Oui, n'est-ce pas ? Peut-être aurais-je dû le faire depuis longtemps. J'ai été ridicule de rester là, assise à attendre tes visites. Et en te disant de ne pas venir. Comme si c'était une façon de vivre. Platon affirme que les plaisirs mêlés de souffrance ne sont que des plaisirs inférieurs. Il dit vrai.

– C'est ce que je suis ? Un de ces plaisirs inférieurs ?

– Ce que tu es n'a plus d'importance, parce que la passion n'est plus là. Ta vie est ailleurs, un ailleurs inaccessible pour moi. On est censé dépasser ce genre de choses, et je m'en remettrai, bien évidemment. C'est simplement un peu long, voilà tout. Et je crois que c'est de ma faute. Pour l'heure, ma vie n'est pas très sérieuse non plus. Je joue à être quelqu'un sans y parvenir vraiment. Et j'irai jusqu'au bout, parce que l'honneur est le souverain bien. Je crois que c'est vrai. Mais que c'est difficile, parfois. Et comme j'aimerais être différente.

– Ne change pas, Blanche.

– Je crois qu'il le faut, tu sais. Ça ne marche pas très bien telle que je suis ; ma respectabilité de petite-bourgeoise se retourne contre moi. Je me suis attribué un rôle qui ne me convient pas. Il est trop tard pour revenir là-dessus. Comme je l'ai dit, j'irai jusqu'au bout. Mais j'essaierai quand même de changer. Vivre de façon un peu plus insouciante. Sans artifice. Je veux dire sans passer par l'art. L'art est parfois très subversif. Je l'ai découvert récemment.

– Il faut que je parte, dit-il en consultant sa montre.

– Oui, dit-elle. Il faut que tu partes.

– Tu as toujours eu des critères trop élevés, Blanche.

– Vraiment ? Dans ce cas, je m'en débarrasserai aussi. »

Elle se leva et entreprit de tapoter les coussins. Il saisit son bras, mais elle se détourna.

« Je ne l'ai jamais été, tu sais, murmura-t-il en se détournant à son tour.

– Quoi donc ?

– Dépourvu de passion », dit-il.

Ce soir-là Blanche resta devant la fenêtre, relevant le rideau de la main, et contempla la rue. Ensuite elle alla se coucher et demeura longtemps immobile, sans trouver le sommeil.

12

« C'était la fête hier soir, on dirait, déclara miss Elphinstone d'une voix qui couvrait le bruit des robinets ouverts à fond. Attention de ne pas trop en faire, quand même. Je ne vous trouve pas bonne mine, vous savez.
– Je m'en vais, répondit Blanche avec l'impression d'être aussi audacieuse que le capitaine Oates au seuil de son expédition dans l'Antarctique. Je serai absente un certain temps. »

Rien ne surprenait miss Elphinstone. Rompue aux voies du Seigneur, elle était à l'abri de toutes les contingences, bien qu'étrangement indifférente aux manifestations plus sauvages de la vie. Débordante d'un entrain routinier, elle aurait pu donner une impression d'autosatisfaction, n'eût été le sourire qui fulgurait à des moments inattendus. Blanche, parfois, tentait d'interrompre les observations marginales de miss Elphinstone dans le seul but d'être récompensée par son sourire bienveillant qui révélait, entre autres choses, une conscience bien supérieure à la sienne. Miss Elphinstone, intègre et irréprochable, au comportement aussi immuable que ses attributs, incarnait un tribunal souverain devant lequel Blanche était contrainte d'exposer tous ses projets. Rien n'était vraiment acceptable sans l'approbation de miss Elphinstone. C'était elle qui avait mis en question le fait d'inviter Elinor à déjeuner, en déclarant que celle-ci était trop petite pour sortir sans sa mère. Depuis cette remarque, Blanche avait reconsidéré sa propre attitude et pris quelque distance par rapport à son avidité première. Sa répugnance à inviter Sally chez elle reposait en partie sur le désaccord qu'elle avait perçu chez miss Elphinstone, bien que l'histoire soit un peu plus compliquée. Sally, lors de son unique visite, avait très rapidement évalué la différence qui séparait les revenus de Blanche des siens, réglant ses prévisions en fonction de cette estimation : prévisions implacables, mais pas totalement déraisonnables. Blanche, sur le point de partir, souhaitait épurer tous les comptes de ce dossier. Un grand mouvement de rénovation s'annonçait, dont elle devait se montrer digne. Elle exposa à miss Elphinstone son besoin de changer d'air et fut étrangement soulagée de la voir acquiescer d'un signe de tête. « De toute façon, je garde ma clé, dit-elle. Je passerai comme d'habitude. Vous saurez bien rentrer quand vous en aurez assez. Si vous alliez chez Mrs. Duff lui rendre son plat, avant d'oublier ? » Car, pour miss Elphinstone, les obligations immédiates étaient plus importantes que les lointaines possibilités ; on aurait pu croire qu'elle avait peu d'imagination, mais c'était son sens des priorités qui la protégeait de l'excentricité. La santé mentale de miss Elphinstone était manifeste, dépourvue de fantasmes ; grand était l'intérêt qu'elle portait à la vie des autres mais, pourtant, par quelque décision divine, elle était immunisée contre leurs éventuelles répercussions sur sa propre vie. Blanche l'enviait d'être aussi imperméable : n'ayant pas conscience de la relative importance ou insignifiance des autres, miss Elphinstone menait une vie véritablement éclairée, toujours modérément intéressée mais jamais desservie par la curiosité, et virtuellement inaccessible aux conjectures. Miss Elphinstone accordait à Blanche une certaine marge de dérive, mais remarquait promptement la moindre anomalie. Elle semblait penser qu'une brève absence pouvait être autorisée. Blanche ne précisa pas que cette absence risquait de se prolonger, n'étant elle-même pas très au clair là-dessus. Elle pensait partir en reconnaissance, chercher une nouvelle maison. Mais le plus important, elle le sentait bien, était de quitter cet endroit, non de s'installer ailleurs, installation qui lui paraissait nébuleuse, immatérielle. Le fait que miss Elphinstone ait compris son besoin de partir lui parut impossible à intégrer mentalement ; ce qui se passerait ensuite était encore trop imprécis et devait être tenu à distance pour le moment.

C'était une de ces journées merveilleusement douces qui annoncent l'automne. Au soleil matinal avait succédé une clarté d'un gris laiteux, sur laquelle se découpaient les arbres sombres dans l'air immobile. A la devanture de l'épicier, asters broussailleux et dahlias à pointes d'étoiles remplaçaient avantageusement les roses et œillets défraîchis de l'été urbain. Les feuilles des arbres, quoique toujours vertes, commençaient à tomber ; un balayeur les chassait des caniveaux. Blanche se dirigeait pour la dernière fois vers le sous-sol de Sally ; une impulsion obscure la poussa à acheter un bouquet de fleurs, un présent que Sally trouverait peut-être convenable, car il paraissait inconcevable d'arriver les mains vides. Sally recevait des cadeaux ; elle n'en faisait pas. Mes gâteaux, et même mon argent, songea Blanche, ont été dédaignés pour leur manque d'élégance. Sally aimait mieux que les fonds lui tombent du ciel, de préférence en grande quantité, sans l'embarras d'un intermédiaire humain. Bien qu'acceptant toutes les contributions, elle déplorait le style des donateurs et, ce faisant, restait fidèle à ses propres critères. Blanche commençait à comprendre que Sally ne s'était jamais attribué le rôle de la personne méritante ou dans le besoin ; elle estimait simplement normal d'être dépannée tant qu'un nouveau coup de dés ne modifierait pas l'état de ses finances. En théorie elle était toujours prête à agir de même pour les autres mais, en pratique, cela ne se produisait jamais. Dressant le bilan de ses générosités passées et proclamant les futures, Sally, au présent, n'avait pas un sou. Assumer ses responsabilités constituait à ses yeux le signe d'un esprit faible et étroit. Pourtant elle critiquait implicitement ceux qui ne l'aidaient pas, comme si elle avait pris la mesure de leur situation financière de manière aussi rapide qu'experte.

Blanche songea qu'elle avait été furieusement anachronique en tentant de prescrire à Sally des espoirs raisonnables. Les espoirs de Sally, elle le comprenait à présent, différaient des siens jusqu'à être incompréhensibles, tout comme elle-même avait semblé incompréhensible à Sally. « Vous agissez si peu », avait un jour déclaré Sally, qui entendait par là : « Vous agissez si peu avec votre argent », car même sans poser de questions, elle détenait des informations précises. Son instinct, dégagé de toute entrave, lui assurait curieusement une exacte vision des choses. Les hésitations de la réflexion, l'ombre pâle du doute ? Sally les ignorait. Ce qu'elle aurait apprécié, au fond, c'était une énorme gâterie, puisqu'elle savait que Blanche avait les moyens de la lui offrir : des achats extravagants dans les grands magasins, une voiture, ou des vacances. Tout cadeau de moindre importance provoquait une indifférence brumeuse et une expression déçue, comme si elle prenait le donateur en flagrant délit d'indignité. Le silence constituait sa seule réponse aux contributions de Blanche, qu'elle sollicitait pourtant sans hésiter. Elle réagissait même en la sollicitant davantage, espérant confusément stimuler Blanche, l'entraîner à quelque ultime et gigantesque mouvement de fonds dont elle accepterait les bénéfices avec, enfin, un sourire.

Il est difficile de la blâmer, songea Blanche en reniflant les dahlias pourpres dépourvus de parfum. Ou de lui attribuer la moindre responsabilité : tout au plus pouvait-on dire que, dans ses rapports avec Sally, les malentendus étaient légion. Des malentendus très difficiles à démêler. Au niveau de la raison, elle avait honnêtement pensé qu'elle se contenterait de dépanner Sally, selon son expression. Mais à cela s'était superposée la fascination éprouvée pour une espèce inconnue, un être qui ne tient littéralement aucun compte du lendemain et consacre aux plaisirs une existence qui, pour d'autres, est régie par le devoir. La vie irrégulière de Sally, le contraste entre son opulence passée et sa pauvreté présente, l'information prometteuse qui se révèle le contraire d'une information, la situation délicate du mari, l'interprétation erronée de la personnalité des Demuth et de leur permanence – comme s'ils allaient cesser d'exister au-delà de sa rencontre avec eux –, et surtout l'entêtement de l'enfant, qui paraissait maintenant moins emblématique, moins symbolique, et se posait davantage comme un indice de développement tardif mais normal : Blanche avait assemblé tous ces éléments pour en faire une histoire à laquelle elle pourrait participer. Pas question, cependant, qu'elle fasse avancer les choses. Qu'elle se contente simplement de lire l'histoire, un fascicule après l'autre, en produisant les exclamations appropriées de surprise, d'indignation, d'encouragement, de sympathie. Sa participation se réduisait à faire partie du chœur, désincarnée, défroissant discrètement des billets de banque pour ne mettre personne dans l'embarras, et récapitulant sans les critiquer les difficultés présentes de Sally. Qu'aucun être humain particulier ne puisse indéfiniment tenir ce rôle n'avait aucune importance aux yeux de Sally ; il n'en manquait pas d'autres, après tout, et tous interchangeables. L'important, c'était d'être Sally. Là, Blanche se dit qu'elle exagérait, car Sally n'avait jamais douté une seconde de sa propre importance. Si Mr. Demuth refusait de payer Paul, c'était une brute, un primitif ignorant et crasse, un être vil. De Mrs. Demuth elle ne semblait pas avoir une vision très claire, sans doute parce qu'il lui était difficile d'admettre que d'autres femmes puissent posséder une identité. Mrs. Demuth était la personne chargée de garder son manteau de fourrure, voilà tout. Blanche ignorait si Sally savait à qui appartenait réellement le manteau ; probablement que non, puisqu'elle l'avait toujours considéré comme sien. Patrick et Blanche étaient à ses yeux les mornes et pédants gardiens de la Constitution, incapables de régler ses affaires, quoique Patrick ait mollement tenté de sortir de son rôle. Blanche, pour elle, était définitivement incapable de la moindre évolution.

La faiblesse était constamment mise au compte de Blanche ; de la force de Sally, en revanche, il n'était jamais fait mention. A travers les vitres sales du sous-sol, Blanche aperçut sans étonnement quelques valises ouvertes, étalées sur la moquette verte, et Elinor parmi elles, pantalon bleu et anorak blanc, qui s'amusait avec une collection de jouets que Blanche n'avait encore jamais vus. Son petit fauteuil d'osier était renversé dans un coin ; sur la table roulante, une tranche de pain à demi grignotée traînait sur une assiette. En descendant les marches, Blanche songea que son cadeau, inopportun une fois de plus, tombait à contretemps : les fleurs seraient posées quelque part et, dès son départ, mises à la poubelle. Des projets avaient été arrêtés sans qu'aucune information ne filtre. Les informations offrant quelque lointain rapport avec la réalité avaient toujours fait l'objet de mesures de rétention, mais Blanche n'avait plus ni les moyens ni l'envie de les extorquer. Elle était venue annoncer son départ et ne voyait pas pourquoi les formalités se prolongeraient. En fin d'après-midi, elle consulterait son directeur de banque et son notaire afin de prendre des dispositions financières au profit d'Elinor et ensuite elle serait libre, libre de prendre enfin des dispositions pour son propre compte et de disparaître, peut-être pour toujours. La rapidité lui semblait désormais essentielle à l'entreprise.

Sally l'accueillit avec une expression légèrement surprise, comme si elle s'attendait à ce qu'elle soit déjà partie. Désignant d'un geste les valises vides, elle murmura : « Vous m'excuserez, mais je dois faire les bagages. Des amis viennent me chercher à midi.

— Vous partez ? demanda Blanche en enjambant une petite charrette où gisait un caniche en peluche.

— Nous partons, oui, Dieu merci. Nellie chez sa grand-mère et moi en vacances.

— En vacances ? Quelle bonne idée, ajouta-t-elle rapidement en se souvenant des répliques convenues.

— N'est-ce pas ? Un de nos vieux amis a réussi à me retrouver. Il m'invite chez lui, en Cornouailles. J'ai vraiment besoin d'un peu de repos.

— C'est certain, murmura Blanche, s'efforçant de rester dans la note. Paul doit être ravi. » Elle remarqua un énorme bouquet de roses, fanées par manque d'eau, dans un vase de cristal tarabiscoté.

« Paul doit régler ses propres affaires. Je lui ai donné mon adresse. Quand il se sera débarrassé de ces horribles gens, il pourra venir nous rejoindre. Totalement inutile de rester ici. »

C'était l'équivalent d'une masse d'informations. « Il vous a dit ce qui avait été décidé ? » demanda Blanche.

Sally lui jeta un coup d'œil oblique.

« Ils retournent en Amérique. Vous le savez bien, d'ailleurs. On ne peut pas me demander de rester à l'attendre. » Elle gardait apparemment rancune à Blanche de son intervention, la tenant pour seule responsable de la décision de Mr. Demuth. « Dieu sait ce que vous avez pu leur raconter, ajouta-t-elle.

– J'ai tenté de leur expliquer... commença Blanche, qui renonça. Il aurait peut-être été préférable de ne pas me demander d'intervenir, ne put-elle s'empêcher de souligner. Je n'étais pas d'accord, vous vous souvenez ?

– Bof, ça n'a plus d'importance à présent. Vous avez au moins vu à qui nous avions affaire. Même si ça ne me sert à rien. » Elle tourna le dos et entreprit de plier une longue jupe de soie rouge. Blanche se pencha et tendit le bouquet de fleurs à Elinor, que l'enfant déposa dans sa charrette.

« Tu as vu ton papa ? » demanda-t-elle. Elinor hocha affirmativement la tête, à la surprise de Blanche. « Paul est venu ici ? » dit-elle à Sally. Il n'en avait pas été fait mention.

« Oh non, répondit Sally en bouclant une valise. Nous sommes allées là-bas. Il nous a invitées à déjeuner au Dorchester. Pas mal. Nellie a adoré. Elle a commencé à parler, à propos.

– Elinor ! s'exclama Blanche, remplie d'allégresse. Mais c'est très bien. Tu peux dire mon nom ? Tu sais dire Blanche ? » Elinor acquiesça de nouveau, mais garda le silence. Tant pis, songea Blanche. Mais c'est un événement très important. Un heureux dénouement, en quelque sorte. Dans le même temps, elle s'étonnait que Sally n'adopte pas un ton plus positif pour moduler son indifférence ; en fait, la mauvaise humeur de Sally, débordée par ses activités, ne cessait de croître, comme si des obstacles se dressaient devant elle, ou qu'elle finît par perdre patience avec ceux qui, à un moment ou un autre, avaient tenté de la retarder. Son départ, se dit Blanche, constituait peut-être une nouvelle phase de son éternelle mobilité ; comme elle n'entendait manifestement pas revenir, il était évident qu'il fallait lui trouver un autre lieu, ce qui impliquait que quelqu'un d'autre devrait s'en charger. Les amis qui venaient la chercher à midi, ou celui qui lui prêtait sa maison en Cornouailles seraient peut-être obligés de l'héberger jusqu'à ce que d'autres solutions soient improvisées. Sally ne remettrait pas les pieds ici, quitterait ce contexte ; cette partie de sa vie était révolue, ainsi que l'époque consacrée à élever Elinor, dont la grand-mère s'occuperait désormais. Pareillement, Paul serait congédié sans qu'on puisse le lui reprocher. « Ça ne marchait plus du tout », dirait Sally, et Paul disparaîtrait, immatériel, sans laisser de traces. Sally avait arrêté en l'espace de quelques jours ces décisions capitales, ce qui confirmait, si besoin en était, le pouvoir surnaturel de sa pensée.

« Je suis bien contente de vous trouver, dit Blanche. Je viens vous faire mes adieux. Je m'en vais, moi aussi.

– Ah oui, murmura Sally sans se retourner.

– Oui, répéta Blanche. Je risque d'être absente un certain temps. »

Sally se redressa. « Et votre appartement, alors ?

– Mon appartement ?

– Oui. Quelqu'un l'occupera ? »

Blanche la dévisagea, puis éclata de rire.

Sally parut vexée. « Je pensais simplement que... au cas où je serais coincée. Je ne vois pas ce qui vous fait rire. J'ai dit quelque chose de drôle ? »

Le rire de Blanche, qui la surprit elle-même, eut un

effet libérateur. Elle n'avait plus besoin, tout d'un coup, d'éprouver quoi que ce soit. Elle se pencha pour embrasser Elinor. « Au revoir, ma chérie, dit-elle. Amuse-toi bien. Au revoir, Sally.

— Au revoir, répondit Sally, qui avait retrouvé son indifférence habituelle.

— Au fait, s'enquit Blanche avant d'ouvrir la porte. Qu'a dit Elinor ?

— Je n'en sais plus rien, répondit Sally. Un truc au sujet de sa grand-mère. Aller chez Mamy. Quelque chose comme ça. J'ai oublié. »

Ainsi cet instant historique lui-même n'avait bénéficié d'aucune considération. Blanche conserverait de Sally l'image d'une silhouette courbée sur une valise, pliant avec soin de coûteux et chatoyants vêtements : sur ce point, comme pour tout ce qui relevait de l'apparence, elle était irréprochable.

Avant de refermer la porte, Blanche jeta un dernier regard derrière elle, ainsi qu'elle l'avait si souvent fait, et les vit toutes deux absorbées, lui tournant le dos. Brusquement, sans préambule, elle comprit qu'elles n'avaient plus rien à faire ensemble. Elle comprit du même coup qu'elle aurait dû s'en rendre compte plus tôt : la catastrophe avait amoindri ses capacités. L'enfant impénétrable lui était toujours aussi impénétrable, la mère toujours aussi étrangère. Blanche ne comptait pas à leurs yeux. Comme à son habitude, mais avec moins de passion qu'auparavant, elle s'en rendit responsable. Avoir imaginé qu'elle pourrait les aimer et être aimée d'elles était pire qu'une folie : c'était une erreur. Et avoir envisagé un possible lien avec Elinor était encore plus grave. Ce n'était pas à elle d'aimer l'enfant. Blanche ne s'attendait pas à cette vérité. Mais la petite fille, obscurément, la connaissait. La sûreté des instincts d'Elinor renforça l'admiration qu'elle avait déjà éprouvée auparavant, fugacement perçue en d'autres circonstances. Pour sa part, Blanche avait commis les erreurs habituelles, persuadée que l'amour était simple, doux, naturel, paisible, évident. Tout comme elle avait cru que l'amour, dès lors qu'il était partagé – la main de l'enfant dans la sienne –, participait de la béatitude, sans la moindre notion de possession. J'ai été stupide, songea-t-elle. Elles ont pris mes offres d'amour pour une tentative de détournement. L'impact de cette évidence la laissa incrédule, stupéfaite. C'était une mésalliance, se dit-elle. Je n'ai jamais rien compris aux lois de la propriété. Sinon je ne serais pas seule, à présent, et apparemment contrainte de le rester.

Mais cette contrainte lui permit de renoncer à ses besoins et à ses désirs et, envoyant un baiser à l'enfant (que la petite fille ne vit pas), elle referma la porte, plongeant avec une sorte de voracité dans la lumière dorée, laissant derrière elle la pièce aux odeurs de renfermé pour retrouver le doux soleil d'automne. Parcourant à nouveau les rues agréables embaumant la liberté, elle se sentit d'humeur de plus en plus expansive, irresponsable. Des éclats de rire lui échappaient de temps à autre. Impulsivement, elle entra chez le coiffeur et se fit couper les cheveux très court. Cet acte symbolique semblait en exiger d'autres. Désinvolte, elle se rendit à l'hôpital et informa les employées qu'elle serait absente assez longtemps. « Combien de temps ? demanda la surveillante. Nous avons besoin de savoir où nous en sommes.

– Vraiment longtemps, je crois, répondit Blanche.

– Très important de prévoir sur qui nous pouvons compter pendant la période de Noël, vous comprenez. Et nous ne pouvons pas nous passer de vous, Mrs. Vernon. Vous, toujours tellement sérieuse. »

Il faudra peut-être vous faire une raison, songea

Blanche tandis qu'elles se séparaient en échangeant de chaleureux sourires. Il lui restait encore beaucoup à faire, mais le temps était tellement enchanteur qu'elle retarda le moment de rentrer chez elle écrire nombre de lettres inévitables, préférant flâner dans la tiédeur de l'air, regarder les vitrines et acheter les premières mûres et de nouveaux dahlias – pour elle, cette fois. Ensuite, soigneusement, elle choisit un magnifique gloxinia, dont les fleurs en trompe passaient du pourpre intense au blanc nacré du cœur, à l'intention de Mrs. Duff. Elle décida de consacrer l'après-midi à trier ce qu'elle nommait ses vêtements de la National Gallery, que miss Elphinstone pourrait certainement porter (si elle parvenait à la persuader de ne pas en faire don à la vente de charité de sa paroisse), puis de mettre de l'ordre dans ses affaires. Elle n'emporterait qu'une valise, et achèterait sur place ce dont elle aurait besoin. Ces décisions la remplirent d'une légèreté indicible. « Lorraine, lança-t-elle depuis le seuil de l'agence de voyages de son quartier, pouvez-vous me réserver une place pour après-demain dans l'avion de Paris ? Je vous appelle un peu plus tard. » Là-dessus, presque à regret, elle rentra chez elle.

L'appartement paraissait sombre comparé à l'éclatante lumière du dehors. Peut-être était-il sombre. Peut-être l'avait-il toujours été. Elle défit son lit, ayant décidé de dormir dans des draps immaculés pour ces deux dernières nuits. En passant devant sa coiffeuse, elle fut surprise par son nouvel aspect : les rides mélancoliques avaient disparu, en même temps que l'essentiel de sa chevelure. Intéressée, elle se maquilla, tourna la tête d'un côté et de l'autre, posa une main hésitante sur la base de sa nuque. Tout semblait en ordre. Elle se changea et revêtit une robe de coton pourpre, de la couleur des mûres quand elles seraient écrasées dans la crème, puis, chargée du gloxinia et du plat, se rendit dans l'appartement voisin, chez Mrs. Duff. Cette relation, à laquelle elle avait été si longtemps indifférente, lui semblait à présent parée des teintes douces de la journée. Elle garderait le souvenir de ce regard empreint d'une profonde compassion, de ce bras secourable, et espérait même ne jamais les oublier. Farouchement disciplinée, et depuis longtemps habituée à se prendre en charge, malade ou non, elle considéra avec un étonnement rétrospectif le moment de sa délivrance. Elle songea que sa soudaine légèreté avait probablement ce moment précis pour origine.

« Oh ! Mais vous êtes ravissante », s'exclama Mrs. Duff en la faisant entrer dans un salon identique au sien, bien que beaucoup plus clair. Cela tenait sans doute aux dons de Mrs. Duff pour la décoration, qui s'exprimaient sous forme de causeuses, de carpettes brodées, et de céramiques du Staffordshire. Les murs étaient tapissés d'un joli ottoman jaune qui rehaussait le jaune plus sombre de la moquette. Dans une grande jardinière de cuivre, au poli étincelant, était assemblée une florissante collection de plantes vertes charnues. D'épais rideaux en dentelle de Nottingham, retenus par des embrasses et fixés à des tringles de cuivre, habillaient les fenêtres. Mrs. Duff avait tiré un cottage victorien de cet appartement austère. Blanche, charmée, exprima son admiration. « Attendez de voir notre chambre, déclara Mrs. Duff, rayonnante. Je voulais la refaire, mais mon mari m'a demandé de ne rien y changer. Il l'adore. Et elle est vraiment très confortable, c'est vrai. » Confortable ? La chambre était bien plus que cela : elle était séduisante. Elle exhalait aussi la paix profonde du grand lit. Sur le fond bleu d'azur du papier mural, des fleurs blanches s'entrelaçaient ; une moquette bleu nuit recouvrait le sol et une épaisse courtepointe blanche en chenille, le lit. Sous une ottomane à rayures bleues et blanches, deux paires de pantoufles rouges. A la tête du lit, sur les tables de chevet blanches, s'incurvaient deux lampes montées sur un pied de cuivre, dont les globes d'opaline laiteuse évoquaient les fleurs du gloxinia. Un modeste tube de crème pour les mains indiquait de quel côté dormait Mrs. Duff. « Nous avons transformé l'autre chambre à coucher en dressing », expliqua-t-elle en ouvrant une porte qui révéla une pièce tendue de tapisserie à rayures bleues et blanches, avec des penderies blanches aux portes à claire-voie et un vaste miroir sur socle. « On appelle ça une psyché, dit Mrs. Duff. Elle vient de l'atelier de ma mère. Oui, reprit-elle, nous avons voulu un style différent pour cette pièce. Et voilà. Mais si j'arrêtais un peu de jacasser ? Il n'est pas trop tard pour prendre un café, non ? Je viens de faire un biscuit aux amandes. » Car l'appartement embaumait, comme il se doit, d'une délicieuse odeur de pâtisserie.

Installée sur un petit sofa ventru, Blanche fit part à Mrs. Duff de ses projets, que celle-ci approuva sans réserve. « Je garderai la clé, dit-elle, et je veillerai à ce que tout reste en ordre. » Blanche se sentit sécurisée par l'attitude de cette femme, tout en ayant l'impression d'être autorisée à voler de ses propres ailes. Nul ne savait ce que serait le voyage, ni même si elle reviendrait un jour, ce qui rendait la journée semblable à des vacances, agréablement ponctuelle et bientôt disparue, tout comme le décor de la vie qu'elle avait menée. Elle eut la vision de rails de chemin de fer qui fuyaient, rétrécissaient, se croisaient, divergeaient de nouveau, puis se vit dans une gare de campagne, très tôt le matin, humant l'air chargé d'odeurs de thym. Pour le moment, prendre le café dans ce salon avait le charme de la nouveauté, ainsi que les détails de l'aspect de

Mrs. Duff : sa peau crémeuse, sa blouse bleu roi et les minuscules souliers couleur café qui chaussaient ses pieds étonnamment cambrés. « Vous avez des pieds de ballerine », remarqua Blanche, et Mrs. Duff, ravie, confessa qu'elle adorait la danse et aurait envisagé d'y faire carrière si elle n'avait pas rencontré, à seize ans, celui qui allait devenir son époux et décidé sur-le-champ de l'épouser. « Il ne savait pas, bien entendu. » Ainsi s'envolèrent les rêves de se produire sur les scènes londoniennes, et elle aida sa mère au magasin, attendant simplement le moment convenable pour accepter la proposition de John, en accumulant des quantités de lingerie fine afin que leur foyer conjugal ne manque d'aucun raffinement. Mariage en blanc, bien entendu, et tout ce qui s'ensuit. Depuis, jamais un mot plus haut que l'autre. Une femme doit savoir comment s'y prendre avec les hommes, comment leur rendre la vie agréable, n'est-ce pas. Une fois qu'on l'a compris, on peut faire face à n'importe quel petit problème. Mrs. Duff était d'avis que les hommes, au fond, n'étaient que des petits garçons. Blanche acquiesça, enchantée par cette conception des relations humaines et la fermeté avec laquelle Mrs. Duff la professait. La bague ornée d'un saphir étincela sur sa jolie main lorsqu'elle saisit la tasse de Blanche pour y verser un café délicieux, à l'arôme subtil. Blanche s'était attendue à du café trop léger – le sien était toujours trop fort –, mais le magnifique décorum auquel se conformait Mrs. Duff avait atténué ses craintes. Un rayon de soleil traversa la vitre tandis qu'un morceau de biscuit aux amandes, essence même de la douceur bourgeoise, fondait en poussière sucrée dans la bouche de Blanche.

Ce n'est qu'après avoir quitté la pièce claire, après avoir fait ses adieux à Mrs. Duff, que le premier frisson de mélancolie la saisit. Le soleil, qui resplendissait maintenant sur la rue tranquille, attira Blanche à sa fenêtre et elle y resta longtemps dans son attitude familière, relevant le rideau de la main. Elle songea au temps qu'il avait fallu au soleil pour s'imposer ce jour-là et, se souvenant de la lumière incertaine de la matinée, de l'air sans un souffle de vent, des mûres et des dahlias, elle se dit que l'automne était vraiment arrivé. La soirée serait courte ; la nuit tomberait de bonne heure. Et la lune serait bientôt pleine, presque une boule d'or. Tout cela lui manquerait, bien sûr, en ces lieux où le soleil brille tout le jour. Avec un soupir, qu'elle n'entendit pas, elle se dirigea résolument vers son bureau et s'assit pour régler des factures et rédiger des lettres, des mots pour le laitier et le blanchisseur, pour le livreur de journaux. Elle prépara une enveloppe contenant le salaire de miss Elphinstone jusqu'à la fin de l'année, ainsi que la liste détaillée des achats à laquelle elle tenait beaucoup. Elle appela Barbara, lui dit qu'elle lui communiquerait son adresse dès son arrivée, qu'elle lui téléphonerait sitôt sur place, en fait. « Mais où partez-vous ? » demanda anxieusement Barbara avant d'ajouter : « Est-ce bien raisonnable, Blanche ?

– C'est plus que raisonnable : c'est nécessaire », répondit Blanche, qui s'en était persuadée. Après avoir raccroché, elle commença à faire sa valise.

Avec le déclin du soleil survint la mélancolie dans toute sa force, la mélancolie du départ. Blanche était une femme décidée et ses bagages avaient été rapidement bouclés. Elle prépara une omelette aux fines herbes qu'elle mangerait plus tard, froide, avec du pain frotté d'ail et le reste des mûres. Après cela, il ne restait plus grand-chose à faire. Elle déambula dans l'appartement, sans but, vérifia les objets de toilette sur sa coiffeuse, noua un pull sur ses épaules, poussa sa valise dans un coin. Elle fut soulagée de s'asseoir enfin devant une bouteille de frascati, mais le vin, ce soir-là, n'était pas à son goût. Trop énervée pour rester paisiblement assise, elle envisagea de sortir pour une longue marche qui la fatiguerait et lui assurerait une bonne nuit de sommeil. Car le lendemain elle devrait aller chercher son billet et faire ses adieux, afin de pouvoir disparaître silencieusement le jour suivant, sans témoins. Elle se demanda si son départ serait aussi lisse qu'elle l'avait imaginé ces dernières heures, mais elle attribua cette crainte à une nervosité inhabituelle, due à un trop long retrait du monde, et s'efforça de ne pas laisser la peur la gagner.

Elle n'y réussit pas vraiment et décida de se coucher de bonne heure, plus désireuse que jamais de rejoindre le monde nocturne où seule l'action des rêves était possible. Un certain formalisme l'aidait à tenir l'inquiétude à distance, et elle passa sa plus belle chemise de nuit, rangée dans un tiroir depuis plus d'un an. En soupirant, elle se glissa dans son lit, prit un livre et se prépara à une heure de lecture mais quelques instants plus tard, le livre lui tomba des mains et elle tourna la tête vers la fenêtre. Il n'y avait plus rien de visible, plus un son. Elle tendit vainement l'oreille, espérant entendre le chat au collier à clochette effectuer sa ronde de nuit. Ce faisant, elle entendit non pas la clochette mais du bruit à la porte d'entrée : on glissait précautionneusement une clé dans la serrure. Pendant quelques folles secondes, elle s'imagina poursuivie par la famille Beamish – Sally, Paul, Elinor, la grand-mère –, dont chaque membre avait mystérieusement réussi à se procurer une clé. Elle s'assit dans son lit, le cœur tambourinant, jusqu'à ce qu'elle comprenne que c'était impossible, qu'il ne pouvait s'agir que de Mrs. Duff, ou alors de miss Elphinstone revenant de ses visites à l'hôpital, qui passait jeter un coup d'œil comme elle l'avait promis.

« C'est vous, miss Elphinstone ? » s'écria-t-elle. Pas de réponse. « Mrs. Duff ? » reprit-elle d'un ton moins assuré.

Après un bruit de clé qu'on posait sur un meuble, la porte de sa chambre s'ouvrit lentement.

« C'est moi, Blanche, déclara Bertie en posant sa valise. Je reviens. Qu'as-tu donc fait à tes cheveux ? »

COMPOSITION : IGS CHARENTE-PHOTOGRAVURE À L'ISLE-D'ESPAGNAC
IMPRESSION : S.N. FIRMIN-DIDOT AU MESNIL
DÉPÔT LÉGAL : AVRIL 1996. N° 22651 (33973).

Collection Points

DERNIERS TITRES PARUS

R620. Iblis ou la Défroque du serpent, *par Armande Gobry-Valle*
R621. Fin de mission, *par Heinrich Böll*
R622. Les Mains vides, *par Maurice Genevoix*
R623. Un amour de chat, *par Frédéric Vitoux*
R624. Johnny s'en va-t-en guerre, *par Dalton Trumbo*
R625. La Remontée des cendres, *par Tahar Ben Jelloun*
R626. L'Enfant chargé de songes, *par Anne Hébert*
R628. La Terre et le Sang, *par Mouloud Feraoun*
R629. Le Cimetière des fous, *par Dan Franck*
R630. Cytomégalovirus, *par Hervé Guibert*
R631. La Maison Pouchkine, *par Andreï Bitov*
R632. La Mémoire brûlée, *par Jean-Noël Pancrazi*
R633. Le taxi mène l'enquête, *par Sam Reaves*
R634. Les Sept Fous, *par Roberto Arlt*
R635. La Colline rouge, *par France Huser*
R636. Les Athlètes dans leur tête, *par Paul Fournel*
R637. San Camilo 1936, *par Camilo José Cela*
R638. Galíndez, *par Manuel Vázquez Montalbán*
R639. China Lake, *par Anthony Hyde*
R640. Tlacuilo, *par Michel Rio*
R641. L'Élève, *par Henry James*
R642. Aden, *par Anne-Marie Garat*
R644. Dis-moi qui tuer, *par V. S. Naipaul*
R645. L'Arbre d'amour et de sagesse, *par Henri Gougaud*
R646. L'Étrange Histoire de Sir Hugo et de son valet Fledge
par Patrick McGrath
R647. L'Herbe des ruines, *par Emmanuel Roblès*
R648. La Première Femme, *par Nedim Gürsel*
R649. Les Exclus, *par Elfriede Jelinek*
R650. Providence, *par Anita Brookner*
R651. Les Nouvelles Mille et Une Nuits, vol. 1
par Robert Louis Stevenson
R652. Les Nouvelles Mille et Une Nuits, vol. 2
par Robert Louis Stevenson
R653. Les Nouvelles Mille et Une Nuits, vol. 3
par Robert Louis Stevenson
R654. 1492. Mémoires du Nouveau Monde, *par Homero Aridjis*
R655. Lettres à Doubenka, *par Bohumil Hrabal*
R657. Cassandra, *par John Hawkes*
R658. La Fin des temps, *par Haruki Murakami*

R659. Mémoires d'un nomade, *par Paul Bowles*
R660. La Femme du boucher, *par Li Ang*
R661. Anaconda, *par Horacio Quiroga*
R662. Le Polygone étoilé, *par Kateb Yacine*
R663. Je ferai comme si je n'étais pas là, *par Christopher Frank*
R665. Un homme remarquable, *par Robertson Davies*
R666. Une sécheresse à Paris, *par Alain Chany*
R667. Charles et Camille, *par Frédéric Vitoux*
R668. Les Quatre Fils du Dr March, *par Brigitte Aubert*
R669. 33 Jours, *par Léon Werth*
R670. La Mort à Veracruz, *par Héctor Aguilar Camín*
R671. Le Bâtard de Palerme, *par Luigi Natoli*
R672. L'Ile du lézard vert, *par Eduardo Manet*
R673. Juges et Assassins, *par Michael Malone*
R674. L'Enfant de Port-Royal, *par Rose Vincent*
R675. Amour et Ordures, *par Ivan Klíma*
R676. Rue de la Cloche, *par Serge Quadruppani*
R677. Les Dunes de Tottori, *par Kyotaro Nishimura*
R678. Lucioles, *par Shiva Naipaul*
R679. Tout fout le camp!, *par Dan Kavanagh*
R680. Les Sept Solitudes de Lorsa Lopez, *par Sony Labou Tansi*
R681. Le Bout du rouleau, *par Richard Ford*
R682. Hygiène de l'assassin, *par Amélie Nothomb*
R684. Les Adieux, *par Dan Franck*
R687. L'Homme de la passerelle, *par Isabelle Jarry*
R688. Bambini, *par Bertrand Visage*
R689. Nom de code : Siro, *par David Ignatius*
R690. Paradis, *par Philippe Sollers*
R693. Rituels, *par Cees Nooteboom*
R694. Félidés, *par Akif Pirinçci*
R695. Le Trouveur de feu, *par Henri Gougaud*
R696. Dumala, *par Eduard von Keyserling*
P1. Cent Ans de solitude, *par Gabriel García Márquez*
P2. Le Chevalier inexistant, *par Italo Calvino*
P3. L'Homme sans qualités, tome 1, *par Robert Musil*
P4. L'Homme sans qualités, tome 2, *par Robert Musil*
P5. Le Monde selon Garp, *par John Irving*
P6. Les Désarrois de l'élève Törless, *par Robert Musil*
P7. L'Enfant de sable, *par Tahar Ben Jelloun*
P8. La Marche de Radetzky, *par Joseph Roth*
P9. Trois Femmes *suivi de* Noces, *par Robert Musil*
P10. Un Anglais sous les tropiques, *par William Boyd*
P11. Grand Amour, *par Erik Orsenna*
P12. L'Invention du monde, *par Olivier Rolin*
P13. Rastelli raconte..., *par Walter Benjamin*
P14. Ce qu'a vu le vent d'ouest, *par Fruttero & Lucentini*

P15. L'Appel du crapaud, *par Günter Grass*
P16. L'Appât, *par Morgan Sportès*
P17. L'Honneur de Saint-Arnaud, *par François Maspero*
P18. L'Héritage empoisonné, *par Paul Levine*
P19. Les Égouts de Los Angeles, *par Michael Connelly*
P20. L'Anglais saugrenu, *par Jean-Loup Chiflet*
P21. Jacques Chirac, *par Franz-Olivier Giesbert*
P22. Questions d'adolescents, *par Christian Spitz*
P23. Les Progrès du progrès, *par Philippe Meyer*
P24. Le Paradis des orages, *par Patrick Grainville*
P25. La Rage au cœur, *par Gérard Guégan*
P26. L'Homme flambé, *par Michael Ondaatje*
P27. Ça n'est pas pour me vanter, *par Philippe Meyer*
P28. Notre homme, *par Louis Gardel*
P29. Mort en hiver, *par L. R. Wright*
P30. L'Exposition coloniale, *par Erik Orsenna*
P31. La Dame du soir, *par Dan Franck*
P32. Le Monde du bout du monde, *par Luis Sepúlveda*
P33. Brazzaville Plage, *par William Boyd*
P34. Les Nouvelles Confessions, *par William Boyd*
P35. Comme neige au soleil, *par William Boyd*
P36. Hautes Trahisons, *par Félix de Azúa*
P37. Dans la cage, *par Henry James*
P38. L'Année du déluge, *par Eduardo Mendoza*
P39. Pluie et Vent sur Télumée Miracle
par Simone Schwarz-Bart
P40. Paroles malvenues, *par Paul Bowles*
P41. Le Grand Cahier, *par Agota Kristof*
P42. La Preuve, *par Agota Kristof*
P43. La Petite Ville où le temps s'arrêta
par Bohumil Hrabal
P44. Le Tunnel, *par Ernesto Sabato*
P45. La Galère : jeunes en survie, *par François Dubet*
P46. La Ville des prodiges, *par Eduardo Mendoza*
P47. Le Principe d'incertitude, *par Michel Rio*
P48. Tapie, l'homme d'affaires, *par Christophe Bouchet*
P49. L'Homme Freud, *par Lydia Flem*
P50. La Décennie Mitterrand
1. Les ruptures
par Pierre Favier et Michel Martin-Roland
P51. La Décennie Mitterrand
2. Les épreuves
par Pierre Favier et Michel Martin-Roland
P52. Dar Baroud, *par Louis Gardel*
P53. Vu de l'extérieur, *par Katherine Pancol*
P54. Les Rêves des autres, *par John Irving*

P55.	Les Habits neufs de Margaret *par Alice Thomas Ellis*
P56.	Les Confessions de Victoria Plum, *par Anne Fine*
P57.	Histoires de faire de beaux rêves, *par Kaye Gibbons*
P58.	C'est la curiosité qui tue les chats, *par Lesley Glaister*
P59.	Une vie bouleversée, *par Etty Hillesum*
P60.	L'Air de la guerre, *par Jean Hatzfeld*
P61.	Piaf, *par Pierre Duclos et Georges Martin*
P62.	Lettres ouvertes, *par Jean Guitton*
P63.	Trois Kilos de café, *par Manu Dibango* *en collaboration avec Danielle Rouard*
P64.	L'Ange aveugle, *par Tahar Ben Jelloun*
P65.	La Lézarde, *par Édouard Glissant*
P66.	L'Inquisiteur, *par Henri Gougaud*
P67.	L'Étrusque, *par Mika Waltari*
P68.	Leurs mains sont bleues, *par Paul Bowles*
P69.	Contes d'amour, de folie et de mort, *par Horacio Quiroga*
P70.	Le vieux qui lisait des romans d'amour, *par Luis Sepúlveda*
P71.	Rumeurs, *par Jean-Noël Kapferer*
P72.	Julia et Moi, *par Anita Brookner*
P73.	Déportée à Ravensbruck *par Margaret Buber-Neumann*
P74.	Meurtre dans la cathédrale, *par T. S. Eliot*
P75.	Chien de printemps, *par Patrick Modiano*
P76.	Pour la plus grande gloire de Dieu, *par Morgan Sportès*
P77.	La Dogaresse, *par Henri Sacchi*
P78.	La Bible du hibou, *par Henri Gougaud*
P79.	Les Ivresses de Madame Monro *par Alice Thomas Ellis*
P80.	Hello, Plum !, *par Pelham Grenville Wodehouse*
P81.	Le Maître de Frazé, *par Herbert Lieberman*
P82.	Dans la peau d'un intouchable, *par Marc Boulet*
P83.	Entre le ciel et la terre, *par Le Ly Hayslip* *(avec la collaboration de Charles Jay Wurts)*
P84.	Sur la route des croisades, *par Jean-Claude Guillebaud*
P85.	L'Homme sans postérité, *par Adalbert Stifter*
P86.	Le Nez de Mazarin, *par Anny Duperey*
P87.	L'Alliance, tome 1, *par James A. Michener*
P88.	L'Alliance, tome 2, *par James A. Michener*
P89.	Regardez-moi, *par Anita Brookner*
P90.	Si par une nuit d'hiver un voyageur, *par Italo Calvino*
P91.	Les Grands Cimetières sous la lune *par Georges Bernanos*
P92.	Salut Galarneau !, *par Jacques Godbout*
P93.	La Barbare, *par Katherine Pancol*
P94.	American Psycho, *par Bret Easton Ellis*

P95. Vingt Ans et des poussières
par Didier van Cauwelaert
P96. Un week-end dans le Michigan, *par Richard Ford*
P97. Jules et Jim, *par François Truffaut*
P98. L'Hôtel New Hampshire, *par John Irving*
P99. Liberté pour les ours !, *par John Irving*
P100. Heureux Habitants de l'Aveyron et des autres départements français, *par Philippe Meyer*
P101. Les Égarements de Lili, *par Alice Thomas Ellis*
P102. Esquives, *par Anita Brookner*
P103. Cadavres incompatibles, *par Paul Levine*
P104. La Rose de fer, *par Brigitte Aubert*
P105. La Balade entre les tombes, *par Lawrence Block*
P106. La Villa des ombres, *par David Laing Dawson*
P107. La Traque, *par Herbert Lieberman*
P108. Meurtres à cinq mains, *par Jack Hitt avec Lawrence Block, Sarah Caudwell, Tony Hillerman, Peter Lovesey, Donald E. Westlake*
P109. Hygiène de l'assassin, *par Amélie Nothomb*
P110. L'Amant sans domicile fixe
par Carlo Fruttero et Franco Lucentini
P111. La Femme du dimanche
par Carlo Fruttero et Franco Lucentini
P112. L'Affaire D., *par Charles Dickens, Carlo Fruttero et Franco Lucentini*
P113. La Nuit sacrée, *par Tahar Ben Jelloun*
P114. Sky my wife ! Ciel ma femme !
par Jean-Loup Chiflet
P115. Liaisons étrangères, *par Alison Lurie*
P116. L'Homme rompu, *par Tahar Ben Jelloun*
P117. Le Tarbouche, *par Robert Solé*
P118. Tous les matins je me lève, *par Jean-Paul Dubois*
P119. La Côte sauvage, *par Jean-René Huguenin*
P120. Dans le huis clos des salles de bains
par Philippe Meyer
P121. Un mariage poids moyen, *par John Irving*
P122. L'Épopée du buveur d'eau, *par John Irving*
P123. L'Œuvre de Dieu, la Part du Diable, *par John Irving*
P124. Une prière pour Owen, *par John Irving*
P125. Un homme regarde une femme, *par Paul Fournel*
P126. Le Troisième Mensonge, *par Agota Kristof*
P127. Absinthe, *par Christophe Bataille*
P128. Le Quinconce, vol. 1, *par Charles Palliser*
P129. Le Quinconce, vol. 2, *par Charles Palliser*
P130. Comme ton père, *par Guillaume Le Touze*
P131. Naissance d'une passion, *par Michel Braudeau*

P132. Mon ami Pierrot, *par Michel Braudeau*
P133. La Rivière du sixième jour (Et au milieu coule une rivière)
par Norman Maclean
P134. Mémoires de Melle, *par Michel Chaillou*
P135. Le Testament d'un poète juif assassiné, *par Elie Wiesel*
P136. Jésuites, 1. Les conquérants
par Jean Lacouture
P137. Jésuites, 2. Les revenants
par Jean Lacouture
P138. Soufrières, *par Daniel Maximin*
P139. Les Vacances du fantôme
par Didier van Cauwelaert
P140. Absolu, *par l'abbé Pierre et Albert Jacquard*
P141. En attendant la guerre, *par Claude Delarue*
P142. Trésors sanglants, *par Paul Levine*
P143. Le Livre, *par Les Nuls*
P144. Malicorne, *par Hubert Reeves*
P145. Le Boucher, *par Alina Reyes*
P146. Le Voile noir, *par Anny Duperey*
P147. Je vous écris, *par Anny Duperey*
P148. Tierra del fuego, *par Francisco Coloane*
P149. Trente Ans et des poussières, *par Jay McInerney*
P150. Jernigan, *par David Gates*
P151. Lust, *par Elfriede Jelinek*
P152. Voir ci-dessous : Amour, *par David Grossman*
P153. L'Anniversaire, *par Juan José Saer*
P154. Le Maître d'escrime, *par Arturo Pérez-Reverte*
P155. Pas de sang dans la clairière, *par L. R. Wright*
P156. Une si belle image, *par Katherine Pancol*
P157. L'Affaire Ben Barka, *par Bernard Violet*
P158. L'Orange amère, *par Didier Van Cauwelaert*
P159. Une histoire américaine, *par Jacques Godbout*
P160. Jour de silence à Tanger, *par Tahar Ben Jelloun*
P161. La Réclusion solitaire, *par Tahar Ben Jelloun*
P162. Fleurs de ruine, *par Patrick Modiano*
P163. La Mère du printemps (L'Oum-er-Bia)
par Driss Chraïbi
P164. Portrait de groupe avec dame, *par Heinrich Böll*
P165. Nécropolis, *par Herbert Lieberman*
P166. Les Soleils des indépendances
par Ahmadou Kourouma
P167. La Bête dans la jungle, *par Henry James*
P168. Journal d'une parisienne, *par Françoise Giroud*
P169. Ils partiront dans l'ivresse, *par Lucie Aubrac*
P170. Le Divin Enfant, *par Pascal Bruckner*
P171. Les Vigiles, *par Tahar Djaout*

P172. Philippe et les Autres, *par Cees Nooteboom*
P173. Far Tortuga, *par Peter Matthiessen*
P174. Le Dieu manchot, *par José Saramago*
P175. Molière ou la Vie de Jean-Baptiste Poquelin
par Alfred Simon
P176. Saison violente, *par Emmanuel Roblès*
P177. Lunes de fiel, *par Pascal Bruckner*
P178. Le Voyage à Paimpol, *par Dorothée Letessier*
P179. L'Aube, *par Elie Wiesel*
P180. Le Fils du pauvre, *par Mouloud Feraoun*
P181. Red Fox, *par Anthony Hyde*
P182. Enquête sous la neige, *par Michael Malone*
P183. Cœur de lièvre, *par John Updike*
P184. La Joyeuse Bande d'Atzavara
par Manuel Vázquez Montalbán
P185. Le Petit Monde de Don Camillo
par Giovanni Guareschi
P186. Le Temps des Italiens, *par François Maspero*
P187. Petite, *par Geneviève Brisac*
P188. La vie me fait peur, *par Jean-Paul Dubois*
P189. Quelques Minutes de bonheur absolu
par Agnès Desarthe
P190. La Lyre d'Orphée, *par Robertson Davies*
P191. Pourquoi lire les classiques, *par Italo Calvino*
P192. Franz Kafka ou le Cauchemar de la raison
par Ernst Pawel
P193. Nos médecins, *par Hervé Hamon*
P194. La Déroute des sexes, *par Denise Bombardier*
P195. Les Flamboyants, *par Patrick Grainville*
P196. La Crypte des capucins, *par Joseph Roth*
P197. Je vivrai l'amour des autres, *par Jean Cayrol*
P198. Le Crime des pères, *par Michel del Castillo*
P199. Les Cahiers de Malte Laurids Brigge
par Rainer Maria Rilke
P200. Port-Soudan, *par Olivier Rolin*
P201. Portrait de l'artiste en jeune chien, *par Dylan Thomas*
P202. La Belle Hortense, *par Jacques Roubaud*
P203. Les Anges et les Faucons, *par Patrick Grainville*
P204. Autobiographie de Federico Sánchez, *par Jorge Semprún*
P205. Le Monarque égaré, *par Anne-Marie Garat*
P206. La Guérilla du Che, *par Régis Debray*
P207. Terre-Patrie, *par Edgar Morin et Anne-Brigitte Kern*
P208. L'Occupation américaine, *par Pascal Quignard*
P209. La Comédie de Terracina, *par Frédéric Vitoux*
P210. Une jeune fille, *par Dan Franck*
P211. Nativités, *par Michèle Gazier*

P212. L'Enlèvement d'Hortense, *par Jacques Roubaud*
P213. Les Secrets de Jeffrey Aspern, *par Henry James*
P214. Annam, *par Christophe Bataille*
P215. Jimi Hendrix. Vie et légende
 par Charles Shaar Murray
P216. Docile, *par Didier Decoin*
P217. Le Dernier des Justes, *par André Schwarz-Bart*
P218. Aden Arabie, *par Paul Nizan*
P219. Dialogues des Carmélites, *par Georges Bernanos*
P220. Gaston Gallimard, *par Pierre Assouline*
P221. John l'Enfer, *par Didier Decoin*
P222. Trente Mille Jours, *par Maurice Genevoix*
P223. Cent Ans de chanson française
 *par Chantal Brunschwig, Jean-Louis Calvet
 et Jean-Claude Klein*
P224. L'Exil d'Hortense, *par Jacques Roubaud*
P225. La Grande Maison, *par Mohammed Dib*
P226. Une mort en rouge, *par Walter Mosley*
P227. N'en faites pas une histoire, *par Raymond Carver*
P228. Les Quatre Faces d'une histoire, *par John Updike*
P229. Moustiques, *par William Faulkner*
P230. Mortelle, *par Christopher Frank*
P231. Ceux de 14, *par Maurice Genevoix*
P232. Le Baron perché, *par Italo Calvino*
P233. Le Tueur et son ombre, *par Herbert Lieberman*
P234. La Nuit du solstice, *par Herbert Lieberman*
P235. L'Après-midi bleu, *par William Boyd*
P236. Le Sémaphore d'Alexandrie, *par Robert Solé*
P237. Un nom de torero, *par Luis Sepúlveda*
P238. Halloween, *par Lesley Glaister*
P239. Un bonheur mortel, *par Anne Fine*
P240. Mésalliance, *par Anita Brookner*
P241. Le Vingt-Septième Royaume
 par Alice Thomas-Ellis
P242. Le Sucre et autres récits, *par Antonia S. Byatt*
P243. Le Dernier Tramway, *par Nedim Gürsel*
P244. Une enquête philosophique, *par Philippe Ken*
P245. Un homme peut en cacher un autre
 par Audreu Martín
P246. A l'ouest d'Allah, *par Gilles Kepel*
P247. Nedjma, *par Kateb Yacine*
P248. Le Prochain sur la liste, *par Dan Greenburg*
P249. Les Chambres de bois, *par Anne Hébert*
P250. La Nuit du décret, *par Michel del Castillo*
P251. Malraux, une vie dans le siècle
 par Jean Lacouture